KB092807

세상에 다시없는 내 편

가족

박동욱(朴東昱)

한양대학교에서 문학 석사 학위를, 성균관대학교에서 문학 박사 학위를 받았고,
현재 한양대학교 기초융합교육원 조교수이다. 2001년 『라뿔륨』 가을 호에 현
대시를 발표하면서 등단하였다. 기억으로 남겨야 할 옛것과 옛사람들의 흔적을
현재의 공간으로 꺼내와 삶의 근원적인 비의(秘意)를 탐색하는 데 관심이 많다.
옮긴 책으로 『항대기람』, 『승사록』, 『동국산수기』가 있다. 그 밖에 함께 옮긴 책
으로 『나를 찾아가는 길』, 『혜환 이용휴 시전집』, 『혜환 이용휴 산문전집』, 『이
가환 시전집』이 있고, 함께 지은 책으로 『살아 있는 한자 교과서』와 『아버지의
편지』 등이 있다.

세상에 다시없는 내 편
가족

초판 1쇄 인쇄 2014년 11월 17일
초판 1쇄 발행 2014년 11월 24일

지은이 박동욱
펴낸이 지현구
펴낸곳 태학사
등 록 제406-2006-00008호
주 소 경기도 파주시 광인사길 223
전 화 (031) 955-7580~2(마케팅부) · 955-7585~90(편집부)
전 송 (031) 955-0910
전자우편 thaehak4@chol.com
홈페이지 www.thaehaksa.com

값은 뒤표지에 있습니다.

ISBN 978-89-5966-663-8 03810

이 도서의 국립중앙도서관 출판시도서목록(CIP)은 서지정보유통지원시스템 홈
페이지(http://seoji.nl.go.kr)와 국가자료공동목록시스템(http://www.nl.go.kr/
kolisnet)에서 이용하실 수 있습니다.(CIP제어번호: 2014031416)

세상에 다시없는 내 편

가족

박동욱 지음

태학사

머리말

제각각 자기 생각에 빠져 있으면서

그래도 조금이나 부자연한 곳이 없는

이 가족의 조화와 통일을

나는 무엇이라고 불러야 할 것이냐

• 김수영, 「가족」 부분

세상은 급격히 변하고 있는데도 그것만으로는 부족한지 도처에서 끊임없이 혁신을 외쳐댄다. 대학 1학년생들에게 필수라며 챙겨 익힌 지식이 졸업할 즈음에는 아무 쓸모 없는 것이 되어 천대받기도 한다. 세상에 바뀌지 않는 것이란 없어 보인다. 하지만 수없이 많은 세월이 흘러도 변화는 있었을망정 여전히 가족은 존재한다. 가족만으로 살 수 있는 것은 아니지만, 가족 없이는 살아가기 힘든 게 사실이다.

가족은 혈연을 매개로 한 친척(親戚)과, 혼인으로 이루어진 인척(姻戚) 등 여러 형태로 존재한다. 피 한 방울 섞이지 않은 남남까지 가족이라는 이름으로 묶일 수도 있다. 이런 어색하고 불편할 것 같은 관계로 아주 위태롭게 동거(同居)를 유지하는 것을 보면 신기하기까지 하다. 어쩌면 가족이란 원천적으로 화해와 불화를 함께 지닐 수밖에 없는 이란성 쌍둥이일지도 모른다.

가족은 자기가 선택할 수 있는 것이 아니라, 선택되어진 것이기에 바꿀 수도 부정할 수도 없다. 가장 큰 행운일 수도 있지만 불행일 수도 있고, 가장 존경스러울 수도 있지만 지긋지긋한 굴레가 되어 벗어나고 싶은 존재가 될 수도 있다. 가족은 가장 핵심적이며 최소화된 형태의 사회 단위이다. 가족의 구성원은 한 밥상을 지탱하고 있는 다리다. 모두 다 제 몫을 해준다면 그래도 버틸 만하지만, 누군가 자신의 몫을 포기하거나 소홀히 하면 금세 나머지 구성원의 하중이 늘어나면서 위태로워진다. 그러잖아도 힘든 세상살이가 그만큼 힘겨워질 수밖에 없다.

　가족과 관련된 일은 누구에게 위로받기도 또 쉽게 말하기도 애매한, 이상하고도 예민한 문제다. 문제없는 가족은 없다. 겉으로 행복해 보이는 가족에게도 말할 수 없는 그들 사이의 비밀 하나쯤은 있기 마련이나, 겉으로 드러내지 않을 뿐이다.

　근엄할 것만 같은 조선 시대 가족의 속내를 들여다보려고 애썼다. 부모와 자식, 며느리와 시부모, 사위와 장인, 누이와 남동생, 할아버지와 손주 등 가족이라는 같은 이름 속의 다양한 관계는 지금의 모습과 별반 차이가 없었다. 고전문학 전공자로서 옛 시를 통해 가족의 탄생, 생활, 상실 등의 이야기를 엮어가면서 고정관념을 허무는 애틋한 사연들을 만나기도 했다. 조선의 민낯을 약간이나마 훔쳐 본 것만 같아 글 쓰는 작업이 여간 신나는 것이 아니었다. 표현에 인색하여 건조하고 무뚝뚝했을 것 같은 그들의 삶도 지금에 못지않게 따뜻하고 곰살 궂었다. 한 가지 아쉬운 사실은 부정(父情)의 표현 중 대부분이 가족의 죽음을 겪었을 때 비로소 가능했다는 점이다. 남자가 가족에 대한 사랑을 표현하는 것 자체가 그다지 환영받지 못하던 시대 분위기 때문이었으리라.

　이제 세상은 예전의 가족 형태를 유지하려 애쓰지 않는다. 가족이나 가문의 이름으로 가해지던 숱한 억압과 폭력은 더 이상 유효하지 않다. 이러한 가족 간의 해체는 긍정적이기도 하지만 동시에 부정적이기도 하다. 없어지면 안 되는 것들, 예를 들어 가족이 맡아주어야 할 훈도와 교육, 또는 자애(慈愛)까지 사라지는 것 같아 안타깝다. 가족이 전부가 될 수는 없지만 가족의 존재를 무시할 수도 없다. 가정에서 교육을 잘 받은 사람은 학교에서 더 가르칠 게 없으나, 가정에서 배운 것이 부족한 사람을 학교에서 가르치는 것은 힘든 일인 것 같다. 따라서 각자가 제 가족을 위해 희생하고 의무에 충실한다면 그것도 소박한 의미의 사회 공헌이 아닐까 싶다.

이제 세상이 바뀌었다. 바뀐 세상만큼이나 가족 간의 문화에도 변화가 필요하다. 해마다 매스컴에서 떠드는 명절증후군만 해도 그렇다. 한 성(性)의 희생으로 가족의 평화를 얻기는 힘들다. 이제 더 이상 봉제사(奉祭祀) 접빈객(接賓客)의 시대가 아니다. 아내가 힘들면 남편도 편할 수 없다. 제사도 좀 달라질 필요가 있다. 죽은 자를 위해 산 사람이 고통스럽다면 이러한 문화도 조금씩 달라져야 한다. 그뿐인가. 예전에는 사위가 장인, 장모 상(喪)에 부고하지 않았다. 좀 예법을 안다는 사람은 사위가 부고를 내면 빙충이라고 흉볼 정도였다. 그러나 이제 자식이라 해봤자 고작 한두 명이 전부인 요즘 세상에 사위는 자식과 다를 바 없다.

새로운 가족의 형태에도 주목할 필요가 있다. 재혼, 싱글 맘, 리틀 맘, 다문화 가정, 동성혼 등 다양한 형태가 존재한 지 꽤 되었다. 그들을 있는 그대로 바라보면서 다름의 차이를 인정하는 배려가 필요해 보인다. 일반적인 가족의 형태와는 다르지만 그들도 엄연한 가족이고 그들만의 행복을 누릴 충분한 자격이 있다.

『문헌과 해석』 모임에서 2년여 동안 이 원고를 발표하면서 행복했다. 여러 선생님의 날카로운 지적도 원고 정리에 큰 도움이 되었다. 진심으로 감사함을 전한다. 어려운 출판 여건에서도 선뜻 출간을 허락하신 태학사 사장님과, 아름다운 책으로 만들어주신 편집부 여러분에게도 깊은 감사를 드린다.

여러 권의 책을 냈지만 가족에게 감사함을 표시한 적은 한 번도 없었다. 가족을 주제로 쓴 책인 만큼 그 고마움을 표현할 기회로 적당할 것 같다. 매번 내 글의 첫 독자이며 날카로운 편집자이기도 한 아내와, 세상에 너무 늦게 불러 항상 미안한 아들 유안에게 이 책을 바친다.

2014년 초가을 새벽녘에
박동욱

차례

5 머리말

11 고사리 손으로 먹 장난치던 네가 그립구나 · **아버지와 딸**

35 세상에 다시없는 내 편을 얻다 · **자식**

55 꽃다운 모습, 그 누구 때문에 시들었을까 · **아내**

77 지극한 사랑, 북두성에 이를 만하리 · **남매**

99 수명 빌어서라도 네 모습을 보고 싶노라 · **할아버지와 손주**

123 사람이면 아들 있고 며느리도 뉘 없으리 · **시아버지와 며느리**

149 절반의 자식, 백년의 손님 · **장인과 사위**

171 세상에 태어나서 세상에서 버림받다 · **서얼**

203 끊어진 줄, 너를 통해 이으려 했네 · **첩**

231 후주

고사리 손으로
먹 장난치던
네가 그립구나

아버지와 딸

1

남아선호도 다 옛말이 됐다. 요즘 아버지들은 딸을 원한다고 서슴없이 말하고, 지나친 딸 사랑에 팔불출도 마다하지 않는다. 그렇다면 조선 시대 아버지의 모습은 어땠을까? 오로지 입신양명을 위한 학업에 힘쓰느라 집안일에는 관심도 없고, 자식에게 살가운 애정 표현 한 번 없이 서릿발 같은 훈도로 일관하는 근엄하고 무서운 아버지. 사극을 통해 본 조선 시대 아버지의 모습이다. 특히 남아선호가 남달랐던 그 당시 딸에 대한 대접은 기대할 것도 없어 보인다. 그러나 여러 문집에서 쉽게 찾아볼 수 있는 곡자시(哭子詩)와 제망녀문(祭亡女文)에 드러난 아버지의 심정은 자식 잃은 부모의 마음을 그대로 담고 있다.

못난 아들 반드시 어진 딸보다 나은 건 아니니   惡男未必勝賢女
못난 아비는 평생토록 딸아이 의지하는 건데.   愚父平生仗此兒
너처럼 총명한 데다 수까지 누렸다면   似汝聰明如有壽
문호를 부지 못함 근심하지 않았으리.   不愁門戶不扶持

• 심익운(沈翼雲), 「딸아이를 잃은 뒤 처음으로 호숫가에 나오니 슬픈 마음이 매우 심하여 시로 이를 기록한다(喪兒後, 初出湖上, 悲悼殊甚, 詩以志之)」

고사리 손으로 먹 장난치던
네가 그립구나

이 시는 다섯 편의 연작시 중 두 번째 작품이다. 시에 부기된 긴 글을 참고해보면, 딸이 천연두를 앓다가 한 달 만에 죽었고 당시 나이는 다섯 살이었다고 한다. 모자란 아들과는 비할 수 없이 어질고 예쁜 딸, 평생토록 의지하고 싶을 정도로 애지중지 아낀 딸, 가문을 유지하는 데 손색없는 총명한 딸, 그런 귀한 딸을 잃은 슬픔에서 헤어날 길이 없다. 한 줄 한 줄 딸아이를 향한 사랑과 그리움이 가득하다.

아! 무릇 딸이 아버지를 우러르는 것은 자기를 사랑하는 사람 중에 자기 아버지만 한 사람이 없고, 현명하고 지혜로움 또한 자기 아버지 같은 이가 없다고 여기기 때문이다. 오직 아버지 말만을 믿고 따르니 혹 아비 된 자가 그 아이를 처리함에 도를 얻지 못하여 딸에게 낭패를 당하게 하더라도 딸은 도리어 아버지를 원망하지 않고 아버지를 부르며 하소연하기를 그치지 않는다.

네가 아버지를 믿는 것은 이보다 더 심함이 있었지만, 네가 일생이 곤란했던 것은 네 아비 때문이었다. 그러나 일찍이 한 번도 얼굴에 드러내지 않았으며, 늘 아비가 잘 이끌어주기를 원했다. 네가 병들자 오직 네 아비만이 너를 살릴 수 있다 생각하고 나를 바라고 왔으나, 또한 제대로 치료하지 못하여 너를 죽게 만들었다. 그런데도 네가 차마 아비를 잊지 못해서 숨을 거둘 때에도 나의 손을 어루만지며 사랑하는 마음에 차마 손을 놓지 못했다. 너의 아비 된 자가 여기에까지 이르렀으니 도리어 마음의 상처가 어떠했겠느냐?[1]

• 이양연(李亮淵), 「죽은 딸인 송 씨의 아내를 위한 제문(祭亡女宋室文)」 중에서

이양연은 3남 1녀를 두었다. 그는 65세 때 부인과 둘째 아들 인익(寅翊)을 잃었고, 며느리도 그 충격으로 얼마 지나지 않아 세상을 떠났다.

75세 때에는 맏아들 인욱(寅昱)이 죽었고, 정확한 시기는 알 수 없으나 딸의 죽음까지 목도하게 된다.[2] 자식 하나를 묻기에도 부족한 가슴에 아내와 아들, 그리고 딸까지 연이어 묻고 또 묻어야 했던 그의 심정은 감히 헤아릴 엄두조차 나지 않는다.

자식에게 아버지는 언제나 우뚝한 존재이다. 유난히 아버지를 따르는 딸이라면 자신을 세상에서 가장 사랑해주는 사람으로 아버지를 떠올리고, 현명함과 지혜로움 또한 아버지가 제일이라 꼽을 것이다. 이 양연의 딸은 그러한 마음이 여느 딸보다 더했던 모양이다. 그런 딸이 병들어 차도가 없자 아버지를 찾아와 살려달라 애원하고, 아버지의 품속에서 죽어가는 순간에도 아버지를 애타게 찾으며 사랑하는 마음을 표현하였다. 딸아이가 죽어가는 것을 지켜볼 뿐 아무것도 할 수 없었던 아비의 무력감이 엿보인다. 무엇이든 해줄 수 있을 것이라 기대했던 딸에게 아무것도 해줄 수 없는 아버지의 절망감이 절절하게 드러나 있다.

이처럼 옛 아버지들은 곡자시와 제망녀문의 형식을 빌려 먼저 떠난 딸을 향한 지극한 정과 그리움을 표현했지만, 부녀 사이의 일상적 풍경들은 찾아보기 쉽지 않다. 그 옛날에도 딸아이들은 달콤한 애교로 아버지의 사랑을 독차지했을까, 아니면 칭찬과 애정 표현에 인색한 아버지가 어려워 쉽게 다가서지 못했을까. 딸을 향한 아버지의 감정은 또 어떠했나. 남아선호와 시대적 분위기에 그저 딸을 꽁꽁 묶어두었을까, 아니면 지금처럼 때로는 사랑하고 때로는 섭섭하고 때로는 안타까웠을까.

고사리 손으로 먹 장난치던
네가 그립구나

2

내 나이 쉰세 살 되었을 때	我年五十三
여자아이 하나를 낳게 되었네.	産得女子子
늘그막에 재롱 보면 그로 족하니	老來弄亦足
딸이든 아들이든 가릴 건 없지.	瓦璋無彼此
비녀 꽂고 시집감을 볼 수 있을까	婚笄可能見
아득한 일 꿈속처럼 느껴지누나.	藐焉如夢裡
자그만 옷 하루하루 커져갈 테니	尺衣日日長
앓는 병 없는 것이 기쁠 것이네.	無疾是爲喜
아! 네가 어찌 늦게 태어났는가.	嗟爾生何晩
늙은 아비 애틋한 정 끝이 없도다.	老父情未已
자식 위한 한평생 근심 같은 건	爲兒百年憂
날 때부터 시작이 되는 것이니	已自落地始
근심 걱정 잠시 동안 접어두고서	不如且置之
너의 재롱 보면서 즐기려 하네.	含飴聊爾耳

• 박윤묵(朴允默), 「계미년 5월 1일에 딸아이를 낳다(癸未五月一日生女)」

　내 핏줄을 얻는 일은 일생에서 가장 고귀한 경험 중 하나이며, 무엇과도 바꿀 수 없는 기쁨임에 틀림없다. 이 시는 박윤묵이 나이 쉰이 넘어 늦게 얻은 딸아이에 대한 감회를 담고 있다. 사내아이를 얻지 못한 아쉬움은 찾아볼 수 없고, 다만 아이의 결혼을 지켜보지 못하면 어쩌나 안타까움만 가득하다. 병을 앓지 않고 무럭무럭 자라는 것도 대견할 것이고, 늦게 얻은 만큼 애틋한 정은 끝없다. 자식이 태어나는 순간부터 근심도 시작되게 마련이지만, 근심으로 채우기에는 늙은 아비에

아버지와 딸

게 남은 시간은 턱없이 부족하다. 걱정 따위는 잠시 그대로 두고 지금
이 순간 아이의 재롱을 즐기는 것이 행복하다고 마무리한다. 늦게 얻
은 딸아이의 재롱을 보는 아버지의 얼굴에 행복과 안타까움이 겹친다.

딸아이 처음으로 말 배우는데	女兒始學語
꽃 꺾고선 그것을 즐거워하네.	折花以爲娛
웃음 띠며 부모에게 물어보는 말	含笑問爺孃
"소녀의 얼굴이 꽃같지 않아요?"	女顔花似無

• 신정(申最), 「어린 딸이 꽃을 꺾어 기쁘게 노는 것을 보고서 짓다(見稚女折花
爲戲喜而有作)」

    딸에 관한 작품 중 어린 딸을 다룬 내용이 가장 많은 분량을 차지하
고 있다. 세상에 태어나 기쁨을 주었던 딸이 무럭무럭 자라 한창 예쁜
짓을 하며 재롱을 피우니, 그 어여쁜 모습이 아버지 입장에서도 꽤 인
상적이었던 모양이다. 신정은 어린 딸에 대한 감정이 남달랐는지 「네
살 먹은 딸아이가 종이쪽지를 가져와서 시를 써달라고 구하다(四歲女
兒持牋乞詩)」와 「상원날 먹는 찬술을 속칭으로 귀밝이술이라 한다. 딸
아이가 가는 귀 먹은 나를 안쓰럽게 여겨, 와서 술 한 잔 올렸다. 이에
장난삼아 짓는다(上元冷酒, 俗稱聰耳. 女兒憫余重聽, 來進一杯, 戲而有作)」
라는 시편을 남겼다. 말을 막 배우는 딸이 꽃을 꺾어 와서는 함박웃음
을 머금고 "엄마 아빠, 제가 꽃처럼 예뻐요?"하고 물으며 너무도 즐
거워한다. 부모의 눈에 딸보다 예쁜 꽃이 과연 있기나 할까.

딸아이 총명하여 젖을 막 떼자마자	女兒聰慧纔離乳
붉은 치마만 좋아하여 입고서 아양 떠네.	愛着朱裳只戲嬉

고사리 손으로 먹 장난치던
네가 그립구나

웃으며 해당화 한 송이 따다가는   笑摘海棠花一點
연지처럼 곱디고운 이마에 붙이누나.   自塗嬌額比臙脂
• 박순(朴淳), 「딸아이가 꽃을 가지고 노는 것을 보고 장난삼아 쓰다(觀女兒弄
花, 戲題)」

딸아이가 자라더니 붉은 치마만 유독 좋아하였다. 지금의 여자아이
들이 핑크에 열광하듯 예나 지금이나 여자아이라면 붉은색 옷을 좋아
하기는 마찬가지였던 모양이다. 붉은 치마를 입은 것으로도 부족해 홍
색 해당화까지 따가지고 와서는 이마에 붙이고 연지 곤지 흉내를 낸다.
붉은색 치마와 해당화, 그리고 고운 얼굴에 빨갛게 물든 해당화 연지까
지 절묘하게 어우러져 딸아이가 더욱 사랑스러워 보인다. 어린 딸의 재
롱이라면 그 무엇이든 사랑스럽지 않은 것이 있겠냐마는.

우환 뒤에 한가한 흥 비로소 일어나서   閒興初生憂患餘
시 읊고 술 마시니 유거에 걸맞구나.   一吟一酌稱幽居
늙은 아내 쑥대머리 빗질을 마치었고   老妻梳罷如蓬首
먼지 앉은 상에 가서 『수호지』 읽어본다.   就閱塵床水滸書
• 김춘택(金春澤), 「산으로 돌아오자 곧바로 어린 딸의 병이 심해져서 거의 위
급할 지경이 되었다. 열흘이 넘어서야 낫게 되었으니 또 한바탕의 근심과 기
쁨이었다. "술을 가져오라" 하고는 이 시를 짓는다(還山則幼女病甚幾危. 彌旬
得愈, 又是一憂喜矣. 命酒賦此)」

아이를 키우다 보면 몇 번씩은 가슴이 철렁 내려앉는 경험을 하게
된다. 아이가 병으로 까무러치고 울면서 보채기라도 하면 부모의 속은
새까맣게 타들어가기 마련인데, 심지어 생사의 고비를 오가는 위급한

김준근(金俊根), 「단오추천」, 『기산풍속도첩(箕山風俗圖帖)』, 종이에 채색, 31×39cm, 개인.

상황이라면, 그때 부모의 심정이 어떨지 상상하기에도 벅차다.

김춘택의 어린 딸이 10여 일이나 심하게 병을 앓다가 가까스로 소생을 한 모양이다. 아내는 그간 근심으로 손질하지 못했던 머리를 오랜만에 단장하고, 나는 그동안 자리를 비워 먼지가 뿌옇게 낀 상에 앉아 『수호지』를 펴볼 여유도 생겼다. 이제 좀 숨을 돌릴 만한지 술 생각이 간절해지고, 술 한 잔 청해 마시니 이제야 원래 생활로 돌아온 듯 마음이 편해진다. 한바탕 난리를 겪은 뒤에 찾아온 조용한 평화와 안도가 느껴진다. 자신과 부인이 시에 등장하지만, 정작 이 시의 주인공인 딸은 나오지 않았다. 딸아이에 대한 직접적 언급 없이 깊은 염려와 사랑을 충분히 표현했다.

고사리 손으로 먹 장난치던
네가 그립구나

3

상 앞에서 놀던 모습 생각해보니 　　　念爾牀前戲
꽃 보기를 가장 제일 좋아했었지. 　　看花最是歡
하늘가에 마침 꽃이 한창 좋지만 　　天涯花正好
꺾어본들 뉘에게 부쳐 보이랴. 　　攀折寄誰看

• 신정(申晸),「석류꽃을 보고 세 살짜리 딸아이를 생각하다(對榴花憶三歲女兒)」

　헤어진 딸을 그리워하는 마음과 딸과의 이별에서 맛보게 된 시린 감정을 다룬 시들이 있다. 어린 자식과 잠시만 떨어져도 눈에 밟힌다고들 하는데, 외직(外職)이나 유배(流配) 등 어쩔 수 없는 사유로 떨어져 있어야 한다면 그 심정이 어떠할까. 이 시는 어떤 연유에서인지는 알 수 없으나 신정이 집을 떠나와 세 살짜리 딸아이를 생각하는 내용을 담고 있다. 석류꽃을 바라보니 특히나 그 꽃을 좋아했던 어린 딸이 저절로 떠오른다. 아이 곁에서 그 꽃을 직접 꺾어줄 수 있다면 너무도 기쁠 텐데, 그나마 꽃을 딸에게 보낼 방법조차 없는 것이 속상하기만 하다. 딸아이가 좋아했던 석류꽃을 보는 순간, 사무치는 그리움에 아버지는 몸살을 앓을 것만 같다.

딸아이 태어난 지 일곱 해 지났으니 　　今歲渠生已七年
문가에 나가 서면 이제는 아니 되리 　　不宜遊戲出門前
까마귀 보면 창에 먹칠하던 일 생각나고 　瞻鴉每想塗窓墨
고사리 보면 밤을 줍던 작은 손 떠오르네. 　對蕨翻思覓栗拳
엄마 따라 새벽 단장을 배우나 아직은 서툴겠지. 　學母曉粧應未慣
아비 찾아 밤에 운들 살펴줄 이 뉘 있으랴. 　呼爺夜哭竟誰憐

기다리렴, 늙은 아비 집에 가는 날이 되면 唯當老子還家日
옷을 다 벗기 전에 너를 먼저 안아주리. 未脫征衣抱爾先
　• 조위한(趙緯韓),「딸아이를 생각하며(憶女兒)」

　딸아이가 일곱 살이 되어서 문밖에 나가 노는 것도 마음이 놓이지 않았다. 집을 떠나와 까마귀만 보아도 벽에 먹칠했던 일이 떠오르고, 고사리만 보아도 밤을 줍던 딸아이의 손이 떠오른다. 어머니 옆에서 화장 흉내를 내던 어린 딸은 밤마다 집에 없는 아버지를 찾다가 울다 지쳐 잠들 것 같아 안쓰러운 마음이 끝이 없다. 그런 딸을 멀리 두고 왔으니, 눈에 아른거려 일에 집중할 수 없는 것이 당연하다. 얼른 돌아가 옷도 채 갈아입기 전에 딸아이를 꼭 안고 싶은 마음뿐이라 했다. 절절한 부정(父情)이 문면에 가득하다.

관하에 내린 눈서리, 나그네 길 위험한데 關河霜雪客途危
타향에서 지내던 한 해가 저물려 하네. 異國光陰欲暮時
천 리 길 벽운에서 편지는 오지 않고 千里碧雲書未返
상머리 맑은 달에 꿈은 유난히 더디네. 半床明月夢偏遲
생전에 다시 만남도 정하기 어려운데 生前再會猶難定
죽은 뒤에 다시 만날 일을 쉽게 기약하랴. 死後重逢豈易期
눈 가득한 눈물에 두 옷소매 축축하니 雙袖龍鍾滿眼淚
세상에서 이와 같은 이별 어이 있을까. 世間安有此相離
　• 성여학(成汝學),「원성(原城)에서 딸과 작별한다(原城別女息)」

　아이들이 장성해도 헤어짐이 힘든 것은 여전하다. 함경남도 원성(原城), 이 먼 땅의 가파른 길은 서리와 눈이 들이쳐서 더욱더 험해졌

고사리 손으로 먹 장난치던
네가 그립구나

고, 한 해도 이미 저물어가고 있어 스산한 마음 지울 길 없다. 서신 한 통 주고받기 힘들 정도로 멀리 떨어진 이곳에서 오늘 밤 유난히 잠을 이루기 힘들다. 이제 곧 사랑하는 딸과 이별을 해야 한다. 혹시 이것이 마지막 보는 모습일지도 모른다고 생각하니 가슴이 저며온다. 살아서 만나자는 약속도 기약할 수 없는데, 죽어서 만나자는 다짐은 공염불처럼 들린다. 기막힌 이별에 흘러내린 눈물로 옷소매가 축축하게 젖어버렸다. 딸을 보내는 아버지의 마음도, 아버지를 남겨두고 떠나야 하는 딸의 마음도 모두 가슴 아리다. 산다는 게 이렇게 먹먹함만 쌓는 일이 아닌지 모르겠다.

4

여자 행실 많지 않고 네 가지면 충분하니　　　　　　　婦行無多只有四
아침저녁 경계함을 게을리하지 마라.　　　　　　　　　孜孜不怠警朝曛
몸가짐은 조심하고 조용해야 마땅하고　　　　　　　　　貌存敬謹宜思靜
말본새 자상하고 따스해야 하느니라.　　　　　　　　　言欲周詳更着溫
덕은 유순하고 정열로 으뜸 삼고　　　　　　　　　　　德以和柔貞烈最
주식은 솜씨 있게 길쌈은 부지런히　　　　　　　　　　工因酒食織紝勤
만약에 이 말을 마음에 새긴다면　　　　　　　　　　　若將此語銘心肚
길한 복이 후손까지 넉넉하게 되리라.　　　　　　　　　吉福綿綿裕後昆

• 안정복(安鼎福), 「딸아이를 경계하다(警女兒)」

　자식은 장성하면 제 짝을 찾아 떠나기 마련이다. 결혼을 앞둔 딸을 바라보는 아버지의 심정은 남달라서 대견하면서도 섭섭하고, 애틋하면서

아버지와 딸

도 근심스럽다. 특히 지금보다 훨씬 이른 나이에 결혼했던 당시에는 혼인은 딸과의 긴 이별을 의미했다. 지금처럼 결혼 후에 잦은 왕래가 있다 해도 섭섭한 마음을 금할 수 없을 터인데, 왕래는 고사하고 엄한 시집살이가 기다리고 있는 딸을 향한 심정은 더욱 착잡했을 것이다.

이 시는 얼핏 보기에는 틀에 박힌 당부의 글 같지만, 실은 딸에 대한 염려를 담뿍 담고 있다. 지금의 관점에서 본다면 남성의 삶에 종속되어 사는 여성의 억압적 삶을 종용하는 의미로 볼 수도 있다. 그러나 여기서는 딸이 시집가서 부디 행복하게 살기를 바라는 아버지의 간곡한 바람으로 보는 것도 무방할 듯싶다. 부용(婦容), 부언(婦言), 부덕(婦德), 부공(婦功)의 네 가지를 제시했으니, 『예기(禮記)』와 『주례(周禮)』에 언급된 내용과 다르지 않다. 이런 덕목들을 충실히 지킨다면 화목한 가정을 꾸리고 후손에게까지 복이 넉넉할 것이라는 당부를 담았다. 혼인과 함께 딸은 아버지의 손길과 그늘이 미치지 않는 곳으로 떠난다. 손을 내밀 수도 그늘을 만들어 보듬어줄 수도 없는 딸이 염려스럽지만, 이제 할 수 있는 일은 힘 있는 당부 글로 행복을 빌어주는 것뿐이다. 딸의 결혼을 목전에 둔 아버지의 마음이 그대로 전해진다.

내 나이 스물아홉 되었을 때	吾年二十有九歲
섣달 열사흘에 네가 태어났지.	汝生臘月旬三日
낳고 기르던 것 어제 일 같은데	劬勞顧復事如昨
네 어미 이미 죽고 난 늙고 병들었네.	汝慈已沒吾衰疾
다행히도 너는 자라 시집가게 되었으니	幸汝長成有所適
내가 널 보낼 때 슬픔과 기쁨 간절했네.	我往送汝悲喜切
구차한 이별 회포는 말해서 무엇하랴	區區別懷且莫說
다만 내 딸이 좋은 아내 되길 바라누나.	但請吾女宜家室

고사리 손으로 먹 장난치던
네가 그립구나

남편 뜻을 어김없이 반드시 공경하고 경계하며	無違夫子必敬戒
시부모께 효도하고 시집의 일가들과 화목해라.	孝于舅姑和宗戚
사치보단 검소하고, 잘난 체보다 못나게 살며	奢也寧儉巧寧拙
말을 많이 하는 것이 가장 좋지 않단다.	最是多言爲惡德
술과 장, 명주실, 삼실 만드는 건 그 직분이며	酒醬絲麻是其職
종족을 보존하고 가정 이룸은 노력에 있다.	保族成家在努力
규문에는 법도 있어 스스로 엄정하노니	閨門三尺自有嚴
바깥일에 삼가서 간섭을 하지 마라.	愼旃外事毋相涉
네 집으로 가거들랑 내 말을 생각해서	汝歸汝家思吾言
가문에 치욕 있게 하지를 말아다오.	勿使門戶有恥辱
늙은 내 이 말 만약 저버리지 않는다면	老吾此言如不負
훗날에 저승에서도 편히 눈을 감게 되리.	他日泉下可瞑目

• 채지홍(蔡之洪), 「이 씨에게 시집가는 딸이 떠나려 할 때 말을 청해서 시를 주다(李女將行請言, 詩以贈之)」

채지홍의 나이 스물아홉에 낳은 딸이 어느덧 자라 시집을 가게 되었다. 그 딸이 아버지께 청하여 지어진 시로, 회고와 당부를 주로 이야기하고 있다. 헤아려보면 품에서 울던 어릴 적 모습이 아직 눈에 선한데, 그새 장성해서 시집을 가니 이런저런 생각이 들지 않을 수 없다. 그동안 아내는 세상을 떠나고 자신은 늙고 병들었다. 그러나 이러한 감상에만 빠져 있을 수는 없다. 남의 아내가 되고 남의 집안 며느리가 되는 일이 쉽지 않다는 것을 아버지인 자신이 누구보다 잘 알고 있기에, 시집을 가서 겪게 될 힘겨운 일들을 잘 감당할까 걱정이 먼저 앞서기 때문이다.

남편을 공경하고 시부모께 효도하며 시집 식구들과 화목해야 하는

윤덕희(尹德熙), 「독서하는 여인」, 비단에 담채, 20×14.3cm, 서울대학교 박물관.

것은 기본이다. 검소하고 못난 척 겸손하며, 가장 조심해야 할 것은 역시 말이 많은 것이니 말수를 줄여야 한다. 노력하여 살림 솜씨를 갖추고, 종족을 보존하여 가정을 완성하며, 할 도리를 다하되 남편 일에 지나치게 간섭하지 마라. 기본 덕목에서 소소한 일까지 당부를 잊지 않는 데서도 아비의 염려스러운 마음을 읽을 수 있다. 끝에서는 이 모든 당부를 저버리지 않고 지켜나가야만 비로소 아비가 눈감을 수 있다고 못 박았으니, 어느 딸자식이 새겨듣지 않을 수 있었으랴.

5

흰 저고리 입은 모습 눈앞에 어른거려	素服依依在眼前
문 나와 자주 볼 제 뉘엿뉘엿 해 기우네.	出門頻望日西懸
돌아와 슬픈 말을 많이는 하지 마렴.	歸來愼莫多悲語
늙은 아비 마음은 너무나 서글퍼지리니.	老我心神已黯然

• 김우급(金友伋), 「딸아이가 친정 오는 것을 기다리며(待女兒歸覲)」

시집간 딸을 자주 볼 수 없는 것은 예나 지금이나 마찬가지다. 지금은 친정에 왕래하는 일이 본인 의지에 따른 것이 되었지만, 예전에는 아예 출가외인(出嫁外人)이란 말로 옥죄는 것도 모자라, 출가한 딸은 아버지 상(喪)에도 친정에 직접 가지 않는 것을 예법으로 삼았다고 한다. 근친(覲親)은 귀녕(歸寧) 또는 귀성(歸省)이라고도 부르는데, 출가한 딸이 친정에 가서 어버이를 뵙는 일이다. 며느리는 명절, 부모의 생신, 제일(祭日)에만 말미를 받아 근친을 갈 수 있었다. 출가한 뒤 3년 뒤에 근친하면 단명(短命)한다는 속신(俗信)이 있어 평생 한 번도 근친

아버지와 딸

하지 못하는 경우도 있었다고 한다. 경우에 따라서는 추석을 전후해서 양가(兩家)의 중간쯤 되는 장소에서 만나는 '반보기[중로상봉(中路相逢)이라고도 한다]'를 하기도 했다. 빨리 보고 싶은 마음에 벌써 딸의 옷이 눈앞에 어른거리는 듯하다. 혹시나 오지 않을까 문턱이 닳도록 드나들다 보니 해는 이미 기울어간다. 딸의 이야기를 들어보기도 전에 행여 슬프고 어렵다는 말을 하지나 않을까 걱정스러운 마음이 앞선다. 어려운 딸의 사정을 듣게 된다 해도 어찌 해줄 수 없는 늙은 아비는 그저 무너져 내리는 가슴을 쓸어내릴 수밖에 없기 때문이다. 기쁘고 즐거운 이야기만 듣고 싶다는 뜻이 아니라, 실은 딸에게 나쁜 일들이 없기를 바라는 간절한 마음을 담은 셈이다.

어린 딸 집 떠난 지 이미 10년 되었으니　　　　幼女辭家已十年
늙은 아비 마음일랑 언제나 서글펐네.　　　　老夫心事每悽然
오늘 밤 밤새 보니 도리어 꿈같아서　　　　　今霄秉燭還如夢
너무나 기쁜데도 눈물이 흐르누나.　　　　　喜極還敎涕淚懸
• 신정(申晸), 「맏딸인 이 씨의 아내가 집을 떠난 지 10년이 되었는데, 이제 비로소 친정에 돌아오게 되었으니, 기쁨과 슬픔을 억누를 수 없어 한 편의 시를 짓노라(長女李氏婦辭家十年, 今始來觀, 不禁悲喜, 口占一絶)」

근친이 있었다고는 하나, 그것이 실제로 이루어지지 않는 경우도 꽤 있었는지 오랜만에 만나 느낀 반가움과 아쉬움을 표현한 시가 많다. 어리기만 했던 맏딸이 10년 만에 근친을 왔으니 그 세월만큼 딸도 나이 든 태가 나고, 아비 역시 서글프게 늙고 말았다. 10년 만에 마주한 얼굴이 믿기지 않아 오히려 딸과 함께 있는 이 순간이 꿈만 같다. 너무도 기쁜데 자꾸 눈물이 떨어지는 것은 왜일까? 짧은 만남 뒤에 긴 이별

　　　　　　　　　　　　　고사리 손으로 먹 장난치던
　　　　　　　　　　　　　　　　　　　　　　　네가 그립구나

이 기다리고 있고, 이제 다시 떠나보내면 언제 만날지 기약도 없다. 먼 훗날의 만남을 장담하기에는 너무 늙어버린 아비의 얼굴은 웃음과 눈물로 범벅이 되었다. 근친의 장면을 그리는 한시가 적잖은 것으로 보아, 딸을 보고픈 아버지의 마음은 고금을 막론한 것임에 틀림없다.

먼 데 있는 딸이 어찌 올 수 있으랴만 　　　　遠女何能至
3년 만에 처음으로 문 앞에 왔네. 　　　　三年始當門
서로 보자 내 맘이 위로가 되나 　　　　相見我心慰
시부모께 뒷말이 없게 하거라. 　　　　舅姑無後言

어머니의 말(右母言)

시부모님 기분 좋게 허락하시어 　　　　舅姑好顔許
그리하여 저는 감히 친정 왔어요. 　　　　而女敢寧親
올 때에 시부모님 말씀하시길 　　　　來時舅姑語
"겨울 나고 봄도 지내렴" 하셨죠. 　　　　經冬又經春

딸의 대답(右女對)

시부모님 제 마음 헤아리셔서 　　　　舅姑忖我心
저에게 말했죠. "집에 어머니 계셔서 　　　　謂我母在堂
빈손으로 뵐 수는 없을 터이니 　　　　未可空手見
떡과 사탕 가져다 드리려무나." 　　　　持贈餠與饡

딸의 말(右女言)

떡과 사탕 맛도 있고 양도 많으니 　　　　此物旨且多
네 시부모님 너그러운 분인 줄 알겠구나. 　　　　知爾舅姑厚

동쪽 집 딸도 친정으로 돌아왔는데   東家女亦歸
해진 옷차림에다 빈손이었단다.   弊衣垂空手
어머니의 대답(右母答)

• 유인석(柳麟錫), 「모녀가 서로 만나다(母女相見)」

먼 데로 시집갔다가 3년 만에 처음 근친 온 모녀의 상봉을 다룬 시이다. 모녀의 문답으로 이루어진 구성이 저절로 미소를 짓게 만든다. 얼굴을 보니 마음이 풀리기는 하는데 혹시 시부모께 뒷말이나 흘러나오지 않을까 걱정이 앞선다. 시부모가 흔쾌히 허락했음은 물론이고, 게다가 겨울과 봄까지 지내고 돌아와도 좋다는 시부모의 말을 전한다. 시부모가 자신을 친정에 보내주면서 떡과 사탕까지 바리바리 싸주었다며 친정어머니를 안심시킨다. 딸을 보내준 것만 해도 감사한 일인데, 먹을 것까지 보낸 사돈을 칭찬하면서, 처지가 다른 남의 집 딸 이야기를 꺼낸다. 옆집 딸은 떨어진 옷을 입고 빈손으로 친정에 왔더라며 자신의 딸은 그렇지 않음에 안도한다. 아버지는 모녀를 지켜보는 관찰자로 한발 물러서 있지만 전혀 거리감이 느껴지지 않고, 반갑고 다행스러운 아버지의 마음까지 읽기에 충분하다.

6

네가 태어난 지 겨우 한 달 만에   爾生纔三旬
양산 땅 인근에 벌써 묻혔네.   已埋楊山陲
수명이 만일 지금에 그칠 것이면   命若止于今
차라리 태어나지 않은 게 낫지.   不如不生之

고사리 손으로 먹 장난치던
네가 그립구나

네 아비만 근심할 뿐 아니라   非但爾父慽

할머니 슬퍼하심 걱정이구나.   恐爲我母悲

비노니 기린 같은 아들이 되어   祝爾作麒麟

내생에도 내 자식 되어주려마.   輪生爲吾兒

• 김기장(金基長), 「새로 태어난 딸아이를 곡하다(哭新生女 辛巳)」

김기장의 자는 일원(一元)이고 호는 소천(篠川)이다. 일찍이 봉록(鳳麓) 김이곤(金履坤)과 종유(從遊)할 때 시를 지었는데, 시가 매우 청아하고 담박하였다 한다.[3] 문집으로 『재산집(在山集)』이 있으며, 그 밖의 행적은 알려진 바 없다.

태어난 지 한 달밖에 안 된 딸의 죽음을 겪고 나서 지은 곡자시다. 아버지의 유배나 부임, 딸의 혼인으로 인한 이별은 사별에 비할 것이 못된다. 자식이 살다 간 시간과 부모의 아픔이 지속되는 시간이 비례하지 않는다. 이렇게 짧게 머물다 가야 했다면 아예 태어나지 않은 것만 못하다고 했다. 자신의 슬픔도 슬픔이지만, 손녀를 잃은 어머니가 슬퍼하는 것에 더 마음을 쓰고 있다. 자신과의 짧은 인연을 아쉬워하며 혹시라도 윤회가 있다면 다시 자신의 아이로 태어나라는 간절한 바람을 담고 있다.

다닥다닥 아기 무덤 산 밑에 모였으니   纍纍殤葬接山根

그 어디에 네 혼령이 있는지 모르겠네.   不記何墳是爾魂

황천에 자녀 많은 사람은 애달프니   痛殺泉間多子女

해 질 녘 오던 길에 눈물이 주르르륵.   夕陽歸路淚交痕

• 이현석(李玄錫), 「단옷날에 서산의 선영에 제사를 지내고, 20년 전에 장사를 지냈던 네 살 된 딸아이의 무덤을 보다가 서글퍼서 읊다(端午日行祭西山先塋, 仍見卄年前所葬四歲女兒塚, 愴然口占)」

단옷날 선영에 제사를 지내고, 잊었다 생각했던 어려서 죽은 딸의 무덤을 보게 되었다. 이제는 묻은 장소가 어디인지조차 가물가물하고, 어느 언저리쯤 되겠구나 희미한 짐작만 남았을 뿐이니 더더욱 마음이 아리다. 20년 전에 네 살이었으니 지금 살아 있다면 스물네 살이었겠지, 하는 생각이 미치자 슬픈 마음이 한층 더해졌을 것이다. 게다가 이 아이 외에도 죽은 자식이 몇 더 있는 모양이다. 해 질 녘 돌아오는 길에 죽은 아이들이 파노라마처럼 떠올라 눈물이 흐르지 않을 수 없다.

3년이 지나도록 슬픈 생각 안고 사니	三霜已改抱餘悲
부자의 은정 어이 사사로운 것이리오.	父子恩情奈我私
방에서 새장가 소식 멀리서 들으니	閨裏遠聞新娶婦
세상에서 고아 아이 맡길 만하겠구나.	世間可託一孤兒
절해에 몸이 있어 꿈속에만 어른대니	身留絶海空勞夢
황천에 넋 있다면 혹시 알지 않을까?	魂在重泉儻有知
옥 같은 네 모습을 이승에선 못 볼 터이니	玉貌此生求不得
외론 구름, 지는 해에 애간장 끊어지네.	孤雲落日斷腸時

• 박윤묵(朴允默), 「둘째 딸의 대상(大祥)이 이미 지나자 사위 유명훈이 바다 밖에서 계취했다는 말을 듣고 생각하니 매우 슬퍼서 이 시를 짓고 우노라(聞仲女大忌已過, 劉郎命勳繼娶海外, 思想悲絶, 作此詩以泣之)」

사위의 재혼 소식을 듣고 그 감회를 그려낸 시다. 대상은 사망한 날로부터 만 2년이 되는 두 번째 기일(忌日)에 지내는 상례의 한 절차이다. 대상을 지내고 나면 상복을 벗는데, 사위인 유명훈은 마치 아내의 탈상(脫喪)을 기다렸다는 듯 재혼했다. 3년이 지났지만 아비의 아픔은 그대로이고, 외손자에게 새어머니가 생긴 일은 다행이라지만 그

고사리 손으로 먹 장난치던
네가 그립구나

래도 섭섭한 마음은 어쩔 수가 없다. 그 소식을 들으니 딸이 눈물겹게 더 보고 싶다. 꿈속에서만 딸의 모습이 아른거릴 뿐인데, 혼이라도 있다면 자신의 이러한 마음을 알아주기 바란다고 했다. 죽은 사람은 죽음과 아무 관계가 없으니, 그 슬픔은 온전히 살아남은 사람의 몫이다. 사위를 원망할 수도 없지만, 그렇다고 축복해줄 수도 없는 착잡한 심정을 담았다.

죽은 이 곡하는 건 산 사람 때문 아니지만   哭死由來不爲生
지금 내가 곡하는 건 산 사람 때문이라네.   我今哀死以哀生
죽은 이 앎이 없어 오래도록 끝이지만   死者無知長已矣
내 딸의 가련한 삶을 어이할 건가?   其如吾女可憐生

• 윤기(尹愭), 「10월에 막내딸이 혼인했는데 12월에 신랑이 요절했다. 내가 영외에 있다가 그 소식을 들으니 슬픔을 참을 수가 없었다(十月季女成婚, 十二月新郞夭逝. 余在嶺外聞之, 慘慟不自忍)」

자식 잃은 아픔을 어디에 비할 수 있을까마는, 감히 상상할 수도 없는 불행에 빠진 딸을 바라보는 고통도 그에 못지않다. 시집간 지 두 달 만에 과부가 된 기막힌 딸의 운명을 적었다. 사위의 죽음으로 인한 슬픔 때문에 산 것 같지도 않다가 퍼뜩 정신을 차리니 혼자 살아야 할 딸 걱정에 억장이 무너진다. 죽은 사람은 죽어서 아무 생각도 없다지만, 산 사람은 죽는 것만도 못한 채 살아야 한다. 불쌍하게 살아야 할 딸아이 걱정에 아버지 역시 죽는 날까지 불행하게 살아야 할지도 모른다.

7

아무리 세상이 변한다 해도 사람이 사는 정리(情理)야 늘 변함이 없다. 부모와 자식은 천륜(天倫)으로 맺어진 관계이니, 그만큼 서로 각별한 정이 있음은 말할 나위도 없다. 아버지의 사랑을 호미에, 어머니의 사랑을 낫에 비유하고는 한다. 표현 방식이 다를 뿐이니, 부정(父情)을 모정(母情)과 빗대어 경중을 따질 수 없는 노릇이다.

남편은 늘 아내에게 부채를 지고 있다. 아내의 희생을 통해 남편은 자신의 욕망에 한발 다가서고, 아내의 꿈이 멀어질수록 남편의 꿈은 가까워진다. 딸이 시집을 가면 자신의 아내가 그랬듯 희생과 양보의 길을 걷게 된다는 사실을 아버지만큼 잘 아는 이도 없다. 딸을 바라보는 아버지의 마음이 각별한 이유는 자신의 딸도 아내처럼 꿈 전부를 전당(典當) 잡힐지도 모른다는 염려와 안쓰러움 때문은 아닐까 싶다.

아들을 대체할 수 없는 결핍된 존재로, 무관심 혹은 소극적 표현에 소외되지는 않았을까 염려했던 예상과는 달리 조선 시대 아버지의 딸 사랑은 지금과 비교해도 결코 뒤지지 않았다. 딸아이를 얻은 기쁨, 어린 딸의 재롱을 보는 행복, 시집을 보내며 느꼈을 애틋함과 섭섭함, 근친 오는 딸을 기다리는 설렘과 반가움, 딸을 잃고 겪는 극한의 고통까지 자식을 향한 사랑은 시대를 초월해 변함없다.

'딸은 아버지의 로망'이라는 세상이 왔다. 데면데면하고 무뚝뚝한 아들과는 달리 애교와 살가움으로 무장한 딸을 어느 아버지가 좋아하지 않을 수 있겠는가. 머지않아 딸을 낳고 모진 구박을 받았다는 이야기는 옛날 책에서나 볼 수 있는 신기하고 낯선 일이 될지도 모른다.

고사리 손으로 먹 장난치던
네가 그립구나

세상에
다시없는 내 편을
얻다

자식

1

　자식을 낳아야 진짜 어른이 된다고 한다. 자식을 낳은 뒤에야 아이와 자식의 입장에서 어른과 부모의 입장으로 좌표가 수정된다. 이때부터 세상의 도리에 눈을 뜨고, 인간에 대한 깊은 통찰에 한 발 더 나아갈 수 있으니 자식의 출생에 대한 감회는 놀랍고도 경이로울 수밖에 없다. 자식이란 고독하고 쓸쓸한 세상에서 진짜 내 편 하나를 얻는 일이다.

　그런 인간에게 예기된 가장 명징한 사실은 바로 죽음이기에 슬픔이 숙명적으로 따를 수밖에 없다. 죽음이 두려운 이유는 선악(善惡)의 행위와 관계 없이 누구에게나 무작위로 발생하고, 그것으로 인해 우리 존재가 완전히 소멸할지도 모른다는 것 때문이다. 그래서 인간이 사후 세계로 천국이나 윤회를 믿는 것은, 죽음이 완전한 단절이 아니라 그 역시 삶의 연속선상에 놓여 있기를 바라기 때문이다. 그러나 종교를 떠나서 죽음은 하드를 백업 받지 못하고 포맷된 컴퓨터에 불과하다. 믿고 싶지 않지만 인간에게 의인화(擬人化)된 죽음은 없을지도 모른다.

　그러한 인간에게 자식은 출생하는 순간, 죽어서도 소멸되지 않는 존재로 바뀌게 된다. 자식은 세상에서 자신과 가장 동일한 유전자를 갖

세상에 다시없는
내 편을 얻다

고 있으며, 자신의 유전 형질은 자식을 통해서 새롭게 부활한다. 그런 의미에서 자식의 출생은 또 다른 불사(不死)를 현시(顯示)하는 대사건임에 틀림없다.

보통 자식의 출생을 생자(生子), 득아(得兒), 첨정(添丁), 세아(洗兒) 등으로 표현한다. 첨정은 노동(盧仝)이 아들을 낳자 나라에 장정(壯丁) 하나를 더 보탰다는 뜻으로 첨정이라 이름을 지었다는 데에서 유래한 말이다. 그 후로 첨정은 아들이나 손자가 태어난 것을 이르는 말로 쓰였다.[1] 세아는 수, 당, 5대 시대에 궁중과 민가에 모두 유행한 풍속으로 출생 후 3일 된 아이를 목욕시키는 것이다. 한편 손사막(孫思邈)에 의하면 도근탕, 즉 도근(桃根), 이근(李根), 매근(梅根) 각 두 냥을 좀 오래 끓여 찌꺼기를 버린 물에 영아를 목욕시키면 사기를 구축하고 피부병이 생기지 않는다고 했다.[2]

곰을 꿈에서 보면 아들을 낳은 기쁨인 농장지경(弄璋之慶)을 누리게 되고, 뱀을 꿈에서 보면 딸을 낳은 기쁨인 농와지경(弄瓦之慶)을 누리게 된다.[3] 사내아이를 낳으면 문 좌측에 뽕나무 활을 걸고, 여자아이를 낳으면 문 우측에 수건을 건다.[4] 또 탕병회(湯餠會)라 하여 아이를 낳은 지 3일, 혹은 만 1개월과 만 1년이 되는 날 국수를 먹는 축하 잔치를 갖기도 하였다.

뛰어난 자식을 두었던 사람으로는 위현(韋賢)[5], 석분(石奮)[6], 순숙(荀淑)[7] 등으로 그들은 모두 여러 명의 자식을 훌륭하게 키운 부모로 유명했다. 또 자식과 관련된 고사도 매우 많다. 늘그막에 훌륭한 자식을 얻은 것을 비유한 노방생주(老蚌生珠)[8], 자식이 없는 경우에 흔히 쓰는 고사인 백도무아(伯道無兒)[9], 부모에게 깊은 사랑을 받는 자녀를 가리키는 장상명주(掌上明珠)[10] 등이 있으며, 오월자(五月子)는 민간의 속설로 특정한 달에는 아이를 갖지 않는 것을 말한다.[11] 남의 훌륭한 자제를

김홍도(金弘道), 「초도호연(初度弧筵)」,『평생도(平生圖)』, 종이에 담채, 67×32.5cm,
국립중앙박물관.

봉추인자(鳳雛麟子), 석기린(石麒麟), 영형아(寧馨兒)[12]라 하기도 하고, 자신의 자식은 돈견(豚犬)[13]이라 흔히 부르기도 한다.

> 사람마다 자식 키움에 총명을 바라지만　　　　　人皆養子望聰明
> 총명 덕에 내 일생을 그르치게 되었도다.　　　　我被聰明誤一生
> 다만 그저 아이가 우둔하고 노둔하여　　　　　　惟願孩兒愚且魯
> 재앙과 환란 없이 공경되길 원하노라.　　　　　　無災無難到公卿
> ・소식(蘇軾), 「아이를 씻기다(洗兒)」

　자식의 탄생과 관련하여 작품을 남긴 중국 시인으로는 백거이(白居易)[14]와 소식(蘇軾)[15], 두보(杜甫)[16] 등을 들 수 있다. 위의 시는 가장 유명한 득자시(得子詩) 중 하나로, 1083년 9월 27일 소식의 시첩 왕조운(王朝雲)이 넷째 아들 둔(遯)을 낳은 뒤에 지은 시이다. 당시 48세에 낳은 늦둥이였으나, 이 아이는 불행하게도 1년 뒤에 죽었다. 이 시를 지을 당시에 소식은 황주(黃州)에 유배되어 있었다. 아이를 향한 축복보다는 자신의 처지에 대한 자괴를 짙게 깔면서, 자신처럼 부침(浮沈) 있는 삶을 살기보다는 무탈하게 성공하기를 바라는 마음을 담았다.

> 동파공이 자식 키움에 총명을 두려워했으나　　坡公養子怕聰明
> 난 바보 되어서는 일생을 그르쳤네.　　　　　　我爲痴獃誤一生
> 도리어 원하는 건 아이가 총명하여　　　　　　還願生兒儇且巧
> 하늘 뚫고 땅을 달려 공경에 이르기를.　　　　鑽天驀地到公卿
> ・전겸익(錢謙益), 「동파의 세아시를 반박하다(反東坡洗兒詩)」

　소식은 자신의 총명함 때문에 많은 시련을 겪었으니 오히려 자식이 어리석어 공경(公卿)까지 오르면 좋겠다는 요지로 시를 쓴 반면, 전겸익은 총명함을 갖추어 공경에 오르면 좋겠다고 했다. 자식의 성공을 바라는 부모의 마음은 매한가지지만, 자신의 불우에 대한 시선에 따라 그 방법에서는 두 사람이 입장 차이를 보인다.

> 파옹(소동파)은 총명을 미워하지 않았고
> 목로(전겸익)는 자못 치절[17]한 서생이 아니었네.[18]
> 허물없고 기림 없음이 곧 옳을 것이니
> 생남한들 어찌 꼭 모두 공경 되겠는가?
> 坡翁未是惡聰明　牧老殊非痴絶生
> 無咎無譽斯可矣　生男何必盡公卿
> • 심익운(沈翼雲), 「장난삼아 목재가 동파의 세아시를 반박한 시의 운자를 쓰다(戲用牧齋反東坡洗兒詩韻)」

심익운은 앞선 두 사람의 견해에 반대하며, 총명함이나 어리석음을 바라는 것 자체가 모두 잘못된 일이고 출세를 하거나 혹은 하지 못하는 것 역시 하늘에 달려 있는 것이지 사람이 바랄 수 있는 일은 아니라고 비판하였다.[19] 사람들은 누구나 자식이 소시민적인 행복을 누리며 순순하게 살기를 바라는 한편, 자신의 결핍된 욕망을 실현해줄 수 있는 훌륭한 사람이 되기를 바라기도 한다. 그의 불우한 생애 탓인지, 소식과 전겸익보다 오히려 더 비극적인 전망을 내놓았다.

자식을 향한 기대와 소망은 탄생의 순간에 더욱 간절하기 마련이다. 무던하고 건강하게 자라서 가문을 빛내고 부모를 기쁘게 해주는 인물로 성장하기를 어느 부모인들 원하지 않겠는가. 옛사람들은 자식이 태어난 벅찬 환희에서 무엇을 느끼고 어떻게 표현하고 있을까?

2

마흔 살 먹은 사내 흰머리 희끗한데 　　　　　四十男兒白髮新

눈앞에 부모 달랠 자식이 없었다네. 　　　　眼前無子慰雙親

선대의 적덕으로 남은 복 있다 했는데 　　　人言先德當流慶

하늘이 늙은 처에게 아이를 갖게 했네. 　　天遣老妻能有身

간밤의 꿈속에서 해와 달 품었는데 　　　　去夜夢中懷日月

어느 때에 지상에 기린이 떨어지랴. 　　　何時地上落麒麟

가문의 성쇠에 관련이 될 것이니 　　　　　實關門戶衰隆事

홀로 직접 향 살라 신명에게 기도하네. 　　獨自焚香禱鬼神

일찍이 딸을 낳아 문에 닿게 길렀는데 　　曾生女子養齊門

저 애의 맡은 본분 술과 음식 논할 뿐이네. 　職分渠惟酒食論

효도는 후사를 남기는 일 먼저이니 　　　孝道先須存後嗣

어버이 마음속에 손자 안길 늘 바랐네. 　親心常冀抱男孫

알 수 없는 수명에 관한 음양의 운수는 　參差年月陰陽數

시골 마을 무당이나 점쟁이마다 다르구나.[20] 　變幻村閭巫卜言

이런 이치 조화에만 관련이 될 뿐이니 　此理祗應關造化

영개 불러 하늘에게 물어보려 하도다. 　欲招靈介問天閽

동풍이 만물 낳는 이른 봄 시기에는 　　東風生物早春時

열 달의 기한이 처음으로 찰 것이네. 　政是初盈十朔期

인삼 든 약제로다 산모 피를 조절하고 　大抵蔘劑調母血

곧바로 난탕에 목욕시켜 아이 몸 젖게 하리. 　直須蘭沐潤兒肌

진주 같은 포대기는 상자에 곱게 간직됐고 　眞珠褓就藏箱爛

밝은 달 같은 활은 벽에 기이하게 걸려 있네.　明月弧成掛壁奇
밤낮으로 온 집안이 손꼽아 기다리니　日夜擧家咸屈指
모든 신 소중하게 가문 보호해주소서.　百神珍重護門楣

사람마다 사내애만 낳으려 하는데　常情思得丈夫兒
더욱이 아이 나면 관상이 기이하길 빈다오.　轉祝兒生相法奇
서각 같은 천정[21]은 권귀할 골격이고　犀角天庭權貴骨
하해(河海) 같은 눈과 입은 성신의 모습이길.　河眸海口聖神姿
예부터 하관이 풍만하면[22] 천록이 마땅하나　古來豐下宜天祿
마침내 찌그러진 두개골은[23] 복이 쇠함에 들어맞네.　終是偏顱合祚衰
기혈이 엉겨 생김은 부모에게 달렸으나　氣血凝成父母在
후박을 조절함은 조화옹이 하는 거네.　分劑厚薄化翁爲

어리석은 아들 많으면 늙은 부모 욕보이니　愚魯男多祇忝翁
총명한 신동 아이 얻기를 원하노라.　聰明願得一神童
자식이 있어도 개 같은 유표(劉表)의 아들 무엇하리.　有兒安用劉家犬
아들 낳으려면 마땅히 순씨의 팔룡과 같아야 하리.　生子當如荀氏龍
산하처럼 잘난 기를 마땅히 길러야 하고　精秀河山宜毓氣
성두 같은 문채를 가슴속에 지니기를.　文明星斗盡藏胸
내가 이 아이 자랑거리 아님을 깊이 알아야　深知此兒非誇大
그런 뒤에 곧 능히 조종을 계승하리.　然後方能繼祖宗

많은 재능에 녹 없으면 고달픈 일인데　多才無祿實酸辛
천지가 저 애에게 온 복이 새롭게 하여　天地令渠百福新
마갈[24] 같은 악성은 운명에 들지 말고　磨蝎惡星休入命

세상에 다시없는
내 편을 얻다

야유하는 궁귀가 몸에 붙지 말게 하오.	揶揄窮鬼莫隨身
공명은 용, 봉황처럼 높은 데 붙어 있고	功名龍鳳高攀附
성품은 기린처럼 다 후하고 인자해야 하리.	子性麒麟總厚仁
조물주께 말 전하니 노력을 꼭 하여서	寄語化工宜努力
원기를 길러내어 이 애에게 모이게 하길.	陶甄元氣鍾斯人

• 정범조(丁範祖), 「배 속의 아이를 축원하며(祝腹兒)」

　나이가 마흔 줄에 들어도 자식이 없었다. "당신 집안처럼 적덕(積德)을 했다면 응당 아이를 낳을 겁니다"라고 남들은 덕담을 하곤 했는데, 이제야 부인이 회임(懷妊)을 했던 모양이다. 부인이 지금 아이를 막 가졌는데 기린처럼 훌륭한 아이가 얼른 태어났으면 하는 조급한 마음을 드러냈다. 무엇보다 아이를 낳는 것은 후사(後嗣)를 잇는다는 큰 의미가 있으니, 정갈한 마음으로 향을 사르면서 신명께 기도를 올린다.

　정범조는 1남 1녀를 두었다. 첫째는 딸로 유맹환(兪孟煥)에게 시집을 갔고, 둘째는 아들로 정약형(丁若衡)이다. 딸은 문에 키가 닿을 만큼 제법 자랐으니, 소소한 가사일과 관련된 일만을 맡길 뿐이다. 아들은 부모의 제사를 받들어 집안의 중심이 되어야 하니, 부모님은 손자 소식을 눈이 빠지게 기다리고 있다. 궁금해서 시골 점쟁이한테 아이의 운수를 점쳐보지만 이 사람 저 사람 다들 다르게 말하니 믿을 게 못 되고, 결국 하늘에게 자식의 운명을 묻고 싶다는 마음을 전했다.

　봄이 되면 산달이 다 차게 된다. 아이가 태어나면 산모에게는 인삼이 든 귀한 약재를 먹여서 보혈(補血)하게 하고, 아이는 난초 담긴 탕에다 깨끗하게 몸을 씻어주리라. 진주처럼 고운 포대기는 상자에다 고이 간직해두었고, 아들이 태어나면 뽕나무 활에 쑥대 살 여섯 개를 사방에 쏘려고 활도 이미 준비해서 걸어두었다. 밤낮으로 온 집안사람이 아이가 태어나기를 손꼽아 기다리고 있으니, 모든 신이 가문을 보호해 주기를 바란다고 했다. 아이를 기다리며 산후(産後)의 일을 하나하나 준비해가는 아버지의 심정을 절절하게 싣고 있다.

세상 사람이 모두 사내아이 낳기를 바라지만, 막상 낳고 나면 더 욕심을 부려 관상도 좋기를 바란다. 그러니 귀하게 될 골격과 성신(聖神) 같은 눈과 입이었으면 더할 나위가 없다. 관상이 좋으면 하늘의 복록을 받겠지만, 반대로 관상이 나쁘면 박복(薄福)할지도 모른다. 몸이야 부모를 닮아서 태어나겠지만, 복의 많고 적음은 하늘의 조홧속이니 어쩔 도리가 없다. 자식이 멋진 용모와 좋은 운명을 갖고 태어나기를 바라는 부모의 마음을 담았다.

어리석은 자식이 태어나면 늙은 부모를 욕보이니 총명한 아이가 태어나기를 원하는 게 당연하다. 유표(劉表)의 아들을 개와 돼지에 비유해 못난 아들의 대명사로 쓰이는 돈견(豚犬)이란 말이 있다. 반면 순씨의 팔룡은 순숙(荀淑)의 아들 여덟이 모두 재주가 뛰어났다는 데서 유래한 말이니, 잘난 아들이란 뜻이다. 뛰어난 자질과 문장을 겸비해서 스스로 자만하지 않는다면 훌륭한 조상을 잇게 되리라.

재능만 있다 해서 세상일이 술술 풀리는 것이 아니니, 일마다 복이 있어 줄 것도 기원했다. 나쁜 운명이나 궁한 귀신이 아이에게서 비껴가줄 것과 공명과 성품이 함께 훌륭하기를 빌었다. 이러한 모든 것을 조화옹에게 비노니, 제발 그러한 바람이 꼭 이루어질 수 있기를 청하고 있다.

이 시는 총 여섯 편으로 구성되어 있다. 아직 배 속에 있는 아이를 향한 아버지의 간절한 사랑과 기대가 참으로 인상적이다. 산모와 같은 마음으로 열 달을 애태우고 기다린다는 요즘 남편들과 표현 방식만

세상에 다시없는
내 편을 얻다

달랐을 뿐, 그 마음에는 별반 다를 바 없다. 노산(老産)인 아내의 임신에 이것저것 생각이 어지러웠는지 순산(順産)하기를 바라는 남편의 마음과, 자식이 훌륭한 모습과 운명을 타고나기를 바라는 아버지의 심정을 함께 담고 있다.

3

옛사람 늘그막에 자식 낳음 경계했으니　　　　　昔人衰老戒生兒
가을날 꽃 옮긴들 얼마나 보겠는가.　　　　　　秋日移花看幾時
아이가 말 배우고 걸음마 하는 등불 곁에서　　　學語扶床燈影畔
우연히 웃다가도 도리어 슬퍼지네.　　　　　　偶然成笑却成悲

• 이민구(李敏求), 「옛사람들은 쉰 살에 자식 낳는 일을 경계했다. 이제 내 나이가 어찌 쉰 살만 되었겠는가? 등불 아래에서 막내 아이가 장난치는 것을 보고 장난삼아 쓰노라(古人戒五十生子, 今余奚但過之, 燈下見最少娛嬉, 戲書)」

　　정확한 출전은 확인할 수 없지만 쉰 살에 아이를 낳는 것에 대해서 경계하는 글이 있었던 것 같다. 제목에 나와 있듯 이민구는 쉰 살이 훌쩍 넘어서 아이를 갖게 되었으니, 이보다 정도가 더 심한 경우였다. 자신을 가을날로, 자식은 꽃에 각각 비유하여, 가을날에 꽃을 옮긴다 해도 그 꽃을 오래 볼 수 없다고 표현했다. 늦둥이가 등불 밑에서 말을 옹알대고 아장아장 걸음마도 한다. 보고 있으면 흐뭇해서 절로 웃음이 나오지만, 볼 날이 많이 남지 않았다 생각하면 울컥하고 서글픈 마음

〈　작자 미상, 「훈벌풍속도(訓罰風俗圖)」, 종이에 담채, 41×91cm.

세상에 다시없는
내 편을 얻다

이 든다. 오래도록 자식의 그늘이 되어주고 싶은 것이 부모의 당연한 마음일 터인데, 현실적으로 불가능할 것 같아 그저 슬플 뿐이다. 뒤늦게 얻은 아이에 대한 흐뭇함과 안쓰러움을 함께 적시하였다.

짧은 머리 헝클어져 흰 눈처럼 엉켰는데　　　　　短髮鬂髿素雪凝
늘그막에 아들 볼 일 생각이나 했겠는가.　　　　暮年添子意何曾
옆 사람들 고양리에 잘못 비유하였으니　　　　　傍人錯比高陽里
청사에 좋은 명성은 순숙이 창피하리.　　　　　青史芳名愧朗陵

• 신정(申晸), 「아들을 낳고 감회가 있어서(生子有感)」

　신정은 심희세(沈熙世)의 딸인 첫 번째 부인 청송 심씨에게서 3남 2녀를, 허섬(許暹)의 딸인 두 번째 부인 양천 허씨에게서 6남 3녀를 두었다. 모두 9남 5녀를 두었으니 보기 드문 청복(清福)을 누렸다 할 수 있다. 게다가 생각지도 못한 아들을 늘그막에 보게 되어 주위 사람들은 자신을 동한(東漢) 때 고양리(高陽里)에 살던 순숙에 빗댔으나, 그는 그 말이 잘못되었다고 했다. 자신은 아들을 아홉 두었으니, 아들 여덟을 둔 순숙이 자신만 못하다고 농을 친다. 나이가 들었다고 해서, 또 아들이 많다고 해서 자식을 낳은 기쁨이 감해질 리 만무하다.

늘그막에 처음으로 아들 봤으니　　　　垂老始得子
기쁜 정이 젊을 때보다 배가 되었네.　　喜情倍少時
내 나이는 마흔두 살이어서　　　　　　我年四十二
늘 자식 없는 슬픔 품고 있었네.　　　　常懷無子悲
다시 예순 살 되길 기다린다면　　　　　更待至六十
자식은 열여덟 살 응당 될 테지.　　　　兒應十有八

　　　　　　　　　　　　　　　　　　　　　　　자식

아비가 늙어서야 아들 클 테니	父老子始長
부자의 정 말하기 어려울 거네.	兩情應難說
아비는 아이 자립 바랄 것이고	父望子成立
자식은 (부모) 섬길 날 적을 걸 걱정하리.	子憂事日少
자식 없을 땐 자식 없어 걱정하더니	無子憂無子
자식 있자 못 가르칠까 걱정일세.	有子憂無教

• 박전(朴全), 「아들을 얻고서(得生子)」 부분

　박전의 나이 마흔둘에 아들 박장선(朴善長)이 태어났다. 자식 없는 슬픔에 항상 울적한 마음을 안고 살다가 아이를 어렵게 얻고 보니 기쁨이 배는 더한 듯하다. 자신의 나이가 예순이 되면 아이는 열여덟 살이 된다며 언제 다 키울지 막막한 마음도 비치었지만, 부자간의 정은 애틋하여 말로 표현하기 어려울 정도다. 아버지는 늘 아이가 어서 커서 당당하게 자립하기를 바라고, 아들은 아버지를 섬길 날이 적을 것만 걱정한다. 자식이 있으면 있는 대로, 없으면 없는 대로 걱정이다. 젊은 나이에 자식을 얻었다면 그저 기뻐하고 당연시했을 모든 일이 하나하나 새롭고 소중하다. 만만찮은 인생을 이미 살아내고 있는 아버지는 어린 아들 역시 잘 헤쳐나갈 수 있을까 까닭 없이 염려스러울 뿐이다.

일흔다섯 살 생남도 세상에 드문데	七五生男世古稀
어이하여 여든 살에 또다시 아이 낳나.	如何八十又生兒
알겠구나, 조물주가 정말로 일 많아서	從知造物眞多事
이 늙은이 후대하여 하는 대로 놔둔 것을.	饒此衰翁任所爲
여든 살에 생남은 아마도 재앙이니	八十生兒恐是災
축하는 당치 않고 그저 웃어주시기를	不堪爲賀只堪咍

괴이한 일이라고 다투어 말하지만   從敎怪事人爭說
세상 풍정 아직 사라지지 않은 것 어쩌리.   其奈風情尙未灰

심수경(沈守慶)의 『견한잡록(遣閑雜錄)』에 나오는 작품이다.[25] 이 시의 주인공은 75세와 80세에 각각 비첩(婢妾)에게서 아들을 얻었다. 자신 역시 겸연쩍은 속내를 비치지만, 그래도 조물주가 주신 복으로 받아들이는 걸 보니 싫지만은 않았던 모양이다. 나이가 든다고 세상일에 대한 감정도 함께 늙는 것은 아니다. 늦은 나이에 자식을 얻은 것이 세상에 대한 열정과 감정이 사그라지지 않은 탓이라는 마지막 두 구절에서 그러한 마음을 엿볼 수 있다.

4

얻거나 잃거나 순리대로 받을 터니   得失唯當順受之
득남 무에 기뻐하며 득녀 무에 슬퍼하랴.   生男何喜女何悲
저 하늘이 아득한 것만은 아니니   彼蒼不是茫茫者
끝내 꼭 백도처럼 아들 없진 않으리라.   未必終無伯道兒

• 송몽인(宋夢寅), 「딸을 낳다(生女)」

아들딸을 막론하고 자식을 낳은 기쁨을 다룬 시는 생각보다 많지 않고, 그나마 득녀(得女)에 대한 심정을 다룬 작품은 손에 꼽을 정도이다. 아마도 자신의 감정을 표현하는 데 인색했던 시대적 분위기도 한몫했을 터이다.[26]

1, 2구에서 하늘이 주신 그대로 받으면 그뿐이지 남녀를 따질 필요

가 없다 하며 딸을 낳은 섭섭함이 없는 듯 표현했지만, 정작 속내는 3, 4구에 담겨 있다. 백도(伯道)는 진(晉)나라 등유(鄧攸)의 자(字)이다. 난리통에 자신의 아들과 조카를 둘 다 구할 수 없는 지경이 되자, 아들을 버리고 조카를 살렸으나 끝내 다시는 아들을 얻지 못하였다. 그러니 지금은 어쩔 수 없이 딸을 낳았지만, 꼭 아들을 낳고 싶다는 바람을 담은 셈이다. 불행하게도 송몽인은 서른한 살에 죽었고, 그 꿈은 끝내 이루지 못했다.

남들이 "딸 낳는 게 실수만은 아니니   人言生女未爲失
남의 집에 보내주어 아내를 삼아주고   送與人家男作室
다른 집에 딸 있으면 남에게 보내주니   人家亦有女送人
그런데 내가 사내 낳을 날 없겠는가" 하네.   而我生男豈無日
이 말이 농 같지만 참으로 이치 있으니   斯言似諧眞有理
외워보면 내 입에서 저절로 나온 말 같네.   誦之不啻如口出
하물며 지금에는 정역이 고달프니   況今征役日椎膚
어찌 반드시 딸은 흉하고 아들은 길하다 하랴.   何必女凶男是吉
손수 국, 밥 가지고서 야윈 처에게 권하노니   手持羹飯勸瘦妻
야윈 처는 그 말 듣고 한 번 활짝 웃어주네.   瘦妻聞之爲一哑

• 조긍섭(曺兢燮), 「8월 18일에 셋째 딸이 태어났다. 이 시를 써서 수봉에게 보낸다(八月十八日, 第三女生. 題寄壽峰)」 부분

조긍섭이 문영박(文永樸, 1880~1931)[27]에게 준 시이다. 아들을 낳으면 며느리를 맞아들이게 되고 딸을 낳으면 남의 집에 시집을 보내게 되니, 딸을 낳는 것만 손해가 아니라 어차피 매한가지라는 옛말을 인용해 자신의 섭섭한 감정을 표현하고 있다. 사내아이를 낳아 정역(征役)

세상에 다시없는
내 편을 얻다

에 시달리는 것을 보느니 차라리 딸을 낳아 안쓰러운 것을 보지 않는 게 나을지도 모른다며 스스로를 달래고 위로해본다. 자신의 섭섭함은 뒤로하고, 아들이든 딸이든 길흉을 따질 수 없다는 말로 상심한 아내를 다독이는 남편의 마음이 참으로 따스하다.

이 아이 태어난 것 무슨 까닭인가.	兒生何所以
내 생각으로는 알기가 어렵구나.	吾意亦難知
갑작스레 아들 난 것 괴이하다가	忽怪能成子
이어 다시 누굴 닮았나 생각이 드네.	仍思更肖誰
정이란 건 달사에게 짐이 되지만	情爲達士累
기뻐하는 건 가족들의 사정이로다.	喜是家人私
생각건대 나도 일찍이 너와 같았는데	念我曾如爾
잠깐 만에 벌써 늙어버렸네.	斯須已此時

• 이서구(李書九), 「아들이 태어났다는 소식을 듣고서(聞生子)」

자식이 태어났다는 소식에 무조건 기쁘기만 했을 리 만무하다. 그래서 그런지 자식을 얻은 아버지가 낯선 감정에 당혹감을 표출한 시가 제법 많다. 어떠한 오묘한 섭리에 의해서 자신의 아들로 태어났는지 알 수 없다고도 하고, 찬찬히 아이의 얼굴이 누구를 닮았나 확인하기도 한다. 자신은 세상에 얽히는 정에 빠지는 것이 감당하기 힘들지만, 가족들은 너도나도 기뻐한다. 아이도 금세 자신처럼 늙을 테고, 재빨리 흐르는 세월에 인생살이 또한 녹록치 않을 것이다. 탄생의 환희보다는 척박한 세상에 던져진 새 생명에 대한 서글픈 연민이 앞서는 것 역시 부정(父情)의 다른 표현에 다름 아닐 것이다.

자식

신한평(申漢枰), 「자모육아(慈母育兒)」, 종이에 수묵담채, 23×31cm, 간송미술관.

아! 나는 어릴 적에 고아가 되어	嗟我早孤露
슬픈 마음 일마다 새로웠네.	悲懷遇事新
아비를 부르던 일 어제 같건만	呼爺如昨日
오늘 새벽 나 또한 자식 낳았소.	生子又今晨
이미 족히 세 식구 이루게 됐지만	已足成三口
도리어 한 몸이 얽매이누나.	還敎累一身
이 내 속내 누구에게 말을 해볼까	衷情向誰說
남몰래 눈물 흘려 수건 적시네.	暗地涕露巾

• 이정직(李廷稷), 「자식을 얻고서. 계해년(得子有感 癸亥)」[28]

세상에 다시없는
내 편을 얻다

고아로 자라서 부모의 사랑을 듬뿍 받지 못해 모든 일이 슬프기만 했는데, 그러한 자신이 한 아이의 아비가 되었다. 이제 세 식구가 자신의 한 몸만 바라보게 되었으니, 가장의 무게가 다시금 더욱 무겁게 느껴진다. 남들이 들으면 아이를 낳고 배부른 소리 한다 욕할지 모르지만, 정작 자신은 기쁘기보다 눈물이 나올 만큼 마음이 편치 않다. 아버지가 된 후에 느끼는 복잡한 감정이 짧은 시에서 긴 여운을 남기고 있다.

5

자식의 출생은 설렘, 환희, 기쁨, 경외, 부담, 당혹감, 안쓰러움 등 여러 감정을 모두 느끼게 해주는 인생의 대사건이다. 어머니는 열 달 동안 온몸으로 아이를 느끼고, 아버지도 산모와 태동을 함께 느끼며 건강한 아이가 태어나기를 간절히 기도한다. 열 달을 하루처럼 기다리다 아이와 만나는 그날부터 아버지, 어머니의 이름으로 다시 살게 된다.

조선 시대의 아버지는 자식의 출생을 어떻게 받아들였을까. 복중(腹中)의 아이에 대한 간절한 기도부터, 늦은 나이에 아이를 얻은 후 느낀 쓸쓸하고 서글픈 감회, 딸을 낳은 것에 대한 아쉬움, 아버지가 된 사실에 대한 막막함 등은 지금의 아버지와 별반 다를 바 없다. 예나 지금이나 부모가 되는 순간에 느끼는 벅찬 감회와 한 생명을 책임져야 하는 막중한 무게를 동시에 감당하는 것은 아버지의 몫이다. 살면서 다 포기하고 모두 놓아버리고 싶을 때가 왜 없겠는가. 어쩌면 모든 아버지는 세상에서 진정한 내 편인 자식을 얻게 되어서, 이 세상과 후회 없이 한번 싸워볼 용기가 생기는 것은 아닐지 모르겠다.

꽃다운 모습,
그 누구 때문에
시들었을까

아내

'아내'는 아픈 이름이다. 결혼과 함께 아내의 꿈은 조금도 자라지 않고, 올지도 모를 희망과 행복이란 말에 아내의 젊음은 철저하게 전당(典當) 잡힌다. 그래서 아내는 늘 남편의 부채이고 아픔이며, 철저히 묶음 처리 당한 슬픈 이름이다.

그 옛날에 현부(賢婦)는 참으로 많았다. 후한(後漢) 양홍(梁鴻)의 처인 맹광(孟光)은 거안제미(擧案齊眉)로 잘 알려져 있다. 항상 남편에게 밥상을 눈썹 높이로 하여 올릴 정도로 남편을 공경했다고 한다. 또 포선(鮑宣)의 아내 환씨(桓氏)는 남편을 지극정성으로 모시고 항아리를 들고 나가 물을 길으며 부도(婦道)를 다했다.

> 너랑 나랑, 너무나도 다정했지.
> 넘치는 정에 불처럼 뜨거웠지.
> 진흙 한 덩이 쥐어다가
> 너 빚고, 나 빚었기 때문이지.
> 이제 우리 둘을 함께 부수어 물을 부어 반죽하다
> 다시 너 하나를 빚고, 다시 나 하나를 빚으리.

꽃다운 모습,
그 누구 때문에 시들었을까

내 안에 네가 있고, 네 안에 내가 있다가

살아서는 한 이불을 덮고 죽어서는 같은 관에 눕기를.

• 관도승(管道昇), 「아농사(我儂詞)」[1]

조맹부(趙孟頫)의 아내 관도승[2]은 관부인으로 일컬어졌으며 서화에
능했다. 부부가 함께 낚시를 즐겼던 것으로도 유명하다. 조맹부가 다
른 여자에게 눈을 돌리자 관도승은 자신의 심정을 읊은 이 작품을 지
었다. 몸과 정신이 하나가 되어 너와 나를 나눌 수 없는 지극한 사랑.
너는 내가 되고 나는 네가 되어, 살아서는 한 이불을 함께 덮고 죽어서
는 하나의 관에 함께 눕자고 했다. 이 글을 읽고 조맹부는 정신이 퍼뜩
났는지 자신을 기다리며 「유소사(有所思)」를 지어 보낸 최운영(崔雲英)
에게 헤어지자는 편지를 보낸다.

아버지께서 가보라고 말씀하시지만 한 번도 날을 딱 정해 가라
는 말씀을 아니하시니 민망함이 끝이 없네. 산기(産氣)가 시작하거
든 아무쪼록 부디 즉시 사람을 부리소. 밤중에 와도 즉시 갈 것이
니 부디 즉시 사람을 보내소. 즉시 오면 비록 종이라도 큰 상을 줄
것이니 저들에게 이대로 일러서 즉시 즉시 즉시 보내소. 어련히 마
소. 여러 날 어긋나게 되면, (자네만 고생하고) 정히 나는 고생을 아
니할 것이니 소홀히 마소.

• 「현풍곽씨 언간」 27번 편지 중에서

곽재우(郭再祐)의 종질인 곽주(郭澍, 1569~1617)는 첫째 부인과 사별
한 후 하준의(河遵義, 1552~?)의 맏딸 진주 하씨(晉州 河氏, 1580~1652 추
정)와 재혼해 슬하에 4남 5녀를 두었다. 그러나 전처의 아들과 갈등을

아내

겪으며 별거하면서 편지로 많은 사연을 주고받았다. 불가피하게 따로 살기는 했지만 산달이 가까워지는 아내에 대한 걱정만은 여느 남편 못지않았는지 짧은 편지에 '즉시'란 말을 여러 차례 반복해 쓸 정도로 신신당부를 하고 있다. 그런 자신의 마음을 아버지는 아는지 모르는지 한번 가봐라 말씀만 꺼내놓고는 가타부타 말이 없다. 당시 출산은 목숨을 담보로 하는 일이었기에 남편의 걱정은 이만저만 큰 것이 아니었다. 아내를 향한 각별한 정이 짧은 편지에 가득하다.[3]

　결혼의 로망은 부부가 해로(偕老)하는 것이지만 그렇지 않은 경우도 적잖았다. 조선 시대에 이혼을 의미하는 용어는 이이(離異), 출처(出妻), 출처(黜妻), 기별(棄別), 기처(棄妻) 등 다양했다. 양반들 사이에서 아내에게 써주는 이혼 문서를 '휴서(休書)'라고 불렀다. 이혼의 사유는 칠거지악(七去之惡)으로 대변되는 여자의 결격이 중심을 이룬다. 그렇다고 무턱대고 남편이 아내에게 혼인 파기를 주장하지는 못했던 모양이다. 삼불거(三不去)[4]라 하여 최소한의 안전장치는 마련되어 있었다. 최근에 전북대학교 박물관이 소장하고 있던 조선 시대 이혼 합의서가 공개되었다. 이 문서는 "칼을 품고 가서 그녀를 죽이는 것이 마땅한 일이나 그렇게 하지 않겠다", "엽전 서른다섯 냥(현재 100만 원 상당)을 받고 영원히 혼인 관계를 파기하고 위 댁(宅)으로 보낸다"라는 내용으로, 돈 몇 푼 받고 외도한 아내를 보내줄 수밖에 없었던 남편 최덕현의 원통함을 담고 있다.

　한화(寒花)는 아내가 시집올 때 데려온 몸종이다. 가정(嘉靖) 정유년(丁酉年) 5월 4일에 죽어서 빈 야산에 묻었다. 나를 끝까지 시중들지는 못했으니, 운명이로구나!
　한화가 처음 아내의 몸종으로 왔을 때 나이는 열 살이었다. 양

꽃다운 모습,
그 누구 때문에 시들었을까

갈래 머리를 드리우고 짙은 초록빛 치마를 질질 끌고 다녔다. 어느 추운 날, 한화는 불을 때서 올방개를 삶아 익히고 껍질을 벗겨서 사발에 채우고 있었다. 내가 밖에서 들어와 올방개를 먹으려 하자 한화가 사발째 들고 가서 내게 주지 않았다. 아내는 이 모습을 보고 웃었다. 아내는 늘 한화를 탁자 옆에 기대 밥을 먹게 하였는데, 한화는 밥을 먹을 때마다 눈치를 보느라 눈동자가 천천히 움직였다. 아내는 또 나를 부르며 웃음을 지었다.

이때를 돌이켜보니 어느새 10년이라는 세월이 훌쩍 지나가버렸다. 아, 참으로 슬프구나!

• 귀유광(歸有光), 「한화장지(寒花葬誌)」[5]

아내가 시집올 때 데려온 몸종 한화는 열 살의 어린 나이에 양 갈래 머리를 늘어뜨리고, 치마가 길어서 질질 끌고 다녔다. 올방개 껍질을 벗겨서 사발에 채우다 제 주인도 몰라보고 올방개를 숨기고는 주지 않았다.

아내는 버릇없다 성낼 법도 한데 그 모습을 보며 따스하게 웃는다. 또 밥을 먹을 때에는 누가 빼앗아 먹을까 눈치 보느라 눈동자를 이리저리 굴렸는데, 아내는 그 모습마저 귀엽다고 남편을 불러서 보라며 웃음 지었다. 10년 전 그때는 한화도 아내도 있었으나, 지금은 한화도 아내도 사라지고 없다.

이 글은 한화의 이야기를 담고 있지만 결국은 세상을 먼저 뜬 아내를 향한 눈물겨운 그리움을 절절하게 표현하고 있다.

'자식 추기 반미친놈 계집 추기 온미친놈'이란 속담도 있듯이 옛날에는 아내에 대한 언급 자체가 극도로 꺼려졌다. 조선 시대 아내에 대한 기억들은 제문(祭文)이나 도망시(悼亡詩) 정도로만 공식적으로 허용

될 뿐이었다. 오직 죽음으로만 맘껏 아내를 기억할 수 있는 셈이다. 그 옛날 남편들은 아내를 어떻게 사랑하고 아껴주고 그리워했을까?

2

제가 어렸을 때를 떠올려보면　　　　　　憶妾少小初
낭군 나이 겨우 예닐곱 살이었네.　　　　郎年纔六七
낭군 집과 마주하여 살고 있어서　　　　　郎家對門居
늘 함께 나와서는 소꿉놀이했지.　　　　　遊戲每同出

다소곳하게 저는 꽃을 꽂았고　　　　　　窈窕妾簪花
낭군께서는 개구지게 죽마를 탔네.　　　　蹣跚郎馬竹
들판에 봄풀이 자랄 때에는　　　　　　　長干春草時
손잡고 답청놀이 함께했었죠.　　　　　　携手共踏綠

장난감 병아리로 기러기 대신하고　　　　弄雛代奠雁
풀을 엮어 신부의 트레머리 만들었네.　　　編草作新髻
지난밤 동쪽 집에서 혼인할 때　　　　　　昨夜東家婚
새신랑은 저처럼 절을 했었죠.　　　　　　新娘如儂拜

열다섯에 진짜 낭군에게 시집을 가니　　　十五嫁眞郎
진짜 낭군 바로 그 낭군이라네.　　　　　　眞郎非別郎
신방에서 화촉을 밝히었고　　　　　　　華燭洞房內
다시 한 번 둑 위처럼 맞절하였죠.　　　　復作堤上拜

61

은근히 어릴 때 일 떠올려보면 　　　　暗憶少小事

부끄러워 얼굴은 발그레해지네. 　　　　含羞面發紅

낭군의 평소 성품은 장난 좋아해 　　　　郎性好戲劇

나더러 두 번 시집온 여자라 놀렸네. 　　　道妾再嫁儂

• 이안중(李安中), 「자야가(子夜歌)」 스무 수(二十首)

이 시는 총 스무 편의 연작시로 되어 있다. 맞은편 집에 살던 예닐곱 먹은 사내아이와 늘 소꿉장난했다. 자신은 꽃을 꺾어 머리에 꽂고 사내아이는 죽마를 타면서 개구지게 놀았다. 가끔 봄에 교외로 나가 봄풀을 밟으며 놀았고, 옆집에 혼례라도 있는 날이면 신랑 각시를 어설프게 흉내 내기도 했다. 그런 그들이 훌쩍 자라 진짜 혼례를 올리고 그 옛날처럼 다시 맞절하게 되었다. 신랑은 농으로 두 번 시집온 여자라 골려대고 신부는 부끄러워 얼굴이 붉어진다. 철부지 시절 사랑을 키워가다 실제 결혼으로 결실을 이룬 이야기가 동화처럼 예쁘게 그려졌다.

냇물 너머 개 짖는 소리 들리니 　　　　隔水靑犬吠

산속 집 고요함을 겨우 면했네. 　　　　山家免寂廖

밤이 되어 비바람 요란해지면 　　　　夜來風雨響

처자식들 도란도란 이야기 소리. 　　　　妻子話蕭蕭

맑은 날씨 반가워서 손님을 맞아 　　　　喜晴邀客坐

대숲 비친 달빛을 나눠드렸네. 　　　　分與竹中月

아내는 어린 아들 돌아보면서 　　　　孺人顧稚子

벼꽃이 피었느냐 자주 물었네. 　　　　數問稻花發

• 이복현(李復鉉), 「아내에게(絶句示內)」[6]

아내

김홍도(金弘道), 「평생도(平生圖)」, 『회혼례(回婚禮)』, 종이에 담채, 67×32.5cm, 국립중앙박물관.

집이 산속에 위치한 탓에 사방이 고요하기 짝이 없고 간혹 개 짖는 소리만이 정적을 깰 뿐이다. 비바람이 요란하게 불어대는 밤이면 아이와 아내는 도란도란 이야기를 나눈다. 밖이 시끄럽고 무서울수록 가족의 결속은 더욱 견고해진다. 작자는 냇물 소리, 개 짖는 소리, 비바람 소리, 가족의 이야기 소리 등 여러 소리를 제시했다. 그중 무엇보다 듣기 좋은 것은 가족이 이야기하고 장난치며 숨이 까르르 넘어가는 소리다. 자신은 한량이어서 집안일은 아랑곳하지 않고 손님을 초대해 대숲에 비치는 달빛 구경만 할 작정이다. 그러나 아내는 자꾸만 어린 아들에게 농사 걱정을 늘어놓는다. 맑은 날씨를 보는 두 사람의 시선 차이가 재미나다. 두 시 모두 아내에 대한 사랑과 미안함이 엿보인다.

> 거처는 늘 천장에 머리 부딪혀 괴롭고　　　　居常苦屋打頭
> 놀 때에는 언제나 행각승을 좋아하네.　　　　遊常愛僧行脚
> 아내는 거미 같고 자식은 누에 같아　　　　　妻如蛛子如蠶
> 온몸을 온통 칭칭 묶고서 감싸도다.　　　　　渾身都被粘縛
>
> • 이언진(李彦瑱), 「동호거실(衕衚居室)」 35번

이상(理想)은 활주(滑走)하지만 현실은 깨금발로 간다. 좁다란 거처에서 훌훌 털고 벗어나서 행각승처럼 만행이나 다녔으면 한다. 그러나 현실은 만만치 않다. 가장의 책무는 늘 무겁기만 하며, 때로는 현실을 외면하고픈 마음이 들 때도 있다. 아내와 자식은 나를 옴짝달싹 못하게 만든다. '점박(粘縛)'은 거점해박(去粘解縛)이란 말로 흔히 사용되며, 불교 용어로 붙고 묶는 것을 이른다. 아내는 성(城)이고 자식은 감옥이라는 뜻인 처성자옥(妻城子獄)이란 말과 같은 말이다. 그의 시에서 종종 아내는 두려운 대상으로 그려진다. 아마도 무책임한 가장의 불안

한 심리[7]가 그 이유의 상당 부분을 차지하고 있을 것이다.

나가려 하니 이미 탈 게 없고	欲出旣無乘
마시려 하니 또 술조차 없어라	欲飮又無酒
눈은 내려서 남산에 가득한데	雨雪滿南山
맑은 바람은 세차게 부는구나	淸風方瀏瀏
좋은 회포 스스로 못 이기는데	好懷未自勝
떨어지는 해는 서쪽 창에 있어라	落景在西牖
벗님이 새로 지은 시구 부쳐와	故人寄新句
지팡이 짚고 어서 오라고 하네	短筇速相扣
도보로 가는 게 무에 불가하랴만	徒步豈不可
일찍이 유보의 뒤를 따랐던 터라	曾從遺補後
쓰던 글 중단하고 문득 울적해져	輟書輒向隅
끌끌 혀 차며 중얼거리고 있는데	咄咄心語口
아내가 보고 내 안색이 이상한지	婦見怪顔色
무슨 일이라도 있는지를 묻고는	問子亦何有
귓속말로 여종에게 분부하더니	屬耳戒赤脚
갑자기 술 한 말이 올라오더라	忽已致一斗
등롱은 방 안을 환히 비추는데	籠燈照丈室
재배하고 내게 술잔 올리고는	再拜爲我壽
"근래 양식이 군핍해	爾來窘炊玉
생계가 몹시 어려운 형편이라	生理劇可否
술상을 올리지 못한 지 오래이니	杯尊久闕供
당신을 잘 모시지 못해 부끄럽구려."	愧於子多負

• 박은(朴誾), 「25일에 눈보라가 매우 거세어 방문을 닫고 홀로 누워 있노라니

꽃다운 모습,
그 누구 때문에 시들었을까

산음(山陰)의 흥취를 억제할 수 없었다. 그러나 타고 갈 말이 없었고 게다가 스스로 회포를 달랠 탁주도 없었다. 근간에 택지(擇之)가 초청하는 뜻으로 보내온 시를 받았으나 어찌할 수 없기에 마음이 몹시 울적하였다. 그러던 차에 아내가 뜻밖에 술상을 차려왔다. 날도 이미 저물었기에 등잔불을 돋우고 홀로 술을 마시노라니 술병이 비어버렸다. 취중에 시를 지어 일시(一時)의 심경을 기록한다. '결활(契闊)'이란 말은 군(君)이 아니면 보일 수 없다(二十五日, 風雪甚惡, 閉戶獨臥, 山陰之興, 不可禦也. 而無騎難以自致, 又未有酒醪可以自慰. 間承擇之遺詩相要, 亦末如之何, 悒悒不樂. 家人忽謀/酒來. 日已昏矣, 挑燈獨酌, 瓶空乃已. 醉中爲詩, 用記一時契闊之語. 非君不堪相示也)」[8] 부분

눈 내리는 밤, 친구와 한잔하고픈 생각이 간절하다. 그러나 이런 날씨에 타고 나갈 말 한 필이 없고, 나누어 마실 막걸리 한 잔도 없다. 그때 마침 만나자는 친구의 연락을 받았다. 이리저리 나갈 요량을 궁리해봐도 방법이 없어 울적한데 아내는 얼굴 표정을 귀신처럼 읽어내고는 계집종에게 술 한 말을 구해오라 심부름을 보낸다. 아내는 가져온 술을 따르며 술을 미리 챙기지 못해 미안하다는 말을 덧붙인다. 이렇게 속 깊은 아내는 박은보다 먼저 세상을 떠났다. 그때 박은은 아내의 행장인 「망실 고령신씨 행장(亡室高靈申氏行狀)」을 썼다.

3

밥 먹고 채소밭을 느릿느릿 걸어가니	食後徐行向菜田
병든 아내 뒤따르고 아이들은 앞장서네.	病妻隨後稚兒先
인생의 이 즐거움에 더 바랄 것 없을 터이니	人生此樂餘無願

아내

그 누가 수고롭게 백 년 인생 보내는가.　　　　誰自勞勞送百年

• 오숙(吳翿), 「식사 뒤에(食後)」

　배도 채웠겠다 바쁠 것도 없이 천천히 밭둑을 산보한다. 병이 들어
아프기는 하지만 아내가 있으니 적잖게 위로가 된다. 건강하게 잘 자
라준 아이들은 뭐가 그리 바쁜지 앞서 달려나간다. 결국 행복이란 이
런 사소한 기억들에 있을지도 모른다. 헛된 욕망을 좇느라 정작 가장
중요한 가족은 등한시하기 십상이다. 기껏해야 백 년도 안 되는 인생
을 앰한 데서 힘을 빼다 허무하게 허비하고 만다.

연한 채소 밀어서 영감을 주고　　　　軟菜推與翁
누룽지를 밥사발에 더 얹어주네.　　　　焦飯益翁鉢
영감이 추위를 못 견딜까 봐　　　　爲翁不耐寒
짧은 치마 찢어서 버선 만드네.　　　　短裙裂作襪

농부의 살가죽은 검게 그을리고　　　　農夫皮肉皺
그 농부의 아낙은 맨발이로다.　　　　農婦亦跣足
늙고 추함 부부 서로 까맣게 잊고　　　　老醜兩相忘
밀수제비 만들어 함께 먹누나.　　　　不托共一掬

늙은 아낙 한밤중에 길쌈하다가　　　　老婦夜中績
산비 떨어지는 소리 먼저 듣고서,　　　　先聞山雨始
"마당의 겉보리는 내 거둘 테니　　　　庭麥吾且收
영감께서는 누워서 주무시구려."　　　　家翁不須起

• 이양연(李亮淵), 「촌노부(村老婦)」

67

꽃다운 모습,
그 누구 때문에 시들었을까

시골 노인의 늙은 아내에 대한 사랑이 참 정겹다. 변변찮은 식사라도 남편을 챙기는 마음은 살갑기만 하다. 연한 채소와 누룽지라도 더 먹이고 싶다. 게다가 남편이 동상(凍傷)이라도 걸릴까 봐 자신이 입던 치마마저 찢어서 남편에게 버선을 만들어준다. 남편은 늘상 밖에서 일하느라 얼굴이 햇볕에 그을려 구릿빛이 되었다. 아내도 신발 신을 새도 없이 사시사철 바쁘게 맨발로 농사일을 했다. 육신은 늙고 추해졌지만 둘 사이에 느껴지는 동지애는 한없이 커져간다. 힘겨운 노동 끝에 먹는 것은 수제비에 불과하지만 왕후(王后)의 음식이 부럽지 않다. 아내는 낮에 쉼 없이 일하고 저녁에도 길쌈을 손에서 놓지 않는다. 갑작스레 밤비가 후드득 떨어지는데 퍼뜩 마당에 말리려고 펴둔 겉보리 생각이 났는지 남편은 몸을 일으키려 한다. 아내는 자신이 보리를 거둘 테니 남편에게 그대로 잠을 청하라고 한다.

이 작품의 어디에도 애정이니 사랑이니 하는 단어는 없지만 일생 동안 고락을 함께한 가난한 노부부의 진한 정이 담뿍 녹아 있다. 이 시는 안타깝게도 아내를 잃은 뒤에 쓴 작품이다. 노년의 행복했던 기억들이 그나마 위안이 되었을까, 오히려 사무치는 그리움으로 아픔이 되었을까?

60년 세월일랑 순식간에 지났어도	六十風輪轉眼翻
복사꽃 화사한 봄빛은 신혼 때와 똑같았네.	穠桃春色似新婚
생이별과 사별은 사람 늙기 재촉하건만	生離死別催人老
슬픔 짧고 기쁨 많아 성은에 감사하네.	戚短歡長感主恩
이 밤에「목란사」소리는 더욱 좋고	此夜蘭詞聲更好
그 옛날『하피첩』에는 먹 자국 남아 있네.	舊時霞帔墨猶痕
헤어졌다 합친 것이 참으로 내 모양이니	剖而復合眞吾象

아내

윤용(尹熔), 「협롱채춘(挾籠探春)」, 종이에 담채, 27×21cm, 간송미술관.

합환주 잔 남겨서는 자손에게 물려주리.　　　　　留取雙瓢付子孫

• 정약용(丁若鏞), 「회혼시, 병신년 2월 회혼례 3일 전에 짓다(回졸詩 丙申二月
回졸前三日)」

　다산은 1836년 2월 22일 양주의 소내에서 세상을 떠났다. 고향으로
돌아온 지 18년째 되던 날이었고, 부인 홍혜완(洪惠婉)과의 회혼일이
었다. 이날을 축하하기 위해 친척들과 제자들이 한자리에 모두 모이려
했지만 실제로 그리하지 못했다. 다산은 회혼일까지 간신히 버티어왔
는지 그날 조용히 눈을 감았다.

　결혼할 때 다산은 열다섯 살이었고, 부인 홍혜완은 열여섯 살이었
다. 부인과의 정은 18년 유배를 겪으면서 더더욱 애틋해졌다. 「사평별
(沙坪別)」, 「아생(蛾生)」, 「기내(寄內)」 등의 시에는 다산의 부인을 향한
그리움이 잘 나타나 있다. 18년을 떨어져 살다가 18년을 다시 함께 살
았다. 유적(流謫)에서의 한때를 겪은 가장의 미안함이랄까, 그는 떨어
져 있던 시간만큼 아내 곁에 머물렀다.

　60년이 순식간에 흘러갔어도 화사하게 핀 복사꽃은 신혼 때와 다름
없이 또 꽃망울을 터뜨렸다. 아내에 대한 마음은 60년 전과 다름없지
만 육신은 늙고 병들었다. 『하피첩』은 1810년 아내 홍씨가 시집올 때
입었던 빛바랜 다섯 폭 치마를 강진으로 보내와 공책을 만들어 아들
에게 훈계의 말을 적은 필첩이다. 몇 해 전 3책의 『하피첩』 원본이 세
상에 공개되어 알려졌다.[9] 박으로 만든 한 쌍의 술잔은 만남과 헤어짐
을 반복한 다산 부부의 모습과 다를 바 없다. 다산은 이 술잔에 「회근
연수준명(回졸宴壽樽銘)」을 남겼다.

　　　　　　　　　　　　　　　　　　　　　　　　　　　아내

4

지난해 관서(關西) 지방 향하여 길 떠나서　　　　前年我行西出關
석 달 동안 강산 돌며 천 리 멀리 유람했지.　　　三月湖山千里遊
와서 보니 당신 병들었고 쑥 또한 다 시들어　　歸來君病艾亦老
당신 울며 하는 말이 "어쩜 그리 늦었나요　　　泣道行期何遲留
계절 사물 흐르는 물 같아서 멈추잖고　　　　　時物如流不待人
우리 인생 그사이에 하루살이 같은 거니　　　　人生其間如蜉蝣
저야 죽어 사라져도 쑥은 다시 돋을 건데　　　　我死明年艾復生
그 쑥 보면 당신께서는 제 생각 해주시겠죠?"　見艾子能念我不
마침 오늘 제수씨가 차려준 상 위에는　　　　　今日偶從弟婦食
부드러운 쑥 놓였기에 울컥 목이 메누나.　　　　盤中柔芽忽梗喉
그때 나를 위하여 쑥 캐주던 그 사람의　　　　　當時爲我採艾人
얼굴 위로 흙 쌓였고 거기서 쑥 돋았네.　　　　　面上艾生土一坏

• 심노숭(沈魯崇), 「동원(東園)」 부분

아내를 잃은 아픔을 다룬 시는 흔히 찾아볼 수 있다. 현대 시 중에서 도종환의 「옥수수 밭 옆에 당신을 묻고」나 서정주의 「내 아내」와 같은 작품들은 아내를 먼저 떠나보내고 겪는 절절한 아픔을 잘 표현하였다. 아내를 잃은 아픔을 담은 한시를 흔히 도망시(悼亡詩)라 하는데 상처(喪妻)한 사람치고 문집에 한두 편 남기지 않은 사람이 없을 정도다. 그렇게 많은 도망시에서 가장 인상적인 작품 중 한 편을 꼽자면 심노숭의 작품을 들 수 있다.

총 34구로 된 장시(長詩)다. 그는 1792년 5월 아내와 셋째 딸을 잃고 1794년 5월까지 2년간 지은 모든 시문을 죽음을 슬퍼하는 작품들로

조영석(趙榮祏), 「촌가여행(村家女行)」, 비단에 담채, 24.4×23.5cm, 간송미술관.

채웠다.[10] 아내가 죽은 이듬해 남산의 집에 들렀다가 그 누구도 관리하지 않아 쑥이 웃자란 것을 보게 된다. 살아생전 아내는 손수 쑥을 캐고 음식을 만들어 뚝딱 한 상을 차려내고는 했다. 여기까지는 이 시의 생략된 앞부분 내용이다.

관서 지방을 석 달이나 유람하다 돌아와보니 아내의 병색은 돌이킬 수 없는 지경이었다. 뒤늦게 돌아온 남편에게 아픈 몸으로 울면서 어찌 이리 늦었냐며 원망을 한다. 매년 돋는 쑥을 보며 자신을 생각해달라는 것이 아내의 마지막 당부였다. 마침 제수씨가 차려준 밥상 위에 쑥이 올라온 것을 보자 울컥 눈물이 터진다. 그러고 보니 아내를 묻은 무덤에도 쑥이 돋아 있었다. 쑥 하나로 아내를 잃은 아픔을 절절하고도 부족함 없이 표현하고 있다.

아아! 어찌 말로 다 할 수 있으랴! 당신은 나에게 큰 은혜를 베풀었건만 나는 그것을 하나도 갚지 못하였고, 당신은 지극한 슬픔을 지녔건만 나는 그것을 조금도 위로하지 못하였다오. 그러기에 나는 때때로 한밤중에 일어나 앉아서는 멍하니 바보처럼 생각에 잠기어 가슴속이 타들어가는 것을 멈출 수가 없었다오.

내가 남쪽으로 오게 되자, 열서너 칸 되는 허술한 집은 지붕도 잇지 못한 채 몇 년이 흘러갔고, 영서 지방에 있던 척박한 밭뙈기는 이미 반 넘게 팔아버렸다오.

어머님께서 한평생 병으로 앓고 계시니, 당신은 빗질도 못하고 세수도 거른 채 날마다 삯바느질을 하느라 밤을 꼬박 새웠소. 그러면서도 맛있는 음식을 대접하고 약 달이는 일을 조금도 거르지 않고 15년을 한결같이 하였소. 매번 집에서 보내온 편지를 받아보면, 어머님께서는 당신의 효성에 대해 빼놓지 않고 말씀하였소. 그런

꽃다운 모습,
그 누구 때문에 시들었을까

데 당신은 자신의 괴로운 정황을 내게 한마디도 말하지 않았지요. 이것은 진실로 큰 은혜이니, 다 갚을 수 없을 것이오.

당신은 평소 몸이 몹시 아파도 원망하거나 근심 어린 말을 하지 않았고, 큰 병으로 죽을 지경이 아니면 아프다는 말도 하지 않았소. 내가 남쪽으로 내려오게 되었을 때에도, 떨어져 있는 괴로움과 헤어져 살게 된 어려움을 조금도 말하지 않았소. 10년이 지나 수백 줄 되는 장문의 편지를 받아보았는데, 거기에 이렇게 적혀 있었다오.

"흰 머리카락은 뽑을 수도 없게 늘었고, 부드럽던 피부는 쪼그라들어버렸네요. 이러하니 부끄러워 당신을 다시 어찌 볼 것인지요?" 죽음의 그림자가 가까이 이르러 감정이 복받치고 마음이 다급하지 않았다면, 아마 이러한 말도 하지 않았을 테지요. 이것이 당신의 지극한 슬픔을 위로하지 못한 것이라오.

아아! 어찌 말로 다 할 수 있으랴! 옛날 일이 기억나는구려. 내가 서울 집에 있던 어느 초가을, 땔나무도 없고 끼니도 잇지 못할 지경이었소. 한번은 당신이 박고지를 삶고 냄새 나는 된장으로 나물죽을 끓이고는 나에게 먹어보라고 권하였소. 그때 나는 당신에게 먼저 맛보라고 권하면서 서로 바라보며 웃었던 적이 있었다오. 그 뒤로 가세가 더욱 기울어 아이들은 병들어 누워 있고, 박고지와 나물죽마저 맛보라고 권할 수 없게 되었소. 급기야는 계속된 굶주림에 자식마저 병을 얻어 죽게 되었소.

내가 당신과 이별하게 되자, 당신은 한마디 말도 하지 않고 다만 머리를 숙인 채 내 옷자락을 어루만졌소. 그때 당신의 눈가에는 눈물이 어른거렸소. 그 후 병이 깊이 들어 숨을 헐떡이며 흐느낄 때에도 나에게 한마디 말도 건네지 못했다오.[11]

• 이학규(李學逵), 「의제정유인문(擬祭丁孺人文)」 중에서

이학규는 24년 동안 유배 생활을 했다. 이학규의 나이 51세 때 지었으니 유배된 지 이미 20년이 흐른 뒤다. 유배지에서 15년 동안 생이별하고 지내느라 아내는 끝내 남편의 얼굴도 보지 못하고 숨을 거두었고, 이때는 아내가 죽고 나서 6년이 흐른 시점이다.

가장이 유배객이 되니 집안은 말 그대로 풍비박산이 났다. 지붕도 새로 이을 형편이 안 되고 그나마 있던 밭마저 반 넘게 팔아넘겼다. 그래도 남편이 없는 15년 동안이나 병든 시어머니를 간호하고 봉양하며, 생계를 꾸리느라 삯바느질에 밤을 새우기 일쑤였지만, 군소리나 투정한 번 부린 적이 없었다. 그다음 단락에서는 옛날 일을 떠올리며 회상에 젖는다. 끼니도 땔감도 없이 무던히 가난했던 어느 날 어디서 구했는지 아내가 박고지와 된장을 구해 음식을 대접하였는데 그것마저 서로 먼저 먹으라 권하며 웃던 일, 굶주림에 자식까지 잃었던 일, 유배를 떠날 때 머리를 숙이고 눈물을 머금은 채 옷자락만 만지던 일 등 어느 것 하나 아프지 않은 추억이 없다. 열다섯 살 동갑내기로 만나 살다가 임종도 지키지 못한 채 아내를 저세상으로 보냈다.

5

배우자를 얻는 일은 그 어떤 일보다 중요하다. 한 번의 선택으로 자신과 자신의 가족, 또 아이까지 영향을 받게 되니 행이든 불행이든 나 하나만으로 그치는 문제가 아니다. 서로 다른 환경에서 자랐고 절대 좁힐 수 없는 남녀라는 차이도 있으니, 어쩌면 남녀가 만나 일생을 함께 사는 일은 그 자체가 기적에 가까운 일인지도 모른다.

신혼의 달콤한 기억, 사소한 일상의 추억, 중년이나 노년에 보이는 눅진한 사랑, 아무 부부나 누릴 수 없는 회혼, 배우자를 잃은 상실감까지 옛글에 나타난 아내의 모습은 지금과 별반 차이 없이 정겹고 살갑다. 그중에서도 도망시나 제문은 양적으로 가장 많은 부분을 차지한다. 아무래도 생시에 아내에 대한 감정을 직접적으로 표현하기에는 저어되는 면이 많아서였을 것이다. 그렇다고 어떻게 아내에 대해 좋은 기억만 있을까. 때로는 아내가 벗을 수 없는 굴레와 속죄가 되어 답답하게 자신을 옥죄는 심정을 직간접적으로 드러내기도 했다.

최근에 배우자와의 불화가 자꾸 성적(性的)인 문제로만 귀결되는 것은 슬픈 일이다. 아내는 한방을 함께 쓰는 가장 좋은 친구다. 부부 사이에는 격정적인 사랑보다 의리 같은 사랑이 더 적절할지도 모른다. 또 신혼의 가난이나 결핍이 무능력의 소치만은 아니다. 한평생 그러한 시린 기억을 통해 미안함과 안쓰러움을 갖는다면 이것보다 더 고귀한 자산(資産)도 없을 것이다. 아무리 세상이 바뀌어도 남편보다 아내의 희생이 더 크기 마련이다. 그 신혼의 꽃다운 모습이 사그라지는 것이 세월이 아닌 남편의 탓은 아닌지 한 번쯤 생각해보아야 하지 않을까.

지극한 사랑,
북두성에
이를 만하리

남매

1

형제와 남매는 같은 핏줄이지만 느낌은 사뭇 다르다. 한집에 살 때에야 크게 다를 것이 없지만, 혼인한 뒤에는 처지가 완전히 달라진다. 형제는 다름없이 같은 집안에서 함께 생활하지만, 남매는 유년기까지만 함께 지낼 수 있기 때문에 더 이상 같은 기억을 공유하기 힘들다. 그래서 남매는 헤어짐을 전제로 하는 슬픈 핏줄이다.

자세히 보면 오누이 간의 관계에도 미묘한 차이가 있다. 누나에게서는 엄마와 가장 근접한 자애로움을 기대할 수 있고, 여동생에게는 아버지를 대신해야 하는 의무감 같은 것이 있다. 그래서 한 층위에서 놓고 보기에 곤란한 부분도 없지 않은 것이 사실이다.

지금처럼 교통과 통신이 발달하지 못했던 시대에 출가(出嫁)란 곧 긴 이별을 의미하기도 했다. 부정기적으로 왕래는 있었지만 그래도 함께 자라던 어린 시절과 비할 바는 아니었다. 누이라는 이름에는 이렇듯 애틋함과 그리움, 서글픔이 함께 담겨 있다.

산비탈엔 들국화가 환-하고 누이동생의 무덤 옆엔 밤나무 하나가 오뚝 서서 바람이 올 때마다 아득-한 공중을 향하여 여윈 가지

79

지극한 사랑,
북두성에 이룰 만하리

를 내어 저었다. 갈 길을 못 찾는 영혼 같애 절로 눈이 감긴다. 무덤 옆엔 작은 시내가 은실을 긋고 등 뒤에 서걱이는 떡갈나무 수풀 앞에 차단—한 비석(碑石)이 하나 노을에 젖어 있었다. 흰나비처럼 여읜 모습 아울러 어느 무형(無形)한 공중에 그 체온이 꺼져버린 후 밤낮으로 찾아주는 건 비인 묘지(墓地)의 물소리와 바람소리뿐, 동생의 가슴 위엔 비가 내리고 눈이 쌓이고 적막한 황혼이면 별들은 이마 위에서 무엇을 속삭였는지 한 줌 흙을 헤치고 나즉—히 부르면 함박꽃처럼 눈뜰 것만 같애 서러운 생각이 옷소매에 숨었다.

• 김광균, 「수철리(水鐵里)」

죽은 누이에 대한 글로는 동기간(同氣間)으로 태어나 이승과 저승으로 갈 길을 달리한 허망함을 풀어내었던 월명사(月明師)의 「제망매가(祭亡妹歌)」가 유명하다. 부모를 제외하고는 나와 가장 가까운 사이인 형제의 죽음은 어떤 아픔보다도 고통스럽다. 둘만이 공유하던 사소한 기억들의 소멸은 유년기의 상실처럼 시리다.

위의 시는 수철리(현재 금호동)에 있는 어느 공동묘지를 무대로 하고 있다. 조용한 묘지의 풍경, 누이에 대한 추상(追想)과 그리움을 비교적 담담히 그려내고 있다. 그러나 한 줌 흙을 헤치고 나직하게 불러대면 죽은 누이가 함박꽃처럼 밝게 눈을 뜰 것 같다는 마지막 부분에서는 시간이 흘러도 결코 사그라지지 않는 간절한 그리움을 숨기지 않고 드러냈다.

　　강남 제비 오는 날
　　새 옷 입고 꽃 꽂고

　　　　　　　　　　　　　　　　　　　　　　　　　남매

처녀 색시 앞뒤 서서
우리 누님 뒷산에 갔네.

가서 올 줄 알았더니
흙 덮고 금잔디 덮어
병풍 속에 그린 닭이
울더라도 못 온다네.
섬돌 위에 복사꽃이
피더라도 못 온다네.
• 주요한, 「가신 누님」

무심코 읽어 내려가면 봄놀이나 시집간 누님을 그리워하는 내용이려니 하다가 갑자기 반전된 분위기에 당황하게 된다. 뒷산에 묻힌 누님은 그길로 곧장 돌아오지 못할 곳으로 떠났다. 병풍 속 닭이 울고 섬돌 위에 복사꽃이 피더라도 누님은 돌아오지 않는다. 불가능한 상황을 제시한 것은 마치 「정석가」를 연상시킨다. 어떤 일이 있더라도 돌아올 수 없으니 말 그대로 영영 이별이다.

봉자, 보아라.
네 글은 받아 읽었다. 네가 생각하고 있는 것도 대강 엿볼 수 있고 네 글 쓴 것도 전보다는 얼마간 나아진 것 같다. 나는 이것을 그대로 고치기가 어려워 새 판으로 만들었다. 될 수 있는 대로 너의 본뜻을 상하지 않게 하려고 하였으나 네가 애써 만들어 쓴 말이라든지 수사는 다 달아나고 줄거리만 남았다. 또는 너의 소녀시대에 있는 감격성이 다 사라졌다. 이것은 아까운 일이지만 내가 고쳐 쓰면 피할 수 없는 일이다. 정 아까우면 네 글 끝 한 토막을 내가 지은 끝에다 붙여 달아도 무방하겠다.

자세한 이야기는 학교로 가서 보고 말하겠지만 너는 행복이란 말을 일부러 피한 것같이 내 눈에 보인다. 물론 사람은 마땅히 더욱이나 이 시대에 태어난 우리로서 자기 스스로의 행복만을 위해서 살아서는 안 될 것이나 그러나 민족이나 나라만을 위하여 헌신하기도 어려운 일이다. 그것이 한 비상 시기 가령 전쟁이나 민족적 격렬한 투쟁기에 있어서는 불가능한 일은 아니리라마는 길게 두고 개인 생활에 낙이 없으면 전 생활의 추진력을 잃어버리고 정체에 빠져 아무 일도 못 하는 위험이 있으니 (여기 예외가 없다는 것은 아니라) 작문 말단은 이상의 의미로 내가 집어넣은 것이라 잘 생각해 보아라.

일기도 치워지고 서울에서 지낼 별 재미도 없어 (월말에나) 집에 가서 겨울이나 지내고 올까 한다. 이번 토요일에는 나오겠지(그 안에 만나보겠지마는). 둘이 사진을 하나 박을까 하니 그리 준비를 하여라. 될 수 있으면 검정 옷으로.

늦어, 미안하다. 11. 23. 오빠 씀.

이 편지는 박용철(朴龍喆, 1904~1938)이 누이동생의 글을 꼼꼼히 첨삭한 경위를 적은 글이다. 삶의 활력을 잃고 우울해하는 누이에게 스스로 행복을 찾으라는 조언도 잊지 않았다. 불행이나 슬픔에 푹 빠져 마치 그것을 즐기려는 듯한 태도가 마뜩지 않았던 모양이다. 나중에 만나면 함께 사진이나 찍게 옷을 준비하라는 말로 끝을 맺었다. 정작 그가 고쳐주고픈 것은 잘못 쓴 글이 아니라, 빗나간 삶의 지침(指針)이 아니었을까.

남매

허균과 누나 허난설헌, 소동파(蘇東坡)와 여동생 소소매(蘇小妹), 로제티 남매로 알려진 단테(Dante Gabriel Rossetti)와 여동생 크리스티나(Christina Rossetti) 등 역사상 유명한 남매들도 꽤 된다. 구스타프 클림트(Gustav Klimt)는 두 살 누나인 클라라 클림트(Klara Klimt)와 서로 예술적 영감과 엄정한 조언을 주고받는 각별한 사이였다. 그가 그린 누이의 초상화에는 꽃다운 누이의 모습이 수줍게 담겨 있다.

유년기는 꿈처럼 지나가고 함께 지낸 시절보다 몇 곱절 많은 시간을 떨어져 지내야 했다. 한번 헤어지면 만남을 기약하기도 어려웠으니 그리움은 언제나 통증처럼 아렸다. 그 옛날 오누이는 어떤 모습으로 서로를 어떻게 기억하고 있을까?

2

여러 날을 기쁘게 지내다가	屢日方懽娛
문밖 나서니 길이 멀고 멀구나.	出門復悠悠
누님이 나 가는 길 전송할 때	姊兮送我行
섬돌을 지나가자 눈물 흐르네.	歷階淚注流
이별하는 맘 수레바퀴 돌듯 해서	別腸如輪轉
정신이 아득하여 두서 잃었네.	茫茫失緒頭
누구인들 누님이나 누이 없으랴만	誰無姊與妹
어떻게 이날 시름 알 수 있겠나.	寧知此日愁

• 김윤식(金允植), 「일찍이 월림을 출발해서 집으로 돌아갈 때 누님과 작별하다(早發月林, 歸家辭別姊氏)」

지극한 사랑,
북두성에 이를 만하리

김윤식은 누이가 셋이 있었는데, 이 시에 나오는 누이가 몇째인지는 확인할 수 없다. 정황상 누이를 방문했다가 돌아오는 감회를 적은 것으로 보인다. 오누이가 며칠 동안 함께 있다가 다시 헤어지게 되었으니 그 짧은 만남이 긴 이별 앞에 더욱 아쉽기만 하다. 누님은 전송할 때 겨우 섬돌을 지났을 뿐인데 벌써부터 눈물이 흘러내린다. 이별하는 마음이 얼마나 아팠는지 정신을 차리기 힘들 정도다. 유난 떠는 것처럼 보이겠지만 이날의 아픈 마음은 아무나 쉽게 알 수 없을 거라고 했다. 누이에 대한 각별한 마음이 절절하다.

우리 누님과 동생인 내가	姊兮又弟兮
산과 물 있는 곳에서 서로 보내네.	相送山水頭
푸른 산은 누님처럼 우뚝 서 있고	靑山如姊立
푸른 물은 아우처럼 흘러가누나.	綠水如弟流
흐르는 물은 느긋이 안 돌아보니	流者漫不顧
서 있는 산은 무정타 여길 것이네.	立應謂無情
길게 흐르는 것을 살펴보자니	試看流者長
깊은 못을 돌아가자 또 여울이 우네.	潭匯又灘鳴

• 곽종석(郭鍾錫), 「호남 사는 누님과 이별하다(別湖南姊氏)」

곽종석이 호남에 사는 이복누님을 방문했다가 이별하는 정경을 담고 있는 작품이다. 떠나가는 자신과 전송하는 누이를 각각 산과 물에 빗댄 것이 인상적이다. 산은 절대 움직일 수 없고 물은 잠시도 멈춰 설수 없으니, 헤어져야만 하는 오누이의 숙명이 그와 다름없다. 자신은 뒤돌아보면 눈물이 왈칵 쏟아질까 봐 한 번 보지도 못한 채 휘이휘이 길을 떠나는데, 저 먼발치에서 자신을 돌아볼 누이가 야속한 생각을 하지 않을까 염려하고 있다. 7, 8구에서는 길을 계속 가도 자꾸만 눈물이 흐르는 모습을 물이 흐르면서 내는 소리에 빗대고 있다. 차마 발길이 떨어지지 않는 동생과 그 동생을 하염없이 바라보는 누님의 모습이 눈앞에 보는 듯 그려진다.

해남으로 아침에 누이 보냈는데	海南朝送妹
하루 종일 너무나 날이 차갑네.	終日苦寒之
골육으로 태어나 처음 헤어져	骨肉生初別
강과 산은 갈수록 더욱 더디네.	江山去益遲
어두침침 바람이 세차게 부니	陰陰風勢大
쓸쓸하여 밤에 마음 서글퍼지네.	漠漠夜心悲
넌 어데 주막에서 묵고 있으며	知爾宿何店
집 생각에 눈물을 쏟고 있을까?	思家也涕垂

• 신광수(申光洙), 「누이를 보내며(別妹)」

여류시인이기도 한 누이동생 부용당(芙蓉堂)이 시집가게 되었다. 함께 자라다가 떠나보내니 마음이 허전하고 때마침 날씨도 몹시 차갑다. 처음 헤어지는 길이라 발길이 떨어지지 않는데, 저녁에 바람까지 불어대니 마음이 울적하다. 내 동생은 어디쯤 가고 있을까? 혹시라도 낯선 주막에 묵으면서 집 생각에 눈물이나 흘리지 않을까 하는 데에 생각이 이르니 더더욱 기가 막힌다. 누이동생을 시집보내는 친정 오빠의 안타까움과 근심이 짙게 배어 나온다.

누님이 홀로 거처하면서 우니	有姉單居泣
서남쪽 바닷길이 깊기만 했네.	西南海路深
3년 동안 오래도록 이별했는데	三年久爲別
백 리 길을 멀리서 찾게 되었네.	百里遠相尋
포구에서는 조수물 시커멓고	極浦風潮黑
거친 산 저녁 경치 그늘이 졌네.	荒山暮景陰
상세히 전하리, 조카딸이 건강하여	細傳甥女健
시부모님 마음을 새로 얻었다고.	新得舅姑心

• 채팽윤(蔡彭胤), 「고천에서 누님을 뵙다(高川謁姉氏)」

고천(高川)이 어디인지 분명하지 않지만, 채팽윤이 있던 거처와는 멀리 떨어진 곳임에는 분명하다. 한번 찾아가야지 늘 생각만 하다가 큰마음 먹고 3년 만에 한달음에 달려왔다. 외진 곳이라 포구에는 바람이 세차게 불어 조수물이 시커멓게 보이고 황량한 산에는 저물녘이라 그늘이 드리워져 있다. 이런 곳에 누님이 산다고 생각하니 마음이 편치 않지만 조카딸이 건강해졌다니 그나마 마음이 조금 풀리는 것 같다. 멀리 떨어져 살고 있는 누님을 염려하는 동생의 따뜻한 마음을 잘 담아낸 작품이다.

쓸쓸하게 대낮에 문 닫혔는데	闃寂晝戶關
네 그루의 전나무가 뜰 뒤에 있었네.	四檜蔭庭後
정답게 당에 올라 절을 올리니	上堂拜宛轉
누님 깜짝 놀라서 입을 닫았네.	驚倒便緘口

"나는 늙고 아팠으나 죽지 않아서　　　　我衰病不死

너를 만나게 되니 우연 아니다."　　　　見汝亦非偶

한가로이 앉아서 옛일 말하니　　　　　閒坐道故舊

너무 괴로워서 머리 세려 하네.　　　　酸楚欲白首

조카들은 모두 다 돼지 같아서　　　　　羣甥同家畜

아장아장 맨발로 다니는구나.　　　　　跟踉並跣走

눈치 없이 애교 떨며 모여들었고　　　　癡嬌繞膝行

헝클어진 머리에다 때 묻은 얼굴　　　　蓬髮面且垢

상자 속 밤 다투어 가져다가는　　　　　爭搜箱中栗

살짝 와서 외삼촌에게 먹여주었네.　　　慇懃來食舅

기뻐하는 누님 얼굴 쳐다봤더니　　　　仰瞻姊顏喜

두 손 다 멀쩡한 것같이 하였네.　　　　如得備兩手

등을 만지면서 피부병을 살피고　　　　撫背審痂癢

반찬 만들어 입에 맞는지 물었네.　　　　營饌問嗜否

이 사랑이 진실로 끝이 없어서　　　　　憐愛諒無極

금으로 쌓는다면 북두성에 이를 만하리.　積金至北斗

• 김윤식(金允植), 「누님을 뵙다(謁姊氏)」 부분

　불현듯 찾아갔더니 누님은 말문이 막혀서 반갑다는 소리조차 못 하
고, 동생의 예기치 않은 방문이라 반가움은 더 크다. 누님은 늙고 병들
어 언제 죽을지 모르는 몸이지만 동생을 만나게 되었으니 다 하늘의
뜻인 것만 같다. 한가롭게 앉아서 그동안 있었던 옛일을 이야기하려
하니 갑작스레 서러움이 밀려온다. 조카들은 아무렇게나 방치되어 맨
발로 마구 돌아다니다가 그래도 외삼촌이 왔다고 어색하게 애교를 떨
며 무릎가를 맴돈다. 하나같이 흐트러진 머리칼에 때 구정물이 줄줄

지극한 사랑,
북두성에 이를 만하리

흐르는 얼굴을 하고 있다. 아이들 건사도 제대로 할 수 없을 정도로 살림살이가 좋지 않은 것 같아 마음이 무겁다. 상자 속에 숨겨놓았던 밤을 꺼내와 삼촌에게 먼저 주겠다고 서로 다툼을 벌이고, 그런 모습을 보며 기뻐하는 누님의 얼굴은 마치 한 손만 있어 불편하다가 두 손을 온전히 갖춘 사람처럼 흐뭇하다. 누님은 등을 어루만지며 피부병이 있는지 살갑게 살피고, 맛난 반찬을 입에 넣어주며 연방 맛있는지 묻고 또 묻는다. 얼마나 사랑이 지극했는지 고귀한 금으로 쌓으면 북두성에 이를 정도라 했다. 불시에 찾아간 동생을 반겨주는 누님과 조카들 모습이 정겹게 그려졌다.

꽃송이 가지마다 피어난 곳은	花萼連枝發
산 너머 막냇누이 시집간 그곳	山南小妹家
골목길 외진 곳에 집이 있는데	結廬窮僻處
떡을 팔아 스스로 생계 꾸리네.	賣餠自生涯
볕 든 창가 누에고치 해를 쪼이고	陽牖曬蚕子
높은 산꼭대기의 첫 우물 긷네.	雲巖汲井華
가난한 선비 배필 노릇 잘하니	能爲寒士配
빈천함을 새삼스레 서러워하랴?	貧賤復何嗟

• 이복현(李復鉉), 「산 너머 막냇누이의 집을 봄날에 찾아보다(山南小妹家, 春日往見之)」[1]

친정 오빠가 누이 집을 찾아간 것으로 보아, 생각보다 친정 식구들의 방문이 어렵지는 않았던 모양이다. 봄날에 찾아간 그 집은 골목길 가장 구석진 곳에 있었다. 형편이 어려웠는지 떡을 팔아서 근근이 생계를 꾸려가면서 누에도 치고 우물물까지 긷는 누이를 보니 억장이

남매

무너진다. 이런 곳에 시집보내려고 부모님은 그렇게 애지중지 키웠을까 싶어 서글프기까지 하다. 매제(妹弟)에게 섭섭할 만도 한데 그저 가난함을 탓하지 말라는 당부의 말로 끝을 맺었다. 누이의 가난이 어찌 슬프지 않겠냐마는 슬기롭게 헤쳐나가는 누이를 보니 대견한 마음에 한결 안심이 된다. 누이에 대한 안타까움을 담담한 필치와 당부 뒤에 숨기고 있지만 아끼는 마음은 절절하게 드러난다.

4

해 저문 사립문에 까치가 울어대니
아이들이 놀라면서 사람이 왔다 하네.
두 곳의 누이동생 편지 함께 보냈는데
이별한 지 삼동 동안 깜깜소식 없더랬지.
생각 탓에 멀리 꿈에서 자주 뵌다 괴롭다고
잦은 병에 병상 자주 눕는다고 다시 말하네.
신음하며 눈물 참으니 정이 어찌 끝 있을까.
지팡이에 기대 부질없이 새롭게 짧은 머리 긁네.

日暮柴門烏鵲嗔　兒童驚報有來人
兩鄕二妹俱書札　一別三冬杳楚秦
苦道相思勞夢遠　更言多病臥床頻
吟呻忍淚情何極　倚杖空搔短髮新

• 조경(趙絅), 「누이동생의 편지를 받았는데 한 통은 꿈에 자주 본다고 했고, 다른 한 통은 병이 많다고 했다(得二妹書札 一言夢頻 一言多病)」

지극한 사랑,
북두성에 이를 만하리

역시나 서로 만나지 못한 그리움을 담은 시가 가장 많은 편수를 차지한다. 저물녘에 까치가 울어대더니만 아이들이 낯선 사람이 왔다 말한다. 두 누이동생에게 온 두 통의 편지를 가져온 사람이다. 한 명은 늘 꿈에서 오빠가 자주 보인다 했고, 다른 한 명은 여기저기 아픈 곳이 많다고 했다. 오빠를 보고 싶다는 편지도 반갑지만, 잦은 병으로 아프다는 내용이 여간 걱정되는 것이 아니다. 편지를 읽다 보니 자꾸만 울컥해서 눈물이 흐르려 한다. 지팡이에 의지한 채 다 빠지고 얼마 남지 않은 애꿎은 머리만 긁적이며 눈물을 참는다.

옛 정원에 가을바람 불어오더니	古園秋風生
저녁에 수심들이 이어지누나.	日夕愁脉脉
'상 앞에 앉아 있을 내 어린 누이는	床前吾少妹
머리카락 이마를 덮고 있겠지.'	鬢髮應覆額

• 이좌훈(李佐薰), 「집을 생각하며(思家)」

이좌훈[2]은 열여덟 살에 요절한 천재 시인이다. 이 시는 할아버지의 임소(任所)에서 쓴 것으로 추정된다. 오래된 정원에 혼자 앉아 있으니 가을바람은 불어오고 저녁이 되자 까닭모를 수심이 끊임없이 생겨난다. 지금쯤 우리 집에 있는 어린 동생은 머리카락이 이마를 덮을 만큼 자랐겠지. 누이동생을 생각하는 오빠의 마음을 담은 소품이다.

아! 나의 누님은	嗟哉我姊氏
여덕에도 운명 어찌 박복했던가.	女德命何薄
많은 슬픔 너무 많이 겪게 됐으니	飽闕多悲辛
하늘의 도 헤아릴 수가 없구나.	天道未可度

오직 나 같은 졸장부는	惟我拙丈夫
반평생 옷과 음식 맡기었도다.	衣食半生託
만 리 길 떠나가는 사람의 옷은	萬里行人裝
누님이 절반 이상 만든 것이네.	太半所制作
틀림없이 동생인 날 이별한 뒤에	定知別我後
늙은 누님 맘이 더 쓸쓸해지리.	老懷增寂寞
일 마치고 어느 날에 돌아올까.	幹事歸幾日
(누님) 회갑에는 술자리 베풀길 청하리.	回甲請設酌

• 조관빈(趙觀彬), 「누님을 생각하며(憶姊氏)」

누님은 자질이 훌륭했으나 어쩐 일인지 박복했다. 슬픈 일을 많이 겪은 터라 하늘이 원망스러울 따름이다. 그런 누님에게 염치도 없이 음식이며 옷가지 등을 얻어 썼다. 먼 길 떠나며 챙겨온 옷들도 절반은 누님이 손수 만들어준 것이다. 모르긴 몰라도 자신을 떠나보낸 늙은 누이는 쓸쓸한 마음을 가눌 길 없을 것 같다. 지금 떠나면 언제 돌아오려나 생각하면 한숨만 나온다. 누님 환갑에는 술이라도 한 잔 올리고 싶다고 했다. 그의 바람은 기대대로 이루어졌을까.

지난해엔 둘째 형님 요절하였고	往年仲氏夭
정미년에는 나의 맏형 잃었네.	丁未喪嚴兄
옹천에서 권 씨 부인 누이를 슬퍼했고	權妹悲瓮泉
창평에서 박 씨 부인 누님 곡을 하였네.	朴姊哭昌坪
나는 본래 일곱 형제였는데	我本七鴈行
어느덧 네 사람이 세상 떠나고	居然四摧傾
가장 나이 많은 누이 살아 계시니	只有最長姊

나이가 일흔두 살 드신 분이네.	七十二歲丁
일찍 과부 되고 이젠 노년 되어서	早寡今衰暮
조카에게 의지해 살아가누나.	倚仗一孤甥
조카도 이미 머리 세어버렸으니	孤兒鬢已皤
늙은 어미도 오래 살지 못하리.	母老宜無贏
허약하여 날마다 초췌해지고	虛贏日尩悴
오랜 병에다 고질병인 상한(傷寒)이 있네.	宿疾痼寒幷
이별할 때 울면서 말 보탰으니	別時泣且言
생사가 갈릴 것을 잘 알겠네.	懸知隔幽明
슬퍼하는 말들에 나 울컥하니	悲辭感我耳
눈물 꾹 참아봐도 눈물 맺혔네.	制淚恐含睛
"보존하는 데는 다른 방도가 없어요" 했는데	謂言保無他
추위와 더위는 잠깐 만에 바뀌었네.	寒暑須臾更
이제 만 리 먼 곳에 떠나왔으니	今來浩萬里
편지를 누구 시켜 보내야 할까.	音書誰寄呈
죽은 자는 영원히 그만이지만	死者永已矣
산 사람은 오래도록 살길 바라네.	存者冀餘生
새벽에 일어나서 꿈을 점쳐보니	晨興占夢寐
먼 길에 단단하게 경계해야겠네.	肅肅戒長程

• 정사신(鄭士信), 「늙어서 병든 맏누님을 생각하며(憶老病長姊)」 부분

정사신은 일곱 형제 중 넷을 잃었다. 이때 살아 있던 맏누이는 일흔두 살이어서, 모든 것을 조카에게 의지해야 했다. 누님이 적잖은 나이에다 병까지 있으니 헤어지는 발걸음이 무거울 수밖에 없었다. 지금이별하면 다음 만남을 장담할 수 없고, 아마 살아서는 다시 못 볼지도

남매

모른다. 먼 길을 떠나면서 누님을 떠올리니 흐르는 눈물을 주체할 수 없다. 나이가 들면 부모와 형제의 죽음을 볼 수밖에 없다. 동기간을 한 명씩 잃는 상실감도 적잖은 충격이었지만, 가장 연로한 누님을 두고 멀리 변방으로 떠나는 심정은 어느 때보다 무겁다. 그들이 살아생전에 다시 만났는지는 확인할 수 없다.

5

어머니를 일찍이 잃고부터는	自失慈顔後
다섯 형제 서로들 의지하였네.	相依五弟兄
지금 또다시 네가 세상을 뜨고	如今爾又死
함께 앓던 나 홀로 소생하였네.	同病我能生
저녁 무렵 청산엔 초분이 있고	藁殯靑山暮
밝은 대낮에 봄꽃 피어 있구나.	春花白日明
아버지는 근심으로 병이 들어서	家君尙憂病
남몰래 곡을 하며 소리 삼키네.	暗哭獨吞聲

• 권만(權萬), 「어린 누이동생을 서글퍼하며(哀幼妹)」

열 살에 어머니를 잃은 뒤에 다섯 형제는 똘똘 뭉쳐 서로에게 의지하였다. 그중에 권만³은 맏이였으니 동생들을 생각하는 마음이 더욱 각별했을 것이다. 그러던 중 같이 병을 앓다가 자신은 회복됐지만 누이동생은 세상을 떴다. 5, 6구는 유명(幽明)을 대비적으로 그려 아픔을 극대화했다. 청산(靑山)과 백일(白日), 모(暮)와 명(明), 고빈(藁殯)과 춘화(春花) 등이 선명하게 대조된다. 봄날 활짝 핀 꽃 같던 누이가 어두컴컴한 청산에 누워 있다는 데에 생각이 미치면 가슴이 먹먹해온다. 딸을 잃은 아버지는 마음에 병까지 얻어 밤마다 숨죽여 울음을 토해내고 있다. 어려서 죽은 누이동생, 아무도 기억하지 않아서 더 슬픈 죽음이었다. 가족을 잃은 비극을 잘 그려낸 작품이다.

누님 넷 중에서 막내 누님은	四姊姊爲季
나보다는 여섯 살 위였네.	於我長六歲
몸 약해 가냘파서 병 많았는데	淸弱身多病
유순하여 힘든 일도 싫다 안 했네.	服勞性婉嬺
어린 나는 철부지라 철이 없어서	我幼無所知
아버지 믿고 마구 밟아도 대고	凌踏謾怗勢
등에 타고 머리채 잡아챘으며	捽髮騎其背
때리고 깨물고 또 발로 찼지만	毆打兼齧踶
누님은 기면서 웃으며 받아주었고	匍匐笑而受
옳고 그름을 아예 안 따지더니	曲直不敢計
하루아침에 어머니 따라가서는	一朝隨孃去
무덤은 오래 이미 닫혀 있었네.	泉臺久已閉
올해는 세상 뜬 지 60년이 되니	今年是讐年
제상을 잘 차리려 노력했지만	業欲設殤祭
못난 동생 세상일에 얽혀 있어서	弟愚嬰世故
머리 세어 바닷가에 갇혀 있으니	白首滯海澨
지금껏 술 한 잔을 못 올려서는	未能躬奠觴
서글픔에 눈물만 흘러내리네.	愴望空雪涕

• 김윤식(金允植), 「죽은 넷째 누이를 생각하며(憶亡四姊)」

윤덕희(尹德熙), 「오누이」, 비단에 담채, 20×14.3cm, 서울대학교 박물관.

김윤식은 여덟 살 때인 1842년 2월에 어머니 상을 당하고, 바로 뒤이어 넷째 누님이 열네 살 나이로 세상을 떴으며, 12월에는 아버지 상을 당했다. 공식적으로 그는 1남 3녀로 나온다. 아마도 넷째 누이는 어렸을 때 죽어서 기록조차 남아 있지 않은 것 같다.

그는 누나만 넷이 있었다. 막내 누나도 그보다 여섯 살이나 많았으니 응석받이로 자랐음을 짐작하기 어렵지 않다. 누나는 몸이 약해서 잔병치레도 많았지만 힘든 일에도 잔꾀를 부리지 않았다. 어린 동생은 철이 없어서 아버지의 위세만 믿고 누나를 함부로 대했다. 때로는 발로 마구 밟기도 하고 등에 올라타서 머리채를 휘어잡기도 했으며, 그것도 모자라 때리고 깨물고 발로 차는 포악질을 해도 누님은 언제나 묵묵히 받아주기만 했다. 그랬던 누나가 어머니를 따라 세상을 등진 지 벌써 60년이 흘렀지만 그리움은 여전하다. 산다는 게 무엇인지 내 사는 데 바빠 지금껏 누나 기일에 술 한 잔 올린 기억이 없으니 생각하면 서글프기 짝이 없다. 이 시는 연암의 절창인 「백자증정부인박씨묘지명(伯姊贈貞夫人朴氏墓誌銘)」과도 매우 닮아 있다. 무엇이든 다 받아주던 자애로운 모습과 철없던 유년기의 기억이 떠오를 때마다 세상을 떠난 누나에 대한 미안함과 그리움은 더욱더 짙어진다.

변방에서 어머니 편지 받고서	塞上傳慈札
네 병의 위태로움 깊이 걱정했네.	深憂汝病危
어찌 알았으랴, 끝내 못 일어나	那知竟不起
돌아간들 위로할 말 없을 줄을	歸覲慰無辭
품속의 딸아이를 떼어두고서	忍舍懷中女
배 속의 아이까지 데려갔는가.	偕亡腹裏兒
외로운 무덤 통곡하며 떠나려 하니	孤墳痛哭別

남매

천 리까지 남은 슬픔 서려 있구나.　　　　　　千里有餘悲

　• 조희일(趙希逸), 「누이동생의 무덤에 와서 곡하다(哭女弟墳)」

　　조희일의 형제는 4남 4녀였다. 이 시의 주인공이 그중 몇째 동생인지 분명치 않다. 어머니 편지를 받고 누이동생의 병이 예사롭지 않은 줄은 진작 알고 있었다. 조만간 집으로 돌아가서 동생을 붙잡고 위로해주려 했는데 끝내 그럴 기회마저 잃고 말았다. 어린아이 하나를 두고 임신까지 한 채 죽은 누이가 너무 애처로워 무덤에서 한참 통곡한다.

6

　　헤어짐을 아쉬워하는 작별의 풍경, 오랜만에 다시 보는 재회의 기쁨, 멀리 떨어져 있으며 느끼는 그리움, 동기(同氣)를 잃은 상실감까지, 오누이 간의 감정은 서로를 향한 애틋함이 주를 이룬다. 누이가 출가외인이 되면 서로의 삶에 개입할 수 없게 되고, 내 능력의 유무와는 상관없이 도움을 주기가 곤란한 관계가 되면서 안타까움과 무력감을 느낄 수밖에 없었을 것이다.

　　요즘 남매라는 관계를 들여다보면, 서로 각자의 가정을 꾸려서 남보다 못하게 소원하게 살거나, 오히려 서로의 삶에 지나치게 개입해서 뜻하지 않은 분란을 가져오는 일도 종종 있는 것 같다. 옛글에서 만난 따뜻하고 애틋한 남매들처럼 유년기의 기억을 아름답게 공유하면서 서로의 삶을 따스하게 응시하는 것이 바람직한 오누이 사이의 정답이 아닐까. 어설픈 개입이나 참견만이 사랑이 아니라, 적절한 거리를 갖는 절제 역시 다른 이름의 사랑임에 틀림없을 것이다.

지극한 사랑,
북두성에 이를 만하리

수명 빌어서라도
네 모습을
보고 싶노라

할아버지와 손주

1

할아버지가
담배ㅅ대를 물고
들에 나가시니
궂은 날도
곱게 개이고

할아버지가
도롱이를 입고
들에 나가시니
가믄 날도
비가 오시네.
• 정지용, 「할아버지」

　어린 손자에게 할아버지는 경외의 존재이다. 슬쩍 담뱃대를 물고 들
에 나가시면 궂은 날도 금세 개고, 도롱이를 입고 들에 나가시면 가문
날에도 비가 쏟아진다. 할아버지는 무엇이든 할 수 있고, 무엇이든 해

수명 빌어서라도
네 모습을 보고 싶노라

김득신(金得臣), 「성하직구(盛夏織屨)」, 종이에 담채, 28×23.5cm, 간송미술관.

줄 수 있을 것만 같다. 또 할아버지 방은 아버지의 엄격한 훈도를 잠시 피할 수 있는 편안한 휴식처가 된다. 깊이를 알 수 없는 주름처럼 짐작할 수 없이 많은 이야기를 갖고 있으며, 태어날 때부터 할아버지였을 것만 같고, 그 존재만으로 든든한 분. 바로 이 세상의 모든 할아버지다.

피붙이는 본래부터 사랑하는 것이나, 남은 자기에게 이익이 있은 후에야 사랑하게 되는 것이다. 지금 너는 내 손자다. 그리고 나는 늙고 병들어 귀와 눈을 너에게 의지하고, 눕고 일어나는 일도 너를 필요로 하며, 서적과 궤장(几杖)에 관한 일을 네가 도맡고 있으니 그 보탬이 매우 많다. 이는 본래 사랑하는 마음 외에도 자기에게 보탬이 되는 자를 사랑하는 마음까지 겸한 것이다. 다만 나의

할아버지와 손주

덕이 너에게 미칠 만한 것이 없어서 여기에 고인(古人)의 격언을 써서 너에게 주노라. 너의 자질은 이미 아름다우니 다시 이 말들에 마음과 힘을 다 쏟으면 장래에 성취할 것이 어찌 우리나라의 요즘 인물이 보여준 성취에만 그치고 말겠는가?[1]

이용휴(李用休, 1708~1782)의 「외손자 허질에게 써서 주다(書贈外孫許瓆)」라는 글이다. 여러 손자 중에서도 유독 허질(1755~1791)을 아꼈는지 그에 대한 글이 유난히 많이 남아 있다. 남들이야 나에게 보탬이 되어야 사랑하고 아끼게 되지만, 손자는 그 자체로 사랑스럽다. 게다가 나의 모든 것을 수발해주는 경우에는 더더욱 정이 갈 수밖에 없다. 귀가 들리지 않을 때에는 옆에서 크게 이야기를 전하고, 눈이 보이지 않을 때에는 책을 대신 읽어주기도 했으며, 기력이 떨어져 운신하기 힘들 때에는 자리에서 일어나고 눕는 일도 거들어주었다. 뿐만 아니라 집안의 잗다란 일까지 대신 처리해주었으니, 그 손자를 얼마나 고맙고 대견하게 여겼을지는 말하지 않아도 충분히 짐작할 수 있다. 위 인용글 이하 생략된 부분은 구구절절 고금(古今)의 명언을 취록(取錄)하여 삶의 지침이 되는 내용이다. 일상에 도움을 준 손자였고, 처세(處世)에 지혜를 준 할아버지였다.

채수(蔡壽)에게는 무일(無逸)이란 손자가 있었는데, 나이는 겨우 대여섯 살이었다. 채수가 밤에 무일을 안고 누워서 먼저 "손자는 밤마다 책도 읽지 않는구나"라고 시구(詩句) 하나를 짓고 무일에게 대구(對句)를 짓게 하자 대를 맞추기를, "할아버지는 아침마다 약주(藥酒)가 과하시네"라고 했다. 채수가 또 눈 속에 무일을 업고 가면서 "개가 달리자 매화꽃 지네"라는 시구 하나를 짓자, 말이 끝나기

무섭게 무일이 "닭이 가니까 댓잎이 생기네요"라고 대답하였다.[2]

• 유몽인(柳夢寅), 『어우야담(於于野談)』

유몽인의 『어우야담』에 실려 있는 채수와 그의 손자 채무일의 일화이다. 할아버지가 책 읽기를 게을리하는 손자를 꾸짖기 위한 시구를 짓자, 이에 질세라 손자는 아침부터 술을 과하게 마시는 할아버지를 골리는 시구로 받아친다. 손자의 시는 맹랑하기 짝이 없지만, 할아버지는 그저 흐뭇한 웃음을 지었을 것만 같다. 두 번째 시는 할아버지가 땅에 새겨진 개 발자국에서 매화꽃을 보았다며 시구를 지으니, 손자가 닭이 지나간 뒤 땅에 새겨진 발자국에서 대나무 잎을 보았다며 대구를 맞춘 내용이다. 그 할아버지에 그 손자답게 탁월한 연상력으로 빚어낸 비유가 아닐 수 없다. 시를 지으며 대구 놀이를 하는 것은 시화(詩話)에 심심찮게 나온다.[3] 할아버지 무릎에 앉아 시와 글을 배우면서 자연스레 예절이나 법도를 체득하게 됨은 말할 것도 없다.

조선 시대 할아버지는 가문과 가족의 권위를 대변한다. 무거운 침묵과 매서운 훈도로 가족의 구심점이 되었다. 할아버지의 위치는 공고했으며 말씀은 무거웠다. 아버지가 할아버지에게 보여주는 존경과 순종은 손자들에게 좋은 교육이 되어 온전히 대물림되었다.

2

칠순에야 손자 아이 태어남 보았으니	七旬方見一孫生
헌칠한 이마 보자 내 눈 번쩍 뜨이누나.	日角能令霧眼明
아비의 뜻 펼칠 때는 문호를 크게 하고	父志伸時門戶大

할아버지와 손주

할아비 글 교감할 땐 정밀하게 해다오.	祖書勘處鏡鍾精
어쩌하면 나의 수명 늘어나게 하여서는	那由假我年籌永
잠시나마 그 애의 덕기 이룸 보게 될까.	少待看渠德器成
조물주가 문장 하는 종자를 남겼으니	造物存留文學種
너희들은 황하의 물 맑아질 때 만나리라.	爾儕應値連河淸

• 이진상(李震相), 「4월 21일 장손이 태어나서 시로 기쁨을 적다(四月二十一日長孫生, 詩以志喜)」

이진상은 예순여덟 살에 세상을 떴다. 손자를 얻은 때가 칠순이라고 하였기에 정확한 시기는 알 수 없지만 말년에 손자를 얻은 듯하다. '일각(日角)'은 이마 한가운데 뼈가 불거져 있는 것을 말하며 관상에서 귀인의 상(相)을 가리킨다. 이마가 훤칠하여 잘생긴 모습이 할아버지 마음에 쏙 든 모양이다. 3, 4구에서는 아들과 자신에 대해 말하고 있는데, 곧 이진상(1818~1885)과 이승희(李承熙, 1847~1916)이다. 당시 세상 사람들은 이진상과 이승희 부자를 송나라 때의 큰 학자인 채원정(蔡元定)과 채침(蔡沈) 부자의 관계에 빗대어 '서산씨 부자(西山氏父子)'라 일컬었다고 하니, 손자 역시 그러한 훌륭한 가학(家學)을 이어주기 바라는 것은 당연한 일일 것이다. 5, 6구에는 귀하게 얻은 손자 곁에서 손자의 성취를 조금이나마 더 지켜보고 싶은 바람을 담고 있다. 그리고 조물주께서 문장에 대한 재능을 주었으니 좋은 때를 만나 뜻을 펼수 있기를 기원하며 끝을 맺는다. 손주의 출생에 벅찬 기쁨을 느끼는 것은 당연하지만, 첫 손주일 경우에는 감회가 남다를 수밖에 없다.

| 경중이야 남녀 간에 갈린다지만 | 輕重分男女 |
| 천륜이 어찌 그리 시켰겠는가. | 天倫豈使然 |

수명 빌어서라도
네 모습을 보고 싶노라

참된 마음은 할아비의 사랑이니   赤心能祖愛
그 아이로 외손이 전하게 되리.   外派以渠傳
총명함을 받지 못한 것도 아니고   慧性非無受
아양 떨며 우는 것은 꼭 어여뻐할 만하리. 嬌啼定可憐
어느 집에서 옥 같은 아들 낳을 것이니   誰家生玉潤
잘 골라서 비녀 꽂는 나이 기다리리.   妙選待笄年
 • 정범조(丁範祖), 「손녀를 낳았다는 말을 듣고(聞擧女孫)」

당시에는 아들을 더 우대하기는 했지만, 천륜(天倫)은 그렇지 않다
는 말로 손녀를 보게 된 아쉬움보다 기쁨을 표현하고 있다. 할아버지
가 손녀를 사랑하는 것은 어떤 마음보다 참된 것이니 태어난 외손녀
가 그저 사랑스럽기만 하다. 게다가 총명함까지 두루 갖춘 손녀가 예
쁜 짓을 하며 웃는 모습은 마음에 쏙 든다. 벌써부터 좋은 가문의 아들
을 골라 짝을 맺어줄 생각에 마음도 급하다. 손녀를 얻은 기쁨이 문면
에 가득하다.

태어난 모습도 보던 중 기이한데   墮成毛骨見中奇
나와는 태어난 시간, 날짜, 달이 똑같네.   與我還同月日時
다행히 여생 빌어 일흔 살 나이 되면   幸假殘年經七十
죽마 타고 눈앞에서 노는 것 보게 되리.   可能騎竹眼前嬉
 • 김우급(金友伋), 「외손자가 태어난 지 7일 만에(外孫生七日)」

외손자가 태어난 지 7일 만에 처음 보고 그때의 심경을 표현한 작품
이다. 신기하게도 자신이 태어난 달, 시간, 날짜와 똑같이 출생한 외
손자의 얼굴은 여태 보던 아이들과는 달리 뭔가 특별해 보인다. 칠십

까지 산다면 이 아이가 죽마를 타고 노는 모습을 볼 수 있을 테니 그때까지는 살고 싶다고 했다. 시참(詩讖)이었는지 김우급은 나이 일흔에 생을 마쳤다. 자신의 바람처럼 죽마를 탄 손자를 보았는지는 알 수 없으나, 만약 그랬다면 그래도 세상을 떠날 때에 마음이 조금은 가볍지 않았을까?

내 나이 서른에 네 아비 낳았고　　　　　吾年三十生汝父
네 아비 스물둘에 처음으로 널 낳았네.　　汝父卄二始生汝
늙은 난 너를 얻어 매일 시름 잊었으니　　吾衰得汝日忘憂
위로받는 정은 어찌 남녀를 따질 건가.　　慰情何論男與女
오늘 아침 술잔 들어 너의 돌 축하하니　　今朝擧觴祝汝晬
선행하면 하늘이 꼭 복을 줄 것이네.　　　作善爲祥天必與
온화하고 정숙하며 효도하고 공경할 것이니　柔和淑愼孝且敬
할아비 간절한 말 잊지를 말아다오.　　　莫忘爾祖丁寧語

• 조태억(趙泰億), 「손녀의 돌날인 9월 3일에 쓰다(女孫晬日, 九月三日)」

조태억이 쉰둘에 얻은 손녀의 돌을 맞아 지은 시이다. 딸의 출생에 남녀를 따질 것 없다는 흔히 보이는 말은 실은 섭섭하다는 속내가 깔린 것이다. 이 시의 주(註)에는 "도연명의 시에 이르길, '어린 딸이 사내는 아니지만, 위안이 되는 정은 진실로 없는 것보다 낫다'(陶詩曰, 雖非男, 慰情良勝無)"라고 했는데, 이를 염두에 둔 말이다. 아이가 잘 자라 선행을 실천하면 복을 받게 될 것이라는 덕담을 했다. 또 품성은 온화하고 정숙해야 하며, 부모님께는 효도와 공경해야 함을 강조했다. 아쉬움과 섭섭함은 잠깐뿐이고, 피붙이에 대한 애정은 짙고도 깊다.

107

3

스무 명의 손주들이 눈앞에 꽉 찼으니　　　　二十諸孫自滿前
사랑하고 미워함에 어찌 편애하는 맘 있으랴.　愛憎寧有我心偏
어여쁘다. 저 아이 봄새처럼 말 막 배울 때　　憐渠始學春禽語
병든 할아비 베개 옆에 두는 것이 마땅하리.　合置阿翁病枕邊
　• 김우급(金友伋), 「장난삼아 외손녀에게 주다(戲贈外孫女)」

　손주에 대한 시들 중에 가장 많은 편수를 차지하는 것은 어린 손주
의 재롱을 보며 지은 시이다. 김우급은 스무 명이나 되는 손주들이 누
굴 더 예뻐할 것도 없이 다 사랑스럽지만, 막 말을 배워 새처럼 지저귀
는 외손녀에게 유독 정이 깊었던 모양이다. 자신은 병들어서 늘 침상
에 누워 있지만, 왠지 그 아이를 옆에 두면 없던 힘도 생기고 곧 훌훌
털고 일어날 것만 같은 마음이다.

비 내리는 깊은 밤에 즐거운 웃음소리　　　　歡笑熙熙夜雨前
손녀는 온 집안의 사랑을 독차지하네.　　　　小孫偏得擧家憐
장단에서 주룩주룩 빗소리 들었다면　　　　淋浪若在長湍聽
시름겨워 베개에서 잠자지 못했으리.　　　　應失愁人枕上眠
　• 채제공(蔡濟恭), 「집으로 돌아가서 어린 손녀가 한밤중에 재롱떠는 것을 보
　았다. 이때 빗소리가 뜰에 가득하였다(還家, 見小女孫深夜嬉戲. 時雨聲滿庭)」

　밖에는 비가 주룩주룩 내리고 밤늦도록 온가족이 둘러 모여 어린
손녀의 재롱을 본다. 아이 어른 할 것 없이 모두 깔깔대며 사랑스러워
어쩔 줄 모른다. 이런 날에 만약 장단(長湍) 땅에서 비 내리는 저녁을

맞았다면, 온갖 근심으로 잠을 청하지 못할 것이라고 했다. 비 내리는 객지에서, 더군다나 밤이 되면 나그네의 쓸쓸한 심회가 더욱 어지럽기 마련이다. 무엇보다 그곳에서는 어린 손녀의 재롱이 눈에 밟혀 잠을 청하기 어려웠을 것이다. 그는 1792년 10월 윤영희를 두둔한 일로 장단에 부처(付處)되었다가 곧 판중추부사가 되었다. 부처에서 풀려 나온 기쁨과 손녀를 본 반가움이 교차하고 있다.

한 달에 두 번 와서 이미 신뢰 깔렸으니　　　重來已是信爲基
병마다 치료가 기막힌 줄 알겠도다.　　　　危處方知着手奇
세상에서 손주 사랑 어찌 한정 있으랴만　　何限世間慈弱義
머리 흰 나는 의원에게 매우 부끄럽네.　　白頭吾甚愧良醫

• 이재(李縡), 「의원 장경현이 마마를 앓는 두 명의 손자를 보살피기 위해서 한 달이면 두 차례나 이르렀다. 그가 돌아갈 때에 읊조려주다(醫人張敬賢, 爲見兩孫痘患, 一月再至, 其歸口呼以贈)」

아이가 조금만 아파도 가슴이 철렁 내려앉는데, 마마와 같은 큰 병이라면 지켜보는 가족들의 마음은 시커멓게 타들어간다. 장경현이라는 의원이 마마를 앓고 있는 손자를 치료하기 위하여 한 달에 두 번씩 찾아오는데, 아픈 곳마다 치료만 했다 하면 신기하리만치 차도를 보였고, 그간 의원과 환자 사이에도 두터운 신뢰가 형성되었다. 손자를 사랑하는 그 마음이야 넘쳐나지만 손자의 병을 고치지 못해 의원에게 부끄럽다고 했다. 어린 손자의 병을 낫게 하는 데 아무것도 해줄 수 있는 게 없어 답답하고 안타까워하는 할아버지의 심정이 잘 드러난 작품이다.

수명 빌어서라도
네 모습을 보고 싶노라

어린 손자 겨우 막 걸음마 배워   稚孫纔解步
나 끌고서 참외 밭에 들어가누나.   引我入瓜田
참외 보고 가져다 제 입 가리키니   指瓜引指口
먹고픈 마음 너무나 넘쳐서이네.   食意已油然

잠자다 갑작스레 '엄마' 찾지만   睡中忽喚母
귀를 막고서 감히 듣지 않누나.   塞耳不敢聽
아침에 일어나 어린 계집종을 꾸짖어   起朝詰童婢
"누가 이 말을 가르쳤누" 하였네.   有誰教此聲

사람들은 모두 다 손자 있지만   人皆孫子有
나 같은 이 생각하면 응당 없으리.   如我思應無
아비이면서 또한 어미가 되고   爲父亦爲母
할아비면서 거기다 할머니 되네.   作翁兼作姑

• 노긍(盧兢),「어린 손자(稚孫)」

　노긍은 출중한 실력에도 불구하고 끝끝내 자신의 뜻을 펼치지 못한
비운의 인물로 알려져 있다. 1777년 사간 이현영(李顯永)이 상소를 올
려 거벽(巨擘, 대리시험자) 네 사람 중 한 사람으로 지목이 되어 그해 봄
에 평안북도 위원(渭原)으로 유배를 갔다. 유배를 떠나기 석 달 전에
부인인 청주 한씨가 세상을 뜨고, 1786년에는 장남 노면경(盧勉敬)이,
또 노면경의 부인인 고령 신씨가 그 뒤를 따랐다. 이 시는 이러한 아픔
을 겪던 시기에 지어졌다.[4]
　걸음마를 막 배운 손자는 참외 밭으로 할아버지를 끌고 가서 참외를
제 입에 가져다 대며 정말 먹고 싶다는 뜻을 보인다. 두 번째 구에서는

작자 미상, 「경직도(耕織圖)」 부분, 비단에 채색, 전체 135.5×49.4cm, 국립중앙박물관.

손자가 잠결에 '엄마' 찾는 소리를 차마 듣지 못해 마음이 아파 귀를 막는다. 그리고 다음 날 아침, 어린 계집종에게 '엄마'라는 말을 왜 가르쳤느냐고 꾸짖는다. 아내와 아들, 며느리가 모두 죽은 상황에서 손자를 기르는 비통한 심정이 잘 드러난다. 아비도 어미도 할아비도 할미도 된다는 말이 그 마음을 잘 대변한다. 너무도 큰 아픔을 겪은 탓일까, 그로부터 오래 살지 못하고 1790년 54세에 한 많은 생을 마감했다.

4

세월이 흘러 늙은 몸 되었으니　　　　　歲月悠悠老大身
어제 네가 난 듯한데 벌써 혼인 보게 되네.　　女生如昨已成姻
아침 일찍 어린 손자 재롱을 보기 위해　　朝來爲看兒孫戲
한 사람 적어짐도 도리어 달게 여기리.　　還覺分甘少一人

• 현일(玄鎰), 「손녀가 시집가는 날에 장난삼아 쓰다(女孫新婚日戱題)」

　세월이 참으로 빨리 흘러서 자신은 벌써 늙어버렸다. 생각해보면 손녀가 태어나던 일이 엊그제 같은데, 그 아이가 장성해서 벌써 혼인할 때가 되었다. 손녀가 증손자를 낳아 그 아이가 장난치는 모습을 보기 위해서라도 손녀의 출가를 흔쾌히 받아들이겠다고 했다. 손녀를 출가시키는 일이 어찌 서운하지 않을까. 섭섭한 마음을 농으로 짐짓 담담하게 풀어내고 있지만 여운은 길고도 쓸쓸하다.

무산의 동쪽 편 큰 강가에서　　　　　巫山東畔大江涯
잎사귀 백사장에 우수수 지네.　　　　寒葉蕭蕭落晚沙

골육 간에 멀리 하늘가에 가려 하니 　　　　　　骨肉遠分天際去

눈물로 수건 적시고 홀로 집에 돌아왔네. 　　　　滿巾衰淚獨還家

• 송남수(宋柟壽), 「무산의 강가에서 손녀를 보내면서 서글퍼서 짓노라(巫山
江上, 送別女孫, 愴然而作)」

손녀와 헤어지는 모습을 담고 있다. 손녀의 출가 전 일이었는지 아
니면 출가 때문에 헤어지는 장면인지는 분명치 않다. 강가에서 헤어지
는 풍경이 매우 애달프다. 가을날, 그것도 저녁에 헤어지니 더더욱 스
산한 마음을 지울 길 없다. 노년의 이별은 다시 만날 기약을 할 수 없
어서 언제나 마지막을 예감해야 하기에 예사로운 이별과는 다르다. 눈
물로 수건을 적시고 집으로 돌아오는 모습에서 손녀와의 이별을 아파
하는 심정이 절절하게 드러난다.

　부부라는 것은 인류의 시작이고 만복의 근원이니, 아무리 친하
고 가까워도 가장 바르게 해야 하고 가장 조심해야 할 사이다. 그
러므로 "군자의 도는 부부에서 시작된다"고 하는 것이다. 세상 사
람들이 예우와 공경을 전부 잊어버리고 다짜고짜 함부로 하여 마
침내 업신여기고 능멸하여 못할 짓이 없는 데까지 이르게 되는 것
은, 모두가 서로 손님같이 공경하지 않는 데서 나오는 것이다. 이
때문에 그 집안을 바르게 하려면 마땅히 그 시작을 삼가야 하는 것
이니, 천 번 만 번 경계하여라.[5]

• 이황(李滉), 「손자 안도에게 주다. 경신년(與安道孫 庚申)」

예전에는 이른 결혼으로 어린 나이에 가정을 꾸려야 했다. 아직 철
모르는 아이 같은 손자가 결혼 생활을 잘 해나갈 수 있을까 걱정이 앞

선다. 이 글은 이황(1501~1570)이 손자 이안도(李安道, 1541~1584)에게 보낸 편지로 부부 사이에 지침이 될 만한 글이다. 부부는 인륜의 시작이며 온갖 복의 근원이 된다. 그러니 부부가 더없이 친밀한 사이기는 하지만 서로 간에 바르고 조심해서 처신해야 한다. 그러나 대개의 경우, 서로 대우해야 할 것들은 모조리 무시하고 함부로 대하며 도를 넘는 행동까지 서슴지 않는다. 이황은 손자에게 부부의 도리에 대한 짧지만 강렬한 메시지를 전달하였다.

인간의 본체는 본래 공허하지만	本體固沖漠
실천을 할 때에는 조목이 많네.	踐履多節目
집에서는 효도하고 나가서는 공경하여	入孝而出悌
절조를 닦아야 비로소 근신케 되네.	礪操始恭恪
말은 다툼 만들기 쉬운 것이니	樞機善興戎
교제에는 침묵을 신중히 하고	酬酢愼語默
겸손하면 도가 더욱 빛날 것이니	謙卑道益光
겸허하게 받아들여 오만을 막을지어다.	虛受防傲軼
친족은 한 조상에서 나온 것이니	親黨生同根
친소간에 골고루 화목해야 하고	疏戚均修睦
서로 도와 학덕 닦을 친구 구하되	麗澤求輔仁
해롭고 유익한 자를 일쩍 가려야 하네.	損益宜早擇
처지는 아무리 귀한 자제라 해도	居雖紈綺中
맛은 또 담박함을 만족하게 여기고	味且甘澹泊
구사와 구용을 실천하되	九思隨九容
하나씩 이뤄나가 달리 가지 말지어다.	致曲靡他適

• 신흠(申欽), 「손자 면의 관례에 주다(冠孫昇)」 부분

할아버지와 손주

신흠이 손자 신면(申冕)의 관례(冠禮)에 쓴 99구(句)의 장시(長詩) 중 일부이다. 시가 99구인 까닭은 이 시에 부기된 글에 "시를 99구로 마친 것은 홍범(洪範)의 수를 따른 것인데, 홍범의 아홉 번째가 오복(五福)에서 그쳤으므로 이를 따른 것은 곧 네가 그 오복을 누리기를 바라는 뜻에서이다(句止九九者, 範數也, 範之九止於五福, 則祈爾之嚮用也)"라고 했다.

어른이 된다는 것은 쉬운 일이 아니다. 세상을 스스로 극복할 수 있는 것이 어른이다. 할아버지는 어른이 되는 첫 관문에 들어선 손자에게 구구절절 새겨들어야 할 내용을 담아 건넸다.

인간의 삶이나 그 안에서 지켜야 할 격식은 모두 어쩌면 아무 의미도 없을 수 있다지만, 그래도 인간답게 살려면 지켜야 할 것이 한두 가지가 아니다. 집안에서는 효도하고 나가서는 공경스러운 태도로 행동하고, 말은 침묵을 지키고 태도는 겸손해야 하며, 일가친척과 화목하고 친구는 가려서 취해야 됨을 말하고 있다. 또 높은 지위에 처해서도 담박한 음식을 먹고 구사(九思)와 구용(九容)을 실천해야 함을 주문했으니 삶의 전반에 대해 조언한 것이다.

5

성인이 남겨놓으신 교훈들	聖人垂明訓
어린 때를 놓치지 말아야 하네.	蒙養貴及期
나이 여덟아홉 되는 그때가	年至八九歲
바로 책을 읽어야 할 좋은 시기네.	正好讀書時
일찍 일어나 동쪽 창가 아래서	早起東窓下

수명 빌어서라도
네 모습을 보고 싶노라

책 펴 들고 소리 내어 읽어야 하네. 　　展卷聲吾伊

마음은 차분하게 눈은 똑바로 　　　　潛心目不逃

단정히 공수하고 무릎 꿇고 앉아 　　端拱坐必危

글을 외운 다음에 다시 배워서 　　　誦罷復受業

날마다 부지런히 읽어야 하네. 　　　讀之日孜孜

책 속에는 무엇이 들어 있는가 　　　書中何所有

성인 말씀 속이는 말 있지 않도다. 　　聖言不我欺

조심히 받아들여 잊지도 말고 　　　慎受勿復忘

하나하나 스승으로 삼아야 하네. 　　一一以爲師

먼 곳은 가까운 데서부터 가고 　　　陟遐必自邇

높은 곳은 낮은 데서 오르는 법이네. 　升高必自卑

　• 안정복(安鼎福), 「어린 손자에게 써주다. 계미년(書贈小孫 癸未)」

　안정복이 쉰두 살 때 지은 시로, 전반적으로 공부하는 자세에 대한 이야기를 하고 있다. 먼저 어릴 때부터 공부하는 습관을 가져할 것을 강조했다. 성인들 말씀에 귀를 기울여 독서에 열중해야 한다. 아침 일찍 기상하여 책을 소리 내어 읽는데, 자세는 단정히 하고 날마다 부지런히 읽을 것을 주문했다. 성인의 말씀에 거짓말이 있을 턱이 없다. 조심히 수용해서 늘 마음속에 새겨야 하니 그 어느 것도 내 스승 아님이 없다. 큰일을 하려면 먼저 하찮고 자그마한 일부터 맵짜게 처리하는 습관을 몸에 붙여야 함도 강조했다.

나는 옛날 여덟아홉 살 때 　　　　余昔八九歲

성품이 옹졸하고 힘도 약했네. 　　　性拙力又脆

발로는 당의 뜰도 못 내려갔으니 　　足不下堂除

땅 밟으면 넘어질 것 같아 두려웠네.　　　履地如恐墜

하루 종일 힘겹게 책 읽으면서　　　　盡日困書冊

종아리 안 맞으려 마음 졸였네.　　　　小心免撻箠

이따금 가을철에 열매 익었지만　　　　往往得秋實

그 맛을 볼 겨를도 없었네.　　　　　　無暇可嘗味

지금 네게 하지 말라 않을 것이니　　　今余不汝禁

독서는 남은 짬에 할 일이라네.　　　　讀書還餘事

소도 잡아먹을 기개 길러서　　　　　　蓋養食牛氣

준마의 발 펼칠 곳을 머물러 기다려라.　留待展驥地

그러나 또한 가법은 아니지만　　　　　然亦非家法

이 글을 써서 아이에게 보이노라.　　　書以示童稚

- 이재, 「손자에게 보이다(示兒孫)」

　할아버지가 손자에게 남긴 시문은 당부와 기대의 내용이 많다. 손자가 잘 자라서 자신의 유지(遺志)를 이어 가문을 부흥시키기를 바라는 마음을 담은 셈이다. 할아버지는 시 도입부에서 자신의 유년기에 대한 회상을 손자에게 늘어놓는다. 옹졸하고 나약해서 집의 뜰에도 내려가지 못했고, 떠밀려 하는 공부는 종아리를 맞지 않으려 했을 뿐이며, 가을에 과일이 열려도 나무에 오르다 떨어지면 어쩌나, 공부에 소홀하고 쓸데없는 짓에 시간 낭비 한다며 어른들께 책망을 받으면 어쩌나 하고 아예 맛볼 생각도 하지 못했다. 그러나 지나고 생각해보니 하지 말라면 아무것도 하지 않았던, 지나치게 모범생으로만 보낸 그 시절이 후회가 되었던 모양이다.

　손자에게는 놀고 싶은 대로 실컷 놀기를 권하면서 남은 여가에 독서를 해도 부족하지 않다 하고, 소라도 잡아먹을 배짱을 길러 천리마

수명 빌어서라도
네 모습을 보고 싶노라

유운홍(劉運弘), 「유제조어도(柳堤釣漁圖)」, 종이에 담채, 22.5×35.8cm, 선문대학교 박물관.

의 기세를 가지라는 당부도 덧붙였다. 마지막에는 아이에게 써주기는 하지만 가법은 아니라며 슬쩍 발을 뺐다. 성리학의 대가인 이재는 손자에게 경계와 권면을 요구할 것 같았지만 예상 외로 놀 수 있을 때 실컷 놀고 배짱도 두둑하기를 바랐다. 그 역시 성리학자이기 전에 손자를 사랑하는 평범한 할아버지일 뿐이다.

6

반년 동안 부질없이 골육 인연 이뤘으니
눈으로 보던 모습 이미 벌써 아득하네.
문틈 바람도 두려워 병풍 둘러 보호했거늘
지금 황량한 들판 무덤에 쌓이는 눈 참을 수 있으랴?
六朔空成骨肉緣　眼中形影已茫然
隙風猶畏圍屛護　今忍荒原雪壓阡

인정 중에 할아비의 손자 사랑 제일이니
품 안에 껴안으면 체온을 느끼었네.
나는 그저 예전처럼 그 아이 안 죽은 듯
그 애 몸의 생기가 아직껏 남아 있네.
人情最是祖憐孫　抱置懷中體覺溫
我在依前渠不死　本身生氣尙留存

• 이용휴, 「요절한 아이를 애도하고 스스로 마음을 너그럽게 갖는다(悼夭因
自廣)」

겨우 여섯 달을 살다가 죽은 손자에 대한 시이다. 아주 짧게 골육의 인연을 맺어서인지 눈앞에 아른거리던 모습이 잘 떠오르지 않는다. 추운 겨울이라 밖에는 쌩쌩 찬바람이 불어 문틈 바람에도 병풍을 쳐서 막아야 하는데, 들판 무덤의 땅이 꽁꽁 얼고 눈까지 쌓일 것을 생각하니 억장이 무너진다. 할아버지가 손자를 사랑하는 마음을 무엇과 비교할 수 있을까. 품에 안았던 아이의 체온이 그대로 전해지는 듯하다. 몸이 기억하는 아이의 자취는 마음에 남아 있는 아이의 흔적보다 간절하고 서럽다.

오직 네가 있어서 기뻤는데	好懷唯汝在
나쁜 일을 살아생전 보게 되누나.	惡事見吾生
갑작스러운 병이 어찌 운명이겠나.	暴病寧由命
아양 떨던 모습이 가장 마음이 가네.	嬌嬉最管情
눈썹과 눈동자는 푹 자는 것과 같고	眉眸猶睡熟
염 마치니 화장(化粧)을 한 것 같구나.	純斂若粧成
새소리에 마음은 놀라 깨지고	鳥語驚心碎
꽃가지는 눈을 찌르도록 밝도다.	花枝刺眼明
내 딸아이 우는 것 막지 않는 건	不禁兒女泣
한갓 할아비와 손녀 이름 있어서이네.	徒有祖孫名
슬퍼한들 무익한 줄 알고 있지만	忉怛知無益
창틈에 내리는 비 어찌하겠나.	窓間奈雨聲

• 조수삼(趙秀三), 「손녀의 죽음을 슬퍼하다(悼女孫)」

늘 손녀가 있어서 기뻤는데 자신보다 앞서 간 손녀의 죽음이 믿기지 않는다. 갑작스럽게 병에 걸려 짧게 살다 죽은 것이야 하늘에서 받

할아버지와 손주

은 운명이지만 아이가 재롱떨던 모습이 눈에 밟히는 것은 어쩔 수 없다. 죽은 아이의 모습이 푹 자는 것도 같고, 화장을 한 것도 같다. 새소리가 아이의 목소리인 듯, 꽃가지가 아이의 손인 듯, 그 모든 것이 마음을 아프게 후벼 판다. 딸이 자식을 잃고 목 놓아 우는 것을 만류할 수 없는 것은 자신은 그나마 할아버지와 손녀 사이여서 모녀의 정에는 미치지 못해서이다. 슬퍼한다 해도 상황이 바뀔 턱이 없지만, 마치 눈물인 듯 흐르는 빗줄기에 더더욱 마음이 아려온다. 사랑하는 손녀딸을 잃은 할아버지의 심정이 구구절절 곡진하게 그려져 있다.

7

인간은 태어나면 할아버지, 할머니, 외할아버지, 외할머니를 만난다. 세월이 흐르며 한 분씩 돌아가시다가 종래에는 이 세상에서 할아버지 할머니라고 부를 수 있는 존재가 영영 사라지게 된다. 기억 속에 할아버지는 넉넉한 웃음과 흐뭇한 미소로 언제라도 따스하게 안아주실 것만 같다.

조선 시대의 할아버지라고 특별히 더 엄격했거나 사랑 표현에 서투른 것은 아니었다. 부모 자식 간의 사랑도 고금을 초월하는데 할아버지의 사랑이라고 다를 리 있겠는가. 이황은 손자 이안도에게 많은 편지를 남겼고, 송시열은 손자 송주석(宋疇錫)과 많은 시문을 수창하였으며, 이용휴는 외손자 허질을 끔찍이도 예뻐했다. 또 이문건(李文楗, 1494~1567)은 『양아록(養兒錄)』이라는 16세기 손자 양육 일기를 남겼는데, 여기에는 할아버지가 손자에게 줄 수 있는 깊은 사랑과 엄한 교육을 가감 없이 담고 있다.

할아버지는 손자와 손녀, 친손주와 외손주 구별 없이 탄생의 기쁨을 노래했다. 어린 손주들의 재롱을 보며 귀여워하는 모습부터, 병을 앓는 손주를 보는 안쓰러움, 시집이나 관례를 치를 때 건네는 진심 어린 조언, 기대와 당부를 담은 면학에 대한 권면, 손주를 먼저 저세상에 보내는 안타까운 심정까지 할아버지의 손주 사랑은 자애롭고 따스했다.

피천득의 수필 「송년(送年)」에서 "한 젊은 여인의 애인이 되는 것만은 못하더라도 아이들의 할아버지가 되는 것도 좋은 일이다"라고 했다. 할아버지의 사랑은 부성애나 모성애와는 다른 지점에 위치하지만 사랑의 정도는 그에 못지않게 깊고도 짙다. 점차 어른들은 사라지고 아이들 세상이 되어간다. 아이들은 더 이상 어른들의 목소리에 귀 기울이지 않고, 아이들에게 할아버지는 더 이상 경외의 존재도 아니다. 인생의 고비마다 어디서도 들을 수 없는 지혜의 목소리를 들려줄 할아버지가 몹시도 그리운 시대가 되었다.

할아버지와 손주

사람이면 아들 있고
며느리도
뉘 없으리

시아버지와 며느리

1

며느리 하면 먼저 고부(姑婦) 갈등이나 시집살이의 고통, 전설적인 효부(孝婦) 등이 떠오르지만, 어떤 모습이든 희생을 동반하지 않는 경우는 거의 없었다. 과거 며느리는 출가외인(出嫁外人)이란 명목 아래 친정의 지원 없이 홀로 시댁에서 고군분투하였기에 그 이름 자체만으로도 서글프다. 시집 식구들은 어렵기만 하고, 낯선 환경에 홀로 던져져 의지할 곳도 하나 없었다. 세월이 흘러 세상이 변했다지만 갈등은 모습만 달리할 뿐 여전히 현재 진행형이다.

한(漢)나라 동해군(東海郡) 효부(孝婦)[1]와 한태초(韓太初)의 아내인 유효부(劉孝婦)[2], 당(唐)나라 최관(崔琯)의 조모 당부인[3] 등은 효부로 유명하다. 남편이 수자리[4]로 나가 죽었는데도 끝까지 시어머니를 봉양한 진효부(陳孝婦)의 사연을 비롯해 『소학(小學)』에는 효부 이야기가 자주 등장한다.

며느리 이야기는 이처럼 효부로 정형화되어 있지만, 이런 사연들은 아름답고 감동적이기보다는 왠지 다소 엽기적이고 종교적인 느낌을 준다. 그 옛날 효부의 이야기가 그리 건강해 보이지 않는 것은 이런 사연들이 억압의 기제가 되어 수많은 여자의 삶을 구속했기 때문이다.

사람이면 아들 있고
며느리도 뉘 없으리

며느리의 모습은 오히려 속담에서 사실적으로 드러내 보여주고 있다. '굿하고 싶어도 맏며느리 춤추는 꼴 보기 싫다', '배 썩은 것은 딸을 주고, 밤 썩은 것은 며느리 준다', '열 사위는 밉지 않아도 한 며느리는 밉다' 등 몇 가지만 봐도 며느리 관련 속담들은 매우 공격적이고 야멸차다. 시어머니는 딸이나 사위와는 달리 며느리에게는 이중적인 태도를 보인다. 똑같이 고단한 여성의 삶을 살아가는 동지(同志)의 시선보다는, 사랑하는 아들을 놓고 다투는 경쟁자로서의 의미가 강했다.

시어머님 며느리 나빠 부엌 바닥을 구르지 마시오. 빚으로 받은 며느리인가 값을 주고 데려온 며느리인가, 밤나무 썩은 등걸 회초리 난 것같이 깡마르신 시아버님, 볕에 쬔 쇠똥같이 성깔 있는 시어머님, 3년을 엮은 망태에 새 송곳부리같이 뾰족하신 시누이님, 당피 갈아놓은 밭에 돌피 난 것처럼 샛노란 외꽃 같은 피똥 누는 아들 하나 두고, 기름진 밭에 메꽃 같은 며느리를 어디가 나쁘다고 하시는가.[5]

『청구영언(靑丘永言)』에 나오는 사설시조다. 시집 식구들이 똘똘 뭉쳐 뭐가 그리 불만인지 며느리를 못 잡아먹어 안달이다. 변변찮은 아들 하나 둔 것이 무엇이 그리 유세라고 탐스럽게 핀 메꽃같이 복스러운 자신을 못마땅하게 여기느냐고 항변하고 있다. 며느리의 원정(怨情)이 잘 표현되어 있다. 며느리에 대한 시조들은 대부분 고단한 시집살이를 주제로 한다.

울 엄니 나를 잉태할 적 입덧 나고
씨엄니 눈 돌려 흰 쌀밥 한 순갈 들통 나

백은배(白殷培), 「채춘공귀(採春空歸)」, 종이에 담채, 30.5×23.2cm, 간송미술관.

살강 밑에 떨어진 밥알 두 알 혀끝에 감춘 밥알 두 알

몰래몰래 울음 훔쳐 먹고 그 울음도 지쳐

추스름 끝에 피는 꽃 며느리밥풀꽃

햇빛 기진하면은 혀 빼물고

지금도 그 바위섬 그늘에 피었느니라.

• 송수권, 「며느리밥풀꽃」 부분

사람이면 아들 있고
며느리도 뉘 없으리

식물 중에도 며느리밑씻개, 며느리밥풀꽃, 며느리배꼽, 며느리주머니 등 '며느리'가 들어간 꽃이 제법 많다. 보통 호박잎으로 밑을 씻는데, 며느리에게는 그것도 아까워 가시범벅인 이파리를 사용하라고 하여 이름을 얻은 며느리밑씻개. 시아버지 제삿밥이 뜸 들었는지 몇 알 먹었다가 쫓겨나서 갈 곳 없이 떠돌다 진이 빠져 죽은 자리에 핀 며느리밥풀꽃. 싫은 사람이 배꼽까지 보인다는 뜻의 며느리배꼽. 밥을 많이 먹는 며느리가 미워서 시어머니가 목을 졸라 죽인 자리에 핀 며느리주머니. 그 어느 것 하나 슬픈 사연을 갖지 않은 꽃이 없다. 얼마나 며느리가 미웠으면 이런 이름을 붙였을까. 흥미롭기는 하지만 그저 웃을 수만은 없는 일이다.

이렇듯 며느리와 관련된 이야기는 하나같이 슬프고 애달프다. 그러나 예나 지금이나 똑같이 사람 사는 세상인데 꼭 그런 반목과 갈등만 존재하라는 법은 없다. 자애로운 시아버지와 딸같이 살가운 며느리에 대한 내용도 그 어디엔가 기록으로 남아 있지 않을까.

2

예쁜 모습 무진년 여름에 보았는데	芳姿始見戊辰夏
폐백하러 당 오른 건 갑술년 봄이었네.	棗栗升堂甲戌春
잠자리 챙길 때마다 패옥(佩玉) 소리 들었고	昏定每聞環佩響
새벽 단장 안 배웠어도 눈썹이 반듯했네.	晨粧不學翠眉勻
지금도 얼굴이 예전 같은 모습인데	今來面目還如舊
떠나는 이별 회포 새로움 새삼 느끼네.	此去離懷轉覺新
내게 손자 안게 해서 네 효를 알게 했으니	使我抱孫知汝孝

만남과 헤어짐에 괜히 마음 아프지 마렴.　　　　　休將聚散漫傷神

　• 이경여(李敬輿), 「며느리를 보고(見子婦)」

　이경여는 4남 2녀를 두었다. 1628년 그의 나이 마흔네 살 때 며느리를 처음 보았고, 1634년 쉰 살 때 또 며느리를 맞게 되었다. 며느리는 새벽에 문안 인사를 할 때에도 전혀 흐트러짐이 없었고, 저녁에 잠자리를 살펴줄 때에도 단정한 모습이었다. 예나 지금이나 다름없이 똑같은 모습이지만 이제 헤어지려니 섭섭한 마음을 금할 수 없다. 그래도 소중한 손주를 보게 해주어 효성이 지극한 며느리의 마음을 알게 되었으니, 헤어지는 순간에 더 마음이 아프지 않기를 바란다고 했다. 짧은 글 속에 며느리와 헤어지는 섭섭한 마음을 부족하지 않게 꽉 채워 담아낸 시이다.

　　　내 아들 열일곱 살에 사내놈 낳았으나　　　　吾兒十七生男早
　　　늙은 나는 쉰 살에 손자를 늦게 봤네.　　　　老子五旬得孫晩
　　　손자를 일찍 보든 늦게 보든 따질 것 못 되지만　男孫早晩不須論
　　　집안에 전하는 문원은 계승하길 원하네.　　　　但願傳家繼文苑

　　• 권두경(權斗經), 「며느리가 아들을 낳았다는 말을 듣고 기뻐서(聞子婦擧丈夫子志喜)」

　권두경의 아들 권모(權瑁, 1690~1751)는 2남 3녀를 두었는데, 두 아들은 권정택(權正宅, 1706~1765)과 권정용(權正容)이다. 권두경은 1690년 37세에 아들 권모를 얻었고, 1706년 쉰세 살에 손자 권정택을 얻었다. 자신이 아들을 늦게 얻은 탓에 아들이 빨리 자식을 두었어도 손자를 본 것은 늘그막이었다. 그러나 손자를 이른 나이에 얻든 그렇지 않든 귀

129

사람이면 아들 있고
며느리도 뉘 없으리

한 것은 다를 바 없다. 오히려 늙은 나이에 손자를 품에 안으니 소중한 마음이 더하다. 다만 그 손자에게 바라는 게 있다면 대대로 문장가가 나오던 훌륭한 가문의 전통을 이어주길 바랄 뿐이다.

처음 온 며늘아기 가르치노니	敎爾初來婦
분명하게 내 말을 들어보거라.	丁寧聽我言
손님 접대는 술과 음식 적당히 하고	供賓宜酒食
제사에는 제수(祭需)를 정갈히 하렴.	奉祭潔蘋蘩
친척과는 더욱더 화목해야 하고	親黨尤相睦
종아이는 은혜로 잘 돌봐야 한다.	僮兒更眷恩
좋은 평판은 세덕을 이어서는	徽音嗣世德
우리 가문 경사롭게 하여야 하리.	期以慶吾門

• 구치용(具致用), 「며느리에게 경계하고 친척들에게도 보이다(戒子婦, 兼示諸親戚)」

　며느리를 맞는 시아버지의 마음이 잘 드러난 시이다. 새 식구를 맞는 마음이야 예나 지금이나 다를 바 없다. 잘못된 식구 하나가 온 집안의 화목을 깨뜨릴 수도 있다. 손님이 왔을 때에는 술과 음식으로 잘 대접하고, 제사를 올릴 때에는 보잘것없는 제물(祭物)이라도 정결하게 올리면 된다. 친척들과는 화목하게 지내야 하고, 종아이라 해도 함부로 대하면 안 된다. 이러한 일들을 잘 처리해서 자신의 가문을 더욱 빛내주기를 당부했다.

자네 노모는 연세가 어떻게 되나 問君母年幾
우리 어머니 늘 병이 많으시다네. 我母常多病
김매고 한번 가서 뵈어야 하지만 了鋤合一歸
시아버지 무서워서 청하지도 못하지. 舅嚴不敢請

• 이양연(李亮淵), 「둘째 며느리(屬仲婦)」

자네 친정은 멀어서 좋겠구먼 君家遠還好
못 간대도 변명할 게 있을 테니까. 未歸猶有說
한데 나는 한동네 시집와서도 而我嫁同鄉
어머니 얼굴 3년간 못 보았다네. 慈母三年別

• 이양연, 「막내며느리(又 屬季婦)」[7]

이 시는 여성 화자의 목소리로 손위 동서가 손아래 동서들에게 하소연하는 형식을 취하여 며느리의 심정을 그리고 있다. 맏며느리가 둘째 며느리에게 자신의 친정어머니가 연로하고 지병에 시달리고 있다는 말을 꺼낸다. 김매고 다녀올 수 있을 정도로 가까운 거리에 살고 있지만, 엄한 시아버지 때문에 이야기조차 꺼낼 엄두가 나지 않는다고 했다. 그리고 막내며느리에게 자네는 친정이 멀어 가지 못한다는 핑계라도 댈 수 있지만, 자신은 지척에 살아도 3년 동안 친정어머니 얼굴도 못 봤다며 하소연하고 있다.

아버님이 늘 고기를 밀쳐놓는데 家翁每却魚
혹시라도 내가 양념을 잘못해서인가? 無或失鹽豉

131

어르신 마음을 가만히 헤아려보니 竊料長者心

아이들 물에 가 노는 것 걱정하신 게지. 怕兒近水戲

• 이양연, 「고기(漁)」[8]

대낮에는 밭에서 밥을 먹었고 午向田中食

저녁에는 부엌에서 웅크리고 잠자네. 夜頻廚下眠

한세상 살기가 이처럼 고통스러운데 此生誠苦矣

그래도 오래 살기만 바라는구나. 猶復願長年

• 이양연, 「막내며느리(屬季婦)」[9]

  고기반찬을 올렸는데도 자꾸 밀쳐놓으니 정성껏 음식을 준비한 며느리 속이 바짝바짝 탄다. 이리저리 궁리해봐도 무엇 때문에 시아버지가 저러시는지 그 마음을 알 길이 없고, 혹 물가에 나가 노는 손주들 때문에 입맛이 없으신 건가 생각해본다고 했다. 걸핏하면 꼬투리를 잡아 삐치는 얄미운 시아버지에 대한 빈정댐이 없지 않아 보인다.

  낮에는 밭뙈기에 앉아서 먹는 둥 마는 둥 정신없이 밥을 뜨고, 저녁에는 부엌에서 불편한 잠을 청한다. 그녀에게 인생이란 즐길 수 있는 무엇이 아니라, 견뎌야 하는 무엇에 지나지 않는다. "살면 뭐 하나?" 하는 소리가 절로 나오지만, 그래도 혹시나 내게도 좋은 날이 있지 않을까, 모진 목숨이 오래오래 부지되기를 원한다고 했다.

  이양연의 작품들은 며느리의 고단한 현실을 반영하는 동시에 자신의 불우한 삶을 여성 화자로 투사한 면도 없지는 않다. 그러나 이 정도로 그릴수 있을 만큼 고단한 며느리의 삶을 잘 관찰하고 이해했다는 반증도 되는 셈이니, 며느리를 향한 시아버지의 따스한 마음을 읽어내기에도 충분하다.

시아버지와 며느리

환갑날 가까워짐 마뜩치 않은데	不樂弧辰近
넌 어째서 잔칫상 차려내었느냐.	杯盤爾底爲
부모 은혜 보답치 못하였는데	劬勞恩未報
혼자만 살아남아 그 일이 슬프네.	孤獨事堪悲
국화를 잡으니 처량한 꽃이고	把菊凄涼蘂
난초를 뽑으니 적막한 가지였네.	搴蘭寂寞枝
옛날 기쁜 마음으로 모셨던 곳에	昔年歡侍地
한가한 날인데도 술잔 부르네.	閑日亦徵巵

• 이헌경(李獻慶), 「환갑날에 며느리가 술과 안주 차렸으나 시를 지어 그것을 물리치다(初度日, 子婦具酒饌, 詩以却之)」

이헌경은 중년 이후에 잇단 불행을 겪어야 했다. 마흔여섯 살에 장녀 이주명(李柱溟)을 시작으로 쉰 살에는 아버지, 쉰세 살에는 동생 이한경(李漢慶), 쉰네 살에는 아들 이정린(李廷鄰), 쉰아홉 살에는 아내를 잃었다. 이러한 때 환갑을 맞았으니 며느리가 정성껏 잔칫상을 봤다고 해서 냉큼 받아먹을 수 없는 노릇이다. 부모님께서 살아 계셨다면 즐겁게 받을 상이지만, 마음은 무겁기만 하다. 더더욱 그를 힘들게 했던 것은 해로하던 아내가 곁에 없어서였다. 경사스러운 날일수록 아끼던 사람들이 곁에 없다는 사실이 더 큰 슬픔으로 다가온다. 국화를 잡아봐도 처량하기만 하고, 난초를 뽑아봐도 적막하기만 하다. 부모님을 기쁜 마음으로 모셨던 곳에서는 울컥하면서, 한가한 날이지만 자꾸만 술 생각이 난다. 아가야, 네 마음은 다 알지만 상을 치워다오.

좋구나! 이 초가을 16일 저녁	好是新秋旣望夕
마침 호수의 달이 완전히 둥글 때였지.	正當湖月十分圓

사람이면 아들 있고
며느리도 뉘 없으리

한밤중 이슬 맺힌 외로운 배에 탄 손님	三更白露孤舟客
한길의 맑은 강에 만 리의 하늘이네.	一道澄江萬里天
좋은 밤에 어찌 적벽의 경치를 말하랴.	良夜何論赤壁景
좋은 놀이는 갑진년을 기억해야 하리.	勝遊須記甲辰年
사부로서 세상에 전할 것은 하나 없고	苦無辭賦堪傳世
다만 날 듯 날개 돋친 신선에 견줄 만했네.	秖擬飄飄羽化仙

• 신성하(申聖夏), 「7월 16일에 며느리와 딸과 함께 앞 강에 배를 띄우고 놀다
가 밤이 깊어서야 돌아오다(七月旣望, 同子婦女兒, 泛舟前江, 夜深而歸)」

황주(黃州)에서 귀양살이하던 소동파가 7월 16일에 적벽강에서 뱃
놀이를 한 사실이 있다. 그때 지은 유명한 작품이 바로 「적벽부(赤壁
賦)」이다. 소동파를 흉내 내서 자신도 똑같이 7월 16일에 며느리와 딸
아이를 싣고 뱃놀이를 즐겼다. 이런 좋은 밤에 적벽의 경치만 말할 것
이 아니라, 즐거운 뱃놀이를 했던 갑진년 7월 16일도 기억해야 할 것
이라고 했다. 이때는 1724년으로 신성하의 나이 예순이었다. 자신의
글이야 세상에 전할 만한 것이 못 되지만, 이러한 풍모는 신선에 견줄
만하지 않느냐고 했다.

마지막 구는 「적벽부」의 "훌쩍 세상을 버리고 홀로 날개 달고 신선
이 되어 하늘로 오르는 것만 같네(飄飄乎如遺世獨立, 羽化而登仙)"를 염
두에 둔 것이다. 달도 밝고 며느리도 있고 딸도 옆에 있으니 함께 뱃놀
이를 즐기는 기분을 신선에 비유했다. 뱃놀이에 며느리를 챙기는 정겹
고 살가운 시아버지의 모습이 보인다.

시아버지와 며느리

4

　지난날 너희들의 편지를 받아보니 모두 내가 외지에 있기 때문에 아침저녁으로 시봉(侍奉)하지 못하는 것을 한스럽게 여긴다 했는데 이것은 응당 그럴 것이다. 그러나 임금께서 궁궐 밖으로 나와 계신데 남의 신하 된 사람의 의리가 마땅히 집에 있을 수는 없다. 비록 부인들이라 하더라도 또한 마땅히 이러한 의리를 알아야 할 것이다. 옛날에 송(宋)나라 충신 사방득(謝枋得)에게 아주 현명한 어머니인 계 씨(桂氏)란 분이 있었다. 그 아들이 나라에 난리가 나자 도망갔다. 그 며느리와 두 명의 손자는 원(元)나라의 감옥에 수감되었다. 이때에 계 씨의 나이가 90여 세였는데 태연하게 대처하여서 한마디도 원망하는 말이 없었다. 사람들이 그 뜻을 물으니 말하기를 "의리가 마땅히 그러한 것이다"라고 하였다. 어머니가 자식에게 베풀 수 있는 것을 며느리만 홀로 시아버지에게 차마 할 수 없는 일이겠는가. 앞으로의 변고를 알 수는 없으나, 너희들은 또한 사공(謝公)의 아내 이 씨(李氏)가 두 남편에게 시집가지 않겠다고 맹세한 후 목매고 절개를 세웠던 것처럼 마음먹는 것이 옳을 것이다.[10]

　• 전우(田愚), 「맏며느리 송 씨와 둘째 며느리 김 씨에게 답하다. 병신년(答長·仲二子婦宋氏·金氏 丙申)」

　전우(1841~1922)는 4남 1녀를 두었는데, 첫째인 복규(復圭)와 딸인 순정(順貞)은 요절하였다. 이 글은 아들들 중 회구(晦九)의 아내인 송석기(宋錫琦)의 딸과, 화구(華九)의 아내인 김진기(金鎭基)의 딸에게 준 글이다. 그의 나이 쉰여섯 살이던 1896년 2월에 조선의 고종이 신변의 위협을 느껴 왕태자와 더불어 아관파천을 감행했는데, 이 편지는 이즈

사람이면 아들 있고
며느리도 뉘 없으리

채용신(蔡龍臣), 「전우 초상」, 종이에 채색, 65.5×45cm, 국립중앙박물관.

음에 보낸 것이다.

그는 전통적 도학의 중흥만이 국권 회복의 길이라 믿은 사람이다. 그에 걸맞게 편지의 내용도 단호하고 확신에 차 있다. 나라의 운명이 바람 앞에 선 등불처럼 위태롭던 그때에 사사로운 정을 담을 여유가 없어 보인다. 송나라 충신 사방득의 어머니가 보여주었던 의연한 처신을 며느리들에게도 당부했다. 편지 말미에 절개를 위해서는 죽을 각오도 불사하라고까지 했다. 구구한 안부나 사정(私情)은 배제한 채 신념과 절개만을 강조하고 있다.

내 나이 마흔한 살이 되어서야 아들을 얻었지만, 여덟 살에 죽었다. 다행스럽게 또 아들을 얻게 되었고 이제 어른이 되어 새 며느리를 맞아들이니 실로 우리 집안의 경사이구나. 일찍이 세상의 며느리들이 시부모를 보는 것을 살펴보건대, 끝내 자신의 친부모처럼 여기지 못하는 것은 진실로 시부모가 며느리를 보는 것이 자신의 친자녀처럼 여기지 않는 까닭에 연유한다. 우리 부부는 늙었으니, 믿을 데는 오직 새아가밖에 없구나. 따스한 정의 돈독함이 내 자식들과 같음에 그치지는 않을 것이니, 새아가 또한 세상에서 하는 짓들을 본받지 말아다오.

근래에 세속의 폐단은 갈수록 더욱 심해지고 있다. 그 시부모를 섬기는 예가 사랑과 공경을 중요하게 여기지 않고 오로지 술과 밥이 많고 적으냐에 따라 대우의 후함과 박함으로 삼고는, 갈수록 (그것을) 더욱 부러워하고 본받으며 오히려 거기에 미치지 못할까 두려워한다. 가난하고 곤궁한 가문은 더러는 부모를 모시다 파산을 해도 개의치 않으니 참으로 통탄할 만한 일이다. 새아가는 절대로 이러한 습속을 하지 말아야 한다. 만약 시부모에게 음식을 대접

사람이면 아들 있고
며느리도 뉘 없으리

하고자 한다면 맛있는 반찬 몇 그릇이면 그것으로 충분하다. 우리 가문은 선대(先世)부터 평소에 청한(淸寒)하다고 일컬어졌으며 집안 살림이 매우 가난하였다. 내가 나라의 두터운 은혜를 받아서 외람되이 재상의 자리에 있었으나 논밭 뙈기나 하인을 실제로 늘려 본 적이 없었다.

이 때문에 처자식이 가난하긴 했지만 그들도 또한 분수껏 생활하였다. 결국에 새아가는 이 살림살이를 전함에 넉넉하거나 부족한 것으로 마음을 쓰지 말아야 한다. 선세(先世)의 부지런하고 검소한 덕을 체득해서 일상에 사용하는 모든 것을 분수에 따르고 과한 것을 헤아리는 것, 이것이 원하는 바이다. 부인의 임무는 원래 안살림을 주로 하고, 세상에서 부인의 덕을 논할 때에는 반드시 그가 집안을 잘 다스리는가 하는 것으로 칭찬하게 된다. 그러나 내 생각은 꼭 그렇지만은 않다. 내가 가만히 보니 집안을 다스리는 부인들은 끝내 도에 넘치는 병통이 있어서 암탉이 새벽에 울지 않는 일이 드물다. 새아가는 반드시 내 이러한 뜻을 체득하여 차라리 집안을 다스리는 데 변변찮을지언정 세속에서 이른바 집안을 잘 다스린다고 일컬어지는 일이 없음이 마땅하다. 제사를 지내는 예는 정성과 공경을 근본으로 삼고, 제사에 쓰는 물건을 지나치게 풍성하고 사치스럽게 하는 것은 실로 예를 지키는 뜻이 아니다. 다만 집안에 재산이 있고 없는 것에 걸맞게 하면서 정성을 다하여 정결하게 함에 힘쓸 따름이다. 집에서 거처하는 도리는 오직 온화하면서 법도가 있게 해야 하는데, 하인들에게 이르러서도 비록 더러는 부지런한지 게으른지에 따라서 상벌을 주는 것이 있기는 하나, 그가 굶주림과 추위, 괴로움과 즐거움을 불쌍히 여기지 않아서는 안 되는 것이니 옛사람들이 이른바 "남의 자식이니까 잘 대우해야 한

시아버지와 며느리

다"고 한 것은 진실로 법으로 삼을 만한 것이다.[11]

· 김수흥(金壽興),[12] 「이 글을 며느리에게 주다. 계해년(書贈子婦 癸亥)」

1683년 김수흥(1626~1690)의 나이 쉰여덟 살 때 지은 글이다. 그는 2남 5녀를 두었다. 맏아들인 창렬(昌烈)[13]은 요절했고, 이 글은 둘째인 창열(昌說)의 아내이자 오두인(吳斗寅)의 딸에게 준 것이다. 마흔한 살에 귀하게 얻은 아들이 여덟 살에 죽고, 다시 얻은 아들이 자라 아내를 맞게 되었다. 소중한 아들이었으니 며느리를 맞는 감회 또한 남달랐을 것이다. 이 편지는 그러한 간절한 마음에서 시작해 며느리에 대한 여러 당부를 담고 있다.

며느리가 시부모를 친부모로 여기지 않는 까닭은 시부모가 며느리를 딸과 같이 여기지 않아서라고 했다. 문제의 본질이 시부모의 딸과 며느리에 대한 이중적 태도에 기인한다고 보았으니 탁견(卓見)이 아닐 수 없다. 어떤 시부모도 며느리를 딸로 여기지 않으니 실상 딸 같은 며느리는 존재할 수 없다. 문제의 본질을 날카롭게 꿰뚫고 있는 글이기에 며느리가 자식보다 덜하지 않다고 한 말이 그저 입에 발린 것으로 보이지는 않는다.

요즘 세태 중에 마뜩치 않은 사실을 몇 가지 들고 있다. 시부모를 개나 돼지 기르듯 먹을 것만 챙기고 공경이나 사랑은 상실한 경우와, 제 수준보다 넘치게 봉양을 하다 파산하는 경우를 말하면서 분수껏 살림을 꾸려나갈 것을 강조했다. 또 살림만 잘 다스리는 것이 능사가 아니니, 온 집안을 쥐고 흔들지 말라는 당부도 잊지 않았다. 제사를 준비할 때에는 너무 넘치게 제수(祭需)를 마련치 말고 정성스럽게 차리는 데 힘써주기를 바란다고 했다. 마지막으로 하인을 다스릴 때에도 함부로 다루지 말고 온정을 베풀라면서 『남사(南史)』의 "남의 자식이니까 잘 대우해야 한다(此亦人子也, 可善遇之)"를 들었다. 늘그막에 얻은 딸 같은 며느리에게 세밀한 부분까지 마음을 썼다. 그가 딸처럼 며느리를 대한 만큼 그 진심이 전해졌다면 며느리 또한 시아버지를 친정 부모처럼 모시지 않았을까.

말하노라, 며늘아가! 너는 천휴(天休) 후예일러니 천휴는 훌륭하여 풍절로 우뚝하니, 예전 우리 선조께서 그 문하에 예 올렸네. 가정의 가르침이 부덕(婦德)을 중시하니 면면히 종사(宗祀) 이음 남은 경사 덕분일세. 자손 중에 소민공(昭敏公)과 충정공(忠靖公)이 계시니 오늘까지 법도 전해 우리 조씨 성대하다.

말하노라, 며늘아가! 네 어찌 우연이리. 우리 두 집안은 오래도록 가까웠지. 유풍(遺風)을 숭상하며 철인(喆人) 조상 한가지일세. 성근 데서 가까워짐 옛 말씀에 있거니와, 지금에서 옛날 보니 일이 서로 꼭 맞는다. 사람이면 아들 있고, 며느리도 뉘 없으리. 내가 재앙 입은 뒤라 가까운 이 두리니. 아름답다, 네 집안은 한마디로 맺어졌네.

말하노라, 며늘아가! 맑고도 어질구나. 네 조부의 어짊에다 네 아비의 자질 갖춰, 곱고도 정숙하니 칭찬이 자자하다. 현부(賢婦) 이를 이름이니 우리 집안 꼭 맞구나. 내 궁하면 위로 주고, 내 미치면 기뻐하고, 내 살아서는 봉양하고, 내 죽으면 제사하리. 그래서 인정으로 며느리를 아끼나니 시아비 며느리 처음 만나 축원 어이 없을쏘냐.

말하노라, 며늘아가! 내 하는 말 들어보렴. 사람이 하는 행실 반드시 보답 있다. 지아비에게 순종하고 어버이게 효도하라. 집안 화목 의리로써, 아랫사람 은정으로, 옷 입고 밥 먹는 일 근검으로 능

　　　　　　　　　　　　　　시아버지와 며느리

작자 미상, 「효행고사도(孝行故事圖)」,
비단에 채색, 104×30cm.

히 하라. 좋은 모범 본받아서 여사(女史) 힘써 따를진저. 뉘 능히
이를 했나, 내 할머니 그분일세. 너도 우리 며느리니 이같이만 하
여다오. 덕스러움 부합되면 절로 큰 복 응험하리. 아들도 많이 낳
고 많은 자손 창성하리.

말하노라, 며늘아가! 공경하여 잊지 마라.[14]

• 조관빈(趙觀彬), 「며느리에게 주는 경계(戒子婦文)」

조관빈(1691~1757)은 본관이 양주(楊州), 자가 국보(國甫), 호는 회헌
(悔軒)·광재(光齋)·동호퇴사(東湖退士), 시호는 문간(文簡)이다. 1705
년 열다섯 살에 유득일(兪得一)의 딸과 혼인하고, 1708년 열여덟 살에
진사시에 합격했으며, 1714년 스물네 살에 문과에 합격했다. 이렇게
전도유망하던 젊은 선비에게 어느 날 불운이 닥쳐왔다.

그의 가문은 노소론(老少論)의 격한 대립으로 몇 대가 부침(浮沈)을
거듭하면서 당쟁(黨爭)이라는 격랑(激浪)을 빠짐없이 겪었다. 그도 여
기에 연루되어 유배를 갔다가 1725년에 풀려나와 홍문관(弘文館) 제학
(提學)에 기용되었으나, 1727년 정미환국으로 파직되었다. 1731년에
는 소론의 영수 이광좌(李光佐)를 탄핵하여 결국 대정현(大靜縣)에 유
배되었으니, 그의 두 번째 유배가 된다. 세 번째 유배이자 마지막 유배
는 1753년 예순세 살에 경험하게 된다. 그의 삶은 유배와 방귀전리(放
歸田里), 파직과 복직의 연속이었다. 당쟁의 격랑에도 자신을 한 번도
굽히지 않고 소신을 지키며 살아가다 1757년 예순일곱 살을 일기로
신산(辛酸)한 삶을 마감하였다.

정치적으로 소외되고 환란이 끊임없이 벌어지던 그 언저리에 경사
를 맞게 되었으니 시집와준 며느리와 힘든 결정을 내린 사돈에게 고
마움이 클 수밖에 없었다. 내용 중 대부분을 며느리 집안에 대한 칭찬

시아버지와 며느리

으로 채우고 있다. 어려운 혼사를 허락한 배포 큰 사돈 집안이니 그런 집안에서 자란 며느리 역시 보통내기는 아닐 터였다.

아가야. 노력한 끝은 있단다. 어렵겠지만 남편에게 순종하고 시부모에게 효도해다오. 친척과는 화목하게 지내고, 아랫사람에게는 은혜를 베풀어다오. 어려운 집안이니 살림살이는 검소하게 꾸려주렴. 내 할머니도 그리했으니 너도 할 수 있을 게다. 여사(女史)를 모범적으로 잘하면 자손들이 번창하겠지. 아가야. 이 모든 말을 잊지 말아다오.

5

갑작스레 내게서 떠나버리고	倏忽去尊章
텅 빈 산에 석양이 비추고 있네.	空山映夕陽
아이가 태어나서 여섯 살인데	生兒纔六歲
세상을 뜬 지 벌써 천 년이 된 듯.	隔世已千霜
무덤에서 논다고 어찌 맹자를 알아서랴.	戲墓盍如孟
무덤에 오른 것은 어머니 그리워서네.	登阡爲戀孃
이 말이 참으로 날 감동시켰으니	此言眞感我
눈물 흘러 창자가 끊어질 것 같네.	涕淚欲摧腸

• 권이진(權以鎭), 「맏며느리가 죽은 뒤에 어린 손자를 슬퍼하며(병신년 윤3월 맏며느리 상을 당했다) 4월에 집 뒤 2백 보쯤 되는 병향원에 장사를 지냈으니 선대 묘소 외백호 자리였다. 아이의 나이 여섯 살이었는데, 어머니 모습을 상세히 모르는 것 같았다. 자주 묘 옆에 가서 까불고 놀기에 내가 시험 삼아 "어찌해서 매번 거기에 가느냐"고 묻자 "어머니 무덤을 보려고요"라고 대답했는데, 그 말이 매우 슬펐다. 내 나이 열한 살에 어머니를 여의었는데, 무덤을

사람이면 아들 있고
며느리도 뉘 없으리

집 옆에 쓰고는 늘 가서 뵈려고 하였다. 그때에는 무슨 마음인 줄 스스로 몰랐다. 지금에 와서 옛날 일을 이리저리 생각해보니 눈물을 주체할 수가 없다[長子婦死後悲穉孫(丙申閏三月二十一日, 喪長子婦) 四月葬于家後二百步丙向之原, 先墓外白虎也. 其兒年六歲, 其狀似不詳知. 數往其墓側遊戱, 余試問 "何爲每往", 答云, "爲見母墓" 其言至可悲. 余年十一喪先妣, 墓近家, 常欲往見. 伊時不自知其何心也, 俯仰今昔, 涕淚難禁]」

권이진(1668~1734)은 조선 후기의 문신으로 본관은 안동(安東), 자는 자정(子定), 호는 유회당(有懷堂)·수만헌(收漫軒)이다. 글씨에도 능했고, 사람됨이 무실(務實) 강직했다. 저서로는『유회당집(有懷堂集)』이 있다. 1716년 그의 나이 마흔아홉에 맏며느리가 어린아이를 두고 죽었다. 저간의 사정은 제목에 잘 나타나 있다. 어미 잃은 여섯 살짜리 손자가 어머니 얼굴도 기억하지 못하면서 언제나 무덤에 가서 놀기에 연유를 묻자, 어머니 무덤을 보러 간다는 대답을 듣게 된다. 자신도 열한 살에 어머니를 잃고 무덤에 자주 갔던 기억이 떠올라 흐르는 눈물을 주체할 수 없다고 했다. 죽은 지 얼마 되지 않았는데 벌써 천 년이 흐른 듯 아득하다. 무덤에서 노는 것은 맹자가 그렇게 했던 것을 알아서가 아니라 다만 어머니를 그리워했을 따름이다. 여섯 살 아이를 두고 눈 감았을 어미, 어머니가 그리워 무덤에서 노는 아이, 또 그 모든 아픔을 지켜봐야 하는 할아버지까지 누구 하나 슬프지 않은 사람이 없다.

어느 땐들 맏며느리 잊었으랴만	何時忘家婦
오늘은 갑절이나 처량하구나.	今日倍凄傷
여자는 남편 따름 귀한 법인데	女固從夫貴
혼은 어찌하여 바삐 세상 저버렸나.	魂胡棄世忙

　　　　　　　　　　　시아버지와 며느리

관가 부엌에서는 음식 내지 말 것이니	官廚休進膳
나의 눈물이 눈에 가득 고이네.	我淚自盈眶
관(棺)의 뒤쪽을 차마 볼 수 있으랴.	忍見神輿後
세 아들이 줄지어 가고 있으니.	三兒列作行

• 김영행(金令行), 「며느리를 생각하며(懷子婦)」

김영행(1673~1755)은 본관이 안동(安東), 자는 자유(子裕), 호는 필운옹(弼雲翁)이다. 김창흡(金昌翕)의 문인(門人)으로 알려져 있으며, 저서로는 『필운유고(弼雲遺稿)』가 전한다. 늘 맏며느리를 남다르게 생각해 왔는데 땅에 묻을 날이 되니 처량한 마음을 가눌 길 없다. 여자는 여필종부(女必從夫)하는 것이 도리이다. 남편이 살아 있다면 함께 살아 남편을 따르는 것이 마땅하지만 그만 먼저 세상을 떠나버렸다. 눈물은 멈추지 않고 밥 먹을 생각도 사라져 음식도 마다한다. 어머니 관을 따르는 세 명의 아들, 자신의 손자들을 보자 다잡았던 마음이 다시 와르르 무너진다.

혹시라도 너는 아느냐 모르느냐	汝或有知否
쓸쓸한 산에 늙은 시아비 왔다.	寒山老舅來
네가 내 손 잡고서 볼 것 같은데	如將執手見
부질없이 다시 슬픔 안고 돌아왔네.	空復斷腸回
박한 장례에 끝내 한이 많았고	葬薄終多恨
거친 시로 슬픔을 다 못 하누나.	詞荒未盡哀
어린아이는 이미 웃으려 하는데	孩兒已欲笑
더불어 저승 이야기 말하지 마렴.	莫與語泉臺

• 유한준(兪漢雋), 「며느리의 묘에서 울다. 계사년(哭子婦墓 癸巳)」

사람이면 아들 있고
며느리도 뉘 없으리

1773년 마흔두 살에 며느리 오 씨(吳氏)의 상을 당하였다. 죽은 며느리는 알지 못하겠지만 시아버지는 보고픈 마음에 며느리의 무덤에 찾아왔다. 마치 살아나와 자신의 손을 잡아줄 것만 같은데 허망한 바람일 뿐이다. 장례를 후하게 치러주지 못해 한이 많은 데다 시로 슬픔을 담아내려 해도 표현할 길이 없다. 혼자 남겨진 어린 아들을 위해 잘 자라길 기도해주어야지, 그리운 마음에 저승에서 아이와 이야기를 나누려 해서는 안 된다며 망자에 대한 부질없는 당부로 끝맺고 있다. 손자에 대한 걱정도 그렇거니와 어린것을 두고 편히 눈감지 못했을 며느리의 심정까지 헤아리는 시아버지의 마음이 애처롭고도 애절하다.

6

그 옛날에도 큰 어른들은 남달랐다. 최제우(崔濟愚, 1824~1864)는 노비를 해방시켜 며느리와 양녀로 삼았고, 최시형(崔時亨, 1827~1898)은 어느 동학 신도의 집에 들렀다가 베를 짜는 그 집 며느리를 불러내 한 밥상에서 밥을 먹자고 했다. 또 퇴계 이황은 맏아들 이채(李寀)가 자식도 없이 일찍 죽자 9대 독자의 딸이었던 며느리의 앞날을 위해 주저 없이 개가시켰다.

며느리에 대한 인상적인 기록도 꽤 있다. 정약용은 「효부심씨묘지명(孝婦沈氏墓誌銘)」에서 자신과는 1년도 함께 생활하지 못했지만 17년간 시어머니를 모신 며느리에게 고마움을 전했다. 또 유희춘(柳希春)의 『미암일기(眉巖日記)』에는 며느리의 사산(死産) 소식에 조리하라고 감귤과 전복을 보냈더니, 며느리는 시아버지 생신에 버선을 선물했다는 등 각별하게 며느리를 챙기는 살가운 시아버지의 모습이 잘 나타나 있다. 이종휘(李種徽)의 「제자부조씨문(祭子婦趙氏文)」에는 생시에 며느리와 주고받은 편지에 대한 사연을 담고 있다.

며느리에 대한 기록은 처음 새 식구를 맞는 설렘, 손자를 본 벅찬 감동, 새 식구에 대한 당부, 며느리의 삶에 대한 연민을 표현한 시들이 주를 이루고, 간혹 며느리에게 주는 편지들도 제법 찾을 수 있었다. 위기의 순간에 단호한 결단을 요구하거나 딸과 다름없이 생각한다며 이런저런 당부를 건네기도 하며, 몰락한 집안에 시집온 며느리와 사돈 집안에 대한 감사와 기쁨을 담기도 했다. 시아버지와 며느리 사이는 예나 지금이나 어렵고 불편해서 평시에는 그 정을 표현하기가 쉽지 않았을 것이다. 그 때문인지 만시(輓詩)가 가장 많은 작품 수를 차지하고 있으며, 작품 속에서 며느리를 잃은 아픔을 숨기지 않았다. 며느리는 아들의 아내이자, 손주의 어머니이다. 소중한 내 핏줄의 운명이 어쩌면 그녀에게 전적으로 달려 있는 셈이니 이보다 더 귀하게 여겨야 할 사람도 없을 것이다.

문집에 실린 글들이라 시아버지의 일방적인 주관과 기억이 전부이고, 가족의 불화 등 그늘진 곳까지 두루 살핀 작품은 찾아보기 어렵다. 시대가 다르다고 고부간이나 시아버지와 며느리 사이가 딱히 좋기만 했을까. 그렇다고 여기에서 다룬 글들이 현실을 떠난 왜곡이라고는 믿고 싶지 않다. 시아버지의 방관, 딸과 며느리에 대한 시어머니의 이중적인 태도, 며느리의 시집에 대한 강박적 태도, 아들의 우유부단함 등이 뒤섞여 만들어내는 분란은 아마 그 모습만 달리했을 뿐 시대를 초월해 계속되고 있는 병폐인지도 모른다.

며느리라면 누구나 시(媤) 자가 들어간 단어에도 몸서리치고, 시댁 식구를 묶어 시월드(媤-world)라는 신조어를 만들어 선을 긋는 요즘, 이런 글들은 오히려 비웃음의 대상이 될 수도 있다. 그러나 '며느리 사랑은 시아버지'라는 속담이 괜히 있겠는가. 예나 지금이나 시어머니와 며느리의 관계와 시아버지와 며느리의 관계는 그 색깔부터 다르다. 옛글 곳곳에서 보이는 시아버지의 며느리를 향한 시선과, 즉 귀하게 여겨야 할 사람, 고맙게 여겨야 할 사람으로 관계의 시작점을 잡는다면 며느리 사랑은 시어머니라는 말도 전혀 불가능한 것은 아니리라. 로망은 현실에 존재하지 않지만, 현실을 바꾸는 힘이 될 수는 있다.

시아버지와 며느리

절반의 자식,
백년의
손님

장인과 사위

1

'서(壻)'는 '사(士)'와 '서(胥)'가 합쳐진 것이고, '서'는 재서[才諝, 재지(才智)]가 있음을 일컫는 말이다. 임금의 사위는 공서(公壻), 공주(公主)에게 장가든 자는 주서(主壻)라고 하며, 죽은 딸의 남편은 구서(丘壻)라고 하는데 여기서 '구'는 '공(空)'의 뜻이다. 그리고 자매의 남편끼리는 요서[僚壻, 동서(同壻)]라 하고, 손서(孫壻)는 낭서(郞壻)라 한다. 비서(婢壻)는 여종과 간통한 외부인이고, 유서(游壻)는 창기(娼妓)의 지아비이다. 반자(半子)는 『당서(唐書)』 회골전(回鶻傳)에서 "가한(可汗)이 상서하기를, '지금은 사위이니 반자식입니다'라고 했다" 하였다. 포대(布代)는 『천중기(天中記)』에 이르기를, "데릴사위를 포대라고 한다. 풍포(馮布)라는 자가 재간(才幹)이 있었는데, 손 씨(孫氏)에게 데릴사위로 들어가자 그의 장인이 번거로운 일만 있으면 풍포에게 대신하게 하였기 때문이다" 하였다.[1]

그 외에도 사위를 가리키는 말로는 승용(乘龍)[2], 동상(東床)[3], 탄복(坦腹)[4], 진췌(秦贅)[5], 옥윤(玉潤)[6], 동방천기(東方千騎)[7], 교객(嬌客)[8], 외생(外甥) 등이 있고, 임금의 사위인 부마(駙馬)의 다른 말로는 금련(禁臠)[9]과 의빈(儀賓)[10] 등이 있다.

고금의 유명한 사위로는 주자(朱子)의 제자였다가 사위로 낙점된 황간(黃榦, 1152~1221)과 장인인 한유(韓愈)의 남은 글을 모아 문집을 발간하고 서문을 지은 이한(李漢)을 들 수 있다. 또 공자(孔子)는 당시 전과자 신분이었던 제자 공야장(公冶長)[11]을 사위로 맞는 대단한 배포를 보여주기도 했다. 이들은 모두 제자였다가 후에 사위가 된 사람들인데, 스승만큼 제자의 성품이나 능력을 꿰뚫고 있는 사람은 없을 터이니 얼마나 고르고 가린 선택이었는지 짐작할 수 있다.

우리나라는 유독 사위에 관한 속담이 많다. '사위가 고우면 요강 분지를 쓴다'에서 분지는 배설물을 이르는 말로, 처가에서 사위가 극진한 대접을 받을 때 쓰이는 속담이다. 또 '사위가 무던하면 개 구유를 씻는다'라는 속담은, 처가에서 극진히 대접받는 사위가 개 밥그릇을 씻는 궂은일까지 마다하지 않는 것처럼 무던한 사람을 이르는 말이다. 이처럼 우리나라의 속담은 사위를 극진한 손님처럼 대접하지만, 반면 며느리에 대한 속담은 며느리를 종처럼 함부로 취급하는 내용이 주를 이루고 있다.

고금의 문집에는 장인이 사위에게 남긴 글이 적잖았다. 그 옛날 장인과 사위 사이에서는 어떤 말들이 오갔고, 또 어떤 사연들이 남아 있을까. 장인에게 사위는 극진히 대접해야 하는 백년손님이었을까, 아니면 따끔한 충고와 조언을 아끼지 않은 반쪽 자식이었을까.

2

| 검은 모자는 매미 날개와 같고 | 烏帽如蟬翼 |
| 푸른 도포 빛깔은 풀빛과 같네. | 綠袍如草色 |

사위 탄 말 꼬리는 땅에 끌리고　　　　　白鼻尾窣地

말 등의 높이는 넉 자나 되네.　　　　　馬背高四尺

두 줄의 고삐는 푸른 실이고　　　　　　靑絲雙遊韁

단정히 공수하는 자 옥과 같네.　　　　端拱人如玉

위엄 있게 문 앞에 도착하는데　　　　　威遲到門首

멋진 신발 눈길을 사로잡았네.　　　　　赫舃驚神目

신부는 띠와 패물 정돈하였고　　　　　新婦整鞶佩

새 사위는 기러기 폐백 들었네.　　　　新婚奉鴈贄

중앙에다 삿자리 깔아놨으니　　　　　中央陳華簟

백 개의 복 자를 촘촘히 짰네.　　　　細織百福字

색실은 나라 풍속 따른 것이고　　　　彩線循邦俗

옥 술잔은 예에 따른 뜻 통한 것이네.　玉觴通禮意

사람들은 신부 예쁘다 말을 하고　　　人言新婦好

나는 신랑 잘생겼다 말을 했네.　　　　我道新婿美

어떻게 아름다운 손님 받들까　　　　何以奉嘉客

네다섯 폭쯤 되는 베 이불이오.　　　布衾四五幅

어떻게 아름다운 손님 먹일까　　　　何以饗嘉客

식초에 버무린 푸른 산나물이오.　　山蔬雜酸綠

대접하는 음식은 보잘것없고　　　　品物旣菲薄

거처도 누추하고 협소하구나.　　　　堂宇亦陋隘

청하노니 자네는 편히 머물게,　　　請君且安留

기뻐하고 사랑함은 정성에 있으니.　懽愛在悃愊

• 정범조, 「사위 유맹환에게 주다(贈兪婿孟煥)」[12]

정범조에게는 세 딸이 있는데, 유맹환은 그의 맏사위이다. 이 시에는 새로 사위를 맞는 장인의 마음이 잘 드러나 있다. 시는 모두 다섯 수로 구성되었는데, 여기에서는 앞의 세 수만을 소개한다.

첫 수에서는 사위의 등장을 묘사했다. 사위는 검은 모자에 푸른 도포를 입고, 높이가 넉 자쯤 됨 직한 건장한 말을 타고 위풍당당하게 들어선다. 두 줄로 된 푸른 고삐를 잡고 단정히 공수하는 모습이 옥처럼 잘생겼으며, 막 문을 들어서는 모습은 눈을 의심케 할 만큼 번듯하다.

제2수에서 신부는 띠와 패물 등을 가지런히 하고 다소곳이 몸단장을 하고 있다. 사위는 신부 집에 기러기를 가지고 가서 초례상(醮禮床) 위에 놓고 절을 하는데 이것을 전안례(奠雁禮)라고 한다. 식장에는 '백복(百福)'이란 글자를 짜 넣은 대자리가 펼쳐져 있다. 색실로 혼례의 자리를 깔았고, 합환주를 마시기 위한 옥 술잔도 준비되었다. 사람들은 신부가 예쁘다고 입을 모아 칭찬하지만, 자신은 오히려 사위가 잘생겼다며 애정을 표현한다.

제3수에서는 초라한 이불과 보잘것없는 음식으로 사위를 맞이하여 미안하지만, 없는 형편에 이만큼 준비하는 것도 쉽지 않았다고 말한다. 아무리 생각해도 사위가 먹을 음식들은 변변찮고, 거처 또한 누추하고 좁아서 마뜩찮다. 그러나 사위에 대한 사랑으로 정성껏 준비한 것이니 타박하지 말고 편히 머물러주기를 바란다고 한다.

여기에서 살펴보지 않은 나머지 두 수에는 정범조가 사위에게 이런저런 당부를 하는 내용이 담겨 있다.

설렘 속에서 번듯한 사위를 맞는 흐뭇한 풍경은 요즘 장인의 모습과 다를 것이 없다. 무엇이 그리도 좋은지 웃음을 숨기지 못하는 장인

김홍도(金弘道), 「혼인식」, 『평생도(平生圖)』, 종이에 담채, 67×32.5cm, 국립중앙박물관. ⟩

장인과 사위

의 모습이 떠오른다. 딸아이를 시집보내는 아쉬움은 가슴 깊이 숨긴 채 덕담과 칭찬만을 사위에게 전하고 있다. 딸의 운명을 맡길 단 한 사람, 사위에게 전하는 마음에서 오히려 딸을 향한 아버지의 깊은 사랑을 읽을 수 있다.

3

딸아이 어찌 그리 늦게 낳았나	寢地生何晚
늙은 아비는 유독 사랑했었네.	偏憐老父情
혼례를 치른 다음 헤어질 때에	持醮今惜別
눈물 머금고 언제 오나 물었네.	含淚問歸寧
적경은 군자로 말미암는 법	積慶由君子
준수한 외손자를 안게 되었네.	孩兒抱俊英
의가에는 미치지 못한다지만	宜家雖不逮
채봉의 진실한 맘 그대로 두게.	無替採葑誠

• 이응희(李應禧), 「귀녕 보내준 사위 여온에게 주다. 여온은 윤진이다(贈壻郎 汝溫眷歸其妻, 汝溫卽尹瑨也)」

이응희(1579~1651)는 늦둥이 딸을 낳아서 유독 사랑하고 예뻐했는데, 그 아이가 혼례를 치르고 멀리 떠났다. 눈물 바람으로 헤어지며 친정에 다시 찾아올 귀녕(歸寧)은 언제쯤 될 것 같냐고 채근하면서도, 사위가 적선(積善)한 집안에서 자라서[13] 이렇게 준수하고 명민한 손자를 안게 되었다고 사위를 은근히 치켜세운다. '의가(宜家)'와 '채봉(採葑)'은 『시경(詩經)』에 나오는 이야기로, 의가는 시집가서 그 집안을 화목하게 하는 것이고, 채봉은 부부 사이의 진실한 믿음을 의미한다. 이는 의가처럼 집안을 화목하게 하는 데까지 미치지는 못하더라도 둘이 알콩달콩 잘 살았으면 좋겠다는 말이다. 옛날에는 사위가 마음을 써주지 않으면 딸이 친정에 오는 것도 쉽지 않았다. 이 시에는 친정에 찾아온 딸을 향한 반가움과 딸을 보내준 사위에 대한 고마움이 모두 담겨 있다.

광한전에서 계수나무를 잡으니	攀桂廣寒裏
붓을 향안 옆에서 빼어 들었네.	抽毫香案傍
궁궐에서 부(賦)를 지어 올리자마자	蓬萊纔獻賦
견우성과 북두성도 갑자기 빛을 잃었네.	牛斗忽收光
차석으로 굽혀졌다 일컬어졌으나	第二名稱屈
둘도 없는 기법이 뛰어났었네.	無雙技擅長
가문은 기쁨이 얼마나 지극하겠나	門闌喜何極
부모님 잃은 아픔 다 함께 잊었네.	風樹痛俱亡

• 유근(柳根), 「사위 김 공이 합격하고 내려왔을 때(時壻郞金公登第下來)」[14]

유근(1549~1627)은 양자 하나와 딸 둘을 두었는데, 막내딸은 김유(金瑬, 1571~1648)에게 시집갔다. 김유는 병자호란 당시 영의정으로 최명길 등과 함께 화의를 주장했다. 김유의 부인이자 유근의 막내딸인 진주 유씨는 병자호란 때 강화도가 함락되자 적에게 욕을 당하느니 죽음으로써 정절을 지키겠다며 1637년 1월 25일 강화 앞바다에 몸을 던진 열녀(烈女)로 알려져 있다.

1, 2구는 김유가 과거에 급제하여 가주서(假注書)가 되어 왕의 시종신(侍從臣)으로 근무했던 사실을 표현하고 있다. 비록 차석으로 과거

에 급제했지만, 글솜씨가 좋아서 하늘에 있는 별들도 빛을 잃을 정도 였으니 둘째가라면 서러웠던 모양이다. 유근은 사위 김유의 과거 급 제가 가문의 영광스러운 일이기에 부모를 잃은 아픔도 잠시나마 잊을 수 있었다며 사위의 잇단 불행을 위로해주었다. 사위의 행(幸)과 불행 (不幸)에 따라 딸의 운명도 가름되기 마련이니 사위의 과거 급제 소식 은 딸에게 기쁜 일이 생긴 것과 마찬가지다. 사위의 출세를 지켜보며 느끼는 뿌듯함과 대견함이 동시에 엿보인다.

사위와 손주를 멀리 나와 맞이하니	半子携兒遠出迎
고되게 밤늦게야 개성에 도착했네.	辛勤入夜到松京
화목하여 이별의 아픔 잠시 위로받고	團圓乍慰分離苦
몹시도 기쁘다가 슬픈 정 더하였네.	驚喜仍添感愴情
흰머리가 지난날과 같아서 괴이했고	還怪白頭如夙昔
청안은 더욱더 분명해져 어여뻤네.	却憐靑眼轉分明
변방에서 행역함을 완전히 잊고서는	渾忘絶塞勞行役
관청의 석 잔 술을 팔 잡고 기울였네.	官酒三杯把臂傾

• 이은상(李殷相), 「사위 김만중이 손자를 데리고 개성에 와서 모였다. 기쁜 마 음을 기록한다(女壻金重叔萬重, 携華孫來會松都, 志喜)」

이은상(1617~1678)의 사위는 김만중(金萬重, 1637~1692)이다. 사위와 손자가 개성에 늦게 도착해 아쉬움을 함께 이야기하니 기쁘다가도 울 컥하여 서글픈 마음이 생긴다. 사위의 흰머리가 더 늘지 않은 것은 다 행스럽고, 반가운 눈길은 더더욱 그윽해졌다. 서로 위로하며 잔에 술 을 따라 마신다. 어떤 저간의 사정으로 개성에 모였는지는 분명하지 않지만, 사위와 손자를 맞는 장인의 기쁜 마음이 문면(文面)에 가득하다. 그 후 이은상은 자신의 시초(詩草)를 김만중에게 맡겼고, 김만중은 시들을 산정(刪定)했다.

4

나는 이제야 우리 성보(成甫)를 성인으로 볼 수 있게 되었다. 성보는 사는 곳을 여러 차례 옮겼다. 더러는 담과 집이 튼튼하고 꽃과 나무도 아름다워서 사랑할 만했는데도, 또한 미련을 남기지 않았다. 그렇게 된 까닭은 그 뒤에 살 곳을 앞서 산 곳보다 더 낫게 하려고 해서이다.

만일 성보가 선(善)으로 옮겨가는 것을 거처를 옮기듯이 한다면 덕이 더 나아질 수 있을 것이다. 다만 거처를 옮기는 것은 남들이 모두 볼 수 있으나 선으로 옮겨가는 것은 남들이 알지 못할 뿐만 아니라, 자기 또한 알지 못하고 오로지 하늘만이 그것을 안다. 비록 그렇다고 해도 옮기지만 가리지 않으면 더러는 잘못되어 나쁜 고장 [互鄕]으로 들어갈 수도 있는 것이니 이것은 삼가지 않을 수 없다.

성보는 사람됨이 툭 트여서 눈썹에 고민을 나타내지 않았고, 가슴에 싫고 좋아하는 감정을 두지 않았으며, 또한 세상사에 잔꾀를 부리는 것을 알지 못하였다. 일이 간혹 여의치 않음이 있더라도 다만 후한 것을 자신에게 주고, 박한 것을 남에게 주지 않았다. (그러므로) 남들 또한 그를 편안하게 여겨 어른으로 대접했다. 성보는 가난하고 허약한 서생이지만 나는 그를 부유하고 용감한 사람이라고 말한다. 대개 그 한 몸에 입고 먹는 것 외에는 모두 다른 사람과 함께하였으니 능히 재물을 쓸 줄 아는 자에 성보만 한 이가 있겠는가? 세상에서 존귀하다고 불리는 사람들도 흔히 욕망에 부리는 바가 되지만, 성보는 꾹 참고 이겨냈으니 어떤 용맹이 이와 같겠는가? 성보는 또 다른 사람의 충언을 잘 받아들여 옛 군자의 풍도가 있었다. 그러나 받아들이고 나서는 다시 곰곰이 생각하는 것이 필요하니, 곰곰이 생각해보면 사리가 분명해져서 문제가 해결될 것이다. 성보는 그 사관(思官)으로 하여금 이것을 지켜 어기지 말게 하라.[15]

• 이용휴, 「허성보를 전송하는 서(送許成甫序)」

이용휴가 사위인 허만(許晩, 1732~1805)에게 준 글이다. 허만은 자가 여기(汝器), 호는 승암(勝菴)이며, 허휘(許彙)의 아들로 『양천세고(陽川世稿)』에 자지명(自誌銘)과 여덟 편의 시를 남겼다. 이용휴의 『혜환잡저(惠寰雜著)』에 허만에 대한 글로 「승암허군생지명(勝庵許君生誌銘)」과 「제허성보동유록발(題許成甫東遊錄跋)」 등이 있다.

허만은 살던 곳을 여러 차례 옮겼다. 보기에 괜찮아도 더 나은 집이 있다면 주저 없이 이사를 다녔다. 장인 이용휴는 이 점을 못마땅하게 여겨 점잖게 충고하는 내용을 담았다. 정작 옮겨야 하는 것은 거처가 아니라 매사 선한 행동으로 삶의 지향을 바꾸는 것이다. 그렇다고 무턱대고 옮기는 것만이 능사는 아니다. 잘못된 곳으로 옮기면 사이비(似而非)나 이단(異端)에 빠지기 십상이기 때문이다. 그 뒤로는 사위가 마음이 툭 트여서 엔간한 고민 따위는 염두에 두지 않고 감정에 휘둘리지도 않으며, 세상사에 잔머리를 굴리지 않아 자기 몫의 재물만 챙기는 꽉 막힌 사람도 아니고, 남의 충고를 너그럽게 받아들인다며 칭찬을 늘어놓고 있다. 이용휴는 사위의 이런 많은 장점에도 불구하고 자꾸만 좋은 거처를 탐내는 것이 유독 마음에 걸렸던 모양이다. 사실

예나 지금이나 사위에게 대놓고 충고하는 것은 쉽지 않은 일인지라 이용휴 역시 에둘러 충고한다.

> 마냥 놀기만 하고 학업을 내팽개쳐서 부모를 드러나지 못하게 하는 것이 첫 번째 싫어하는 것이고, 한갓 음식에만 정신이 팔려서 늙도록 하나의 재주도 없는 것이 두 번째 싫어하는 것이며, 그 어버이를 공경하지 않고 제사를 소홀히 여기는 것이 세 번째 싫어하는 것이다. 책을 읽으면서 고인과 벗하는 것이 첫 번째 싫어하지 않는 것이고, 분수를 편안히 여겨서 스스로 너그러워져 이해타산에 대한 생각을 잊는 것이 두 번째 싫어하지 않는 것이며, 호수와 산을 삼켰다 뱉었다 하면서 고금을 시로 읊는 것이 세 번째 싫어하지 않는 것이다.[16]
>
> • 심의(沈義), 「내게 세 가지 싫어하는 것이 있고, 또 세 가지 싫어하지 않는 것이 있어서 사위인 양준 등에게 보이다(余有三厭, 又有三不厭, 示子壻楊濬等)」

심의(1475~?)는 사위에게 세 가지 좋은 것과 싫어하는 것을 제시했다. 노는 데에 정신이 팔려 공부를 멀리하여 부모님 얼굴에 먹칠을 하는 것, 식탐을 부려 정작 변변한 재주 하나 없는 것, 부모를 공경하지 않으면서 제사 모시는 일까지 소홀히 하는 것을 싫은 것으로 꼽았다. 반면에, 책을 읽어서 고인들과 벗하는 것, 안분지족(安分知足)하여 이해타산에 밝지 않은 것, 예나 지금의 세사(世事)를 읊는 것을 좋은 것으로 꼽았다. 직접적으로 밝히지 않았지만, 심의는 나름대로 자신이 바라는 삶의 가이드라인을 제시한 셈이다. 그러나 사위가 이러한 장인의 바람대로 살았는지는 확인할 수 없다.

새파랗게 젊을 때 우리 집안에 왔으니 　　年垂弱冠入吾門
애정이야 부자간과 무엇이 달랐으랴. 　　恩愛奚殊父子間
구슬을 잃고부터 정 더욱 간절했는데 　　情自喪珠尤惓惓
고개 넘자 눈물은 마구 흘러내리누나. 　　淚因踰嶺倍潸潸
역참을 쳐다보면 하늘이 바다에 닿을 테고 　　郵亭擧目天連海
고향을 바라보면 눈이 산에 가득하리. 　　故國回頭雪滿山
늙은 내가 이제 와서 이런 고통 겪는데 　　老我向來經此苦
그대 어찌 시름겨운 얼굴을 풀겠는가. 　　念君何以解愁顏

• 김광욱(金光煜), 「사위 이사실이 고산으로 가는 것을 전송한다(送李壻士實赴高山)」

　　김광욱(1580~1656)이 사위인 이선(李穚)에게 준 시이다. 사위는 약관의 나이에 장가와서 이제 친자식과 진배없는 사이가 되었다. '상주(喪珠)'는 누구를 가리키는지 정확하지 않지만, 여기에서는 이선의 아내를 지칭한 것으로 보인다. 딸을 잃고 사위에 대한 마음이 더더욱 간절했는데, 그 사위가 고개를 넘어 사라지니 눈물이 하염없이 흐른다. 게다가 돌아가는 노정(路程)이 멀어서 힘들 것을 생각하면 마음도 편치 않다. 이런 참담한 아픔은 늙어서도 고통스러운데, 사위의 마음은 더 무너져 내리지 않았을까 하며 오히려 사위를 걱정한다. 딸이 죽었어도 자신을 찾아온 사위, 그를 보면 죽은 딸자식 생각이 더욱 간절해진다. 언젠가는 그 고마운 발걸음도 끊어질 것이니, 이번 전송이 혹 마지막은 아닐까 하여 보내는 마음이 쓰리고 아프다.

화숙은 우리 집의 맏사위라	和叔吾家壻
반년 남짓 가난을 맛보았지.	嘗艱未半年
이제 이별의 술잔 들이켜며	今將渭城酒
강가에서 늙은이 눈물 참노라.	老淚忍江邊
	제1수

웅검은 갑 속에서 울어대었고	雄劍匣中鳴
꽃 앞에 역참길은 밝기만 하네.	花前驛路明
가을 과거에는 부디 응시하여	秋闈應選擧
공명을 소홀하게 하지 마시라.	且莫後功名
	제3수

명성과 여색은 성품을 좀먹고	聲色蠱人性
세월은 참으로 나를 속이나니.	光陰儘我欺
삼여에 모쪼록 학문에 힘쓰고	三餘須勉學
언제나 「경지」 시를 외워야 하리.	長誦敬之詩
	제5수

• 남효온(南孝溫), 「병오년(1486) 3월 16일 광진에서 화숙을 이별하며, 열한 수
(丙午暮春哉生魄, 廣津別和叔, 十一首)」[17]

남효온(1454~1492)은 1남 6녀를 두었는데, 맏사위 이온언(李溫彦)에
게 열한 수의 시를 남겼다. 반년 동안 어려운 일에 시달린 사위를 강
가에서 전송하는데 흘러내리는 눈물을 멈출 수 없다.(제1수) 사위는 재
주를 오랫동안 감춰놓고 세상에 쓰일 날만 손꼽아 기다렸다. 앞으로
는 분명 탄탄대로일 것이니 이번 가을 과거에는 꼭 응시하여 합격의

영광을 누리고 품은 뜻을 모두 펼쳐 보였으면 좋겠다는 마음을 담았
다.(제3수) 명성과 여색은 본성을 해칠 뿐이고, 세월은 순식간에 훌쩍
지나간다. 그래서 짬짬이 학문에 힘을 쓰고, 군신(群臣)이 사왕(嗣王)에
게 경계를 올린 『시경』의 「경지(敬之)」 편을 읽으라 한다.(제5수) 열한
수의 대부분은 사위를 향한 당부로 채워져 있고, 그 어디에도 딸과 관
련된 언급은 찾아볼 수 없다.

6

지극한 슬픔일랑 자네는 묻지 마라	至哀君莫問
말도 채 하기 전에 눈물 흐르네.	袁淚落言前
나는 살고 딸이 죽은 한에 목메니	咽咽存亡恨
부녀간의 인연은 아득하구나.	茫茫父女緣
모습이야 꿈속에 맡긴다지만	儀形憑夢裡
영혼은 그 어디에 기댈 것인가.	精魄寄何邊
손자 역시 어미 따라 떠나갔으니	一胤相隨去
아! 그저 하늘이 원망스럽네.	鳴呼但怨天
내 딸아이 세상을 떠난 뒤부터	自從吾女逝
슬픈 눈물 눈 속에 늘 그렁대네.	悲涕每盈瞳
적막한 건 홀로 있는 그림자고	寂寞塊居影
처량한 건 늘그막 마음이구나.	凄凉歲暮悰
외로운 무덤은 백학산에 있고	孤墳山白鶴
지나간 일 청풍동에 남아 있도다.	陳跡洞青楓

장인과 사위

| 자네 덕분에 시를 쓰게 되어서 | 賴爾投華什 |
| 이 늙은이 마음이 조금 풀리네. | 頗寬此老恫 |

• 김영행,「사위 윤중심이 율시 세 수를 보내주었다. 그 말들이 아주 슬퍼서 눈물을 꾹 참고 억지로 화답한다(尹婿仲深, 投示三律. 辭語絶悲, 忍淚強和)」

아내를 잃고 복받치는 심정을 담은 사위의 시를 읽고 김영행은 가슴을 쳤던 모양이다. 딸을 잃은 아버지와 아내를 잃은 사위, 그들은 그렇게 한 여자를 함께 잃고 시로써 서로의 아픔을 달랬다.

총 세 수 중에서 두 수만 소개한다. 딸만 생각하면 말도 하기 전에 눈물부터 떨어진다. 자신이 먼저 죽고 딸이 늦게 죽는 것이 당연하지만 그러지 못한 것이 한(恨)이 되었고, 유명(幽明)이 갈렸으니 그리도 가깝던 부녀의 인연도 아득하게 멀어진 것만 같다. 딸의 모습이야 꿈속에서 만날 수 있겠지만, 영혼이 담긴 말소리나 숨소리는 어디에서도 찾을 방법이 없다. 게다가 손자도 제 어미가 세상을 뜬 그 무렵에 죽고 말았으니 그저 하늘이 원망스러울 뿐이다. 딸을 잃고 나서는 언제나 눈물 바람이다. 늙어서 이렇게 자식을 앞세우고 혼자가 되어 마음은 적막하고 처량하다. 딸을 묻은 무덤은 백학산에 있는데, 그 아이와의 추억이 서린 곳은 청풍동에 있다. 사위를 위로해주기 위해 이 시를 썼겠지만 치밀어오르는 슬픔을 가눌 길이 없었는지 구구절절 애달픔과 서러움만 가득하다.

매번 성산 지날 제면 눈물 나는데	每過成山淚
꽃피는 철이면 더 금할 수 없네.	芳時更不禁
외로운 무덤은 다만 풀빛뿐인데	孤墳只草色
한이 많아 봄날도 어두워지네.	萬恨欲春陰

절반의 자식,
백년의 손님

쏜살처럼 3년이 금세 흘러서　　　　　　隙駟三年速
먼 배는 시야에서 사라지누나.　　　　　　遙帆逝水深
장가들 제 모습은 꿈만 같으니　　　　　　東床初若夢
꿈결에나 다시금 볼 수 있을까.　　　　　　可復夢相尋

가던 채찍 두어 번 멈추었으나　　　　　　再度駐征鞭
외로운 무덤은 끝내 말이 없도다.　　　　　孤墳終寂然
잠두봉 안으로는 풍수가 좋고　　　　　　蠶頭風水內
무덤의 주변에는 풀꽃이 있네.　　　　　　馬鬣草花邊
땅속에는 봄빛이 없을 터이니　　　　　　地下無春色
세상에는 소년 시절 충분하도다.　　　　　人間足少年
무덤 입구 말을 타고 지나가서는　　　　　墓門遊騎度
강 위에 띄운 배로 몰려가누나.　　　　　多向汎湖船

• 김창흡, 「사위 윤세량을 곡하며(哭尹壻墓)」

　젊은 시절에 죽은 사위, 윤세량(尹世亮)을 생각하며 지은 시이다. 사위의 죽음이 더욱 서글픈 것은 예고된 딸의 불행 때문이다. 사위가 묻혀 있는 곳을 지날 때마다 흘러내리는 눈물은 꽃 피는 봄날에 더하다. 봄이 왔건만 꽃다운 나이였던 사위는 이 세상에 없다. 무덤은 푸른 풀로 덮여 있지만, 한스러운 마음에 화창한 봄날도 어두컴컴하게 느껴진다. 사위가 죽은 지도 벌써 3년이 홀쩍 흘렀다. 사위가 장가들 때의 모습이 꿈속처럼 아스라하고 이제 그 모습을 꿈에서라도 만나고 싶다. 무덤에 찾아갔다가 돌아올 때 한 번 돌아보았지만 죽은 이는 아무런 말이 없다. 잠두봉의 어느 곳 풍수 좋은 땅에 있는 사위의 무덤 주변에는 풀꽃이 가득 피어 있다. 땅속에는 없는 이 찬란한 봄빛이 어린 소년

들에게 잘 어울린다. 소년들은 이 봄을 즐기러 말을 타고 강 위에 띄운 배로 달려나간다. 그 또래의 젊은이들을 보니 사위의 이른 죽음이 더욱 안타깝다.

우리 집 예쁜 딸을 청산에 묻었는데	吾家嬌女葬靑山
사위를 관에 넣는 것 다시금 보게 됐네.	又見新郞戢一棺
지난날에는 너무 빨리 죽은 줄만 알았는데	往日但知歸太促
지금엔 도리어 복이 약간 갖춰졌다 생각되네.	到今翻覺福差完
큰 기백의 좋은 시구는 명성이 일찍 났지만	呑牛傑句名才早
붓을 던진 장한 마음에 운명은 인색했네.	投筆雄心祿命慳
머리 흰 두 부모가 마주해서 펑펑 우니	頭白兩翁相對泣
인척 되어 몹시도 슬퍼진 일 후회하네.	悔將姻好助悲酸

• 신위(申緯), 「사위 박제긍을 곡하다(哭女婿朴齊兢)」

신위(1769~1845)는 자신의 딸을 묻고 나서 다시 사위의 상을 치르게 되었다. 그 당시에는 사위가 젊은 나이에 너무 빨리 죽은 것 같다는 생각이 들었는데, 이제 돌이켜보니 도리어 그때 죽은 것이 더 험한 꼴을 보지 않아 다행이라 여긴다. 일찍이 신위는 소를 잡아먹을 것 같은 기세의 걸출한 시구로 이름났었지만, 붓을 던져 글 짓던 일을 그만두던 웅대한 뜻에도 운명은 가혹하고 인색하기만 했다. 아들과 딸을 잃은 사돈끼리 서로 마주하고 보니 기가 막힌 노릇이다. 차라리 사돈을 맺지 않았다면 이런 흉한 일은 겪지 않았을 것이라며 참담한 슬픔을 토로하고 있다. 사위의 죽음에 다시 딸의 죽음이 떠오르니 가혹한 운명이 야속할 따름이다.

절반의 자식,
백년의 손님

아, 군의 선행은 다른 사람들의 선행보다 뛰어났고, 군의 재능은 다른 사람들의 재능보다 뛰어났다. 그러나 그런 재능은 그래도 사람들이 얻을 수 있다고 하겠지만, 그런 선행은 어떻게 사람들이 얻을 수 있겠는가. 사람의 숫자가 지극히 많지만 아름다운 자질의 소유자는 지극히 적다. 그런 까닭에 선인(善人)을 얻기가 이처럼 어려운 것이다. 그러고 보면 군의 집안에서 군을 낳은 것도 최고의 행운이라고 할 것이요, 우리 집안에서 군을 얻은 것도 최고의 행운이라고 할 것이다. 그런데 어찌하여 최고의 행운이 그에게만 이처럼 최대의 불행이 되고 말았단 말인가. 그러니 내가 어떻게 애가 끊어지는 비통함을 느끼지 않을 수 있겠으며, 목을 놓아 통곡하지 않을 수가 있겠는가. (……) 먼저 세상을 떠난 두 아들 뒤를 이어 군이 또 잇따라 숨을 거두었으니, 혈혈단신(孑孑單身)으로 고독해진 내 딸의 모습이 참혹하기만 해서 차마 바라볼 수 없다. 이것보다 애처롭고 불쌍한 정상(情狀)이 어디에 또 있겠는가. 우리 집안이 이처럼 참혹한 재앙을 당할 줄이야 어찌 생각이나 했겠는가. 그런 와중에도 다행스러운 것은 유복자(遺腹子)로 아들을 얻게 된 것이다. 이를 통해서 역시 선인에게 후사(後嗣)가 있게 한 하늘의 뜻을 엿볼 수 있으니, 이 아이는 반드시 잘 자라리라고 나는 믿고 있다. 군의 후사가 이 아이를 통해서 이어질 수 있게 되었고, 나의 딸도 이 아이를 의지하여 살 수 있게 되었으니, 군도 안심하고 눈을 감을 수 있을 것이요, 나의 마음 역시 조금은 위안이 된다. 그리고 군의 미덕(美德)과 미행(美行)을 내가 이미 기록해두었으니, 만약 나의 글이 혹시라도 세상에 전해진다면 군의 선행 역시 없어지지 않게 될 것이다. 아, 슬프다.[18]

• 조익(趙翼), 「제서이상주문(祭壻李相冑文)」중에서

　　　　　　　　　　　　　　　　　　　장인과 사위

조익(1579~1655)은 5남 1녀를 두었는데, 그중 막내가 딸이었다. 애지중지 키운 곱고 예쁜 딸이 남편을 잃었다. 사위의 제문인 이 글에는 구구절절 상실(喪失)의 아픔이 담겨 있다. 제문은 상투적인 내용을 담은 것이 대부분인데 이 글은 그렇지 않다.

재능을 갖춘 사람이야 쉽게 찾아볼 수 있지만, 선행과 재능이 모두 뛰어난 사람은 찾기 힘들다. 그런데 사위는 바로 선행과 재능을 겸비했던 사람이다. 오죽하면 사위의 집안에서 사위를 낳은 것이 최고의 행운이고, 자신의 집안에서 사위를 얻은 것은 최고의 행운이라고 했을까. 그러나 최고의 행운은 사위가 죽으면서 불행으로 바뀌고 말았다. 사위와 딸 사이에 있던 아들 둘이 먼저 죽었고, 그 뒤를 이어 사위마저 세상을 떠났다. 그런데 그때 딸의 배 속에는 유복자(遺腹子)가 있었다. 그 아이가 태어나서 사위의 후사(後嗣)를 잇게 되고, 자신의 딸도 그 아이를 보면서 위안을 삼으며 삶을 꾸려나갈 수 있게 된 것이 그나마 다행이다. 사위의 죽음으로 펼쳐질 딸아이의 예견된 불행 앞에서 슬픔을 가눌 길 없는 아버지의 심정이 잘 드러난 제문이다.

7

배우자의 선택에 따라 개인의 인생은 전혀 다르게 전개될 수 있다. 딸의 운명에 끼치는 사위의 비중은 말할 것도 없다. 조선 시대에는 부모라도 출가한 딸과의 왕래가 자유롭지 못했고, 어려운 시부모와 매서운 시누이, 힘든 집안일 등 딸이 혼자 치러내야 할 일들 또한 친정 부모의 근심거리였다. 고단한 시집살이에서 오직 사위 한 사람만이 딸에게 든든한 버팀목이 되어줄 수 있었으니, 장인이 사위를 대하는 태도는 어려우면서도 조심스러울 수밖에 없다.

처음 사위를 맞이하던 날의 설렘, 과거의 합격이나 승진 등을 보는 뿌듯함, 사위의 방문 혹은 딸 내외와 손주들의 방문을 맞는 기쁨, 험한 세상사에 대한 당부와 충고, 사위와의 이별에서 맛보는 아쉬움, 사위를 잃은 참담함까지 옛글에서 찾아본 사위를 향한 장인의 마음은 따스하고 정겹다. 하지만 딸에 대한 직접적인 당부나 바람을 언급한 부분은 찾아보기 어려웠다. 정작 하고픈 말은 글로 담지 않았지만, 그 보이지 않는 빈 공간은 딸을 향한 마음으로 가득 채워져 있음이 분명하다. 그래서 사위에 대한 마음이 간절한 글일수록 오히려 딸에 대한 사랑이 더욱 진하게 느껴진다. 제 딸에게 소홀한 사위를 어느 부모가 마음에 들어할까. 그러나 이런저런 아쉬움이나 서운함은 뒤로하고 행여 딸에게 누가 되지 않을까 당부나 충고조차 조심스럽기만 하다.

로마의 철학자 에픽테토스(Epictētos)는 "좋은 사위를 맞은 사람은 아들 하나를 얻은 셈이고, 나쁜 사위를 얻은 사람은 딸 하나를 잃은 셈이다"라고 했다. 그만큼 좋은 바깥식구를 얻는 일은 참으로 어려운 일이다. '딸 없는 사위'라는 말도 있듯이 결국 사위에 대한 사랑은 딸에 대한 사랑에 다름 아니다. 우리 예법에는 장인이나 장모가 돌아가셔도 부고를 알리지 않는 것이 원칙이다. 그러나 이제는 몇 안 되는 자식을 굳이 아들딸 구별하지 말고 부모로 섬기고, 그 마지막 가는 길 정도는 알리는 것이 도리인 듯싶다. 백년손님이자 절반 자식인 사위가 온전한 자식이 되는 그날은 딸을 주신 은혜에 감사하며 평생 해로하여 행복하게 삶을 마치는 바로 그때가 아닐까.

장인과 사위

세상에 태어나서
세상에서
버림받다

서얼

1

서얼(庶孼)은 양반의 소생으로 '서'는 양인(良人) 첩의 자손을, '얼'은 천인(賤人) 첩의 자손을 말한다. 서얼을 가리키는 명칭은 보통 서자(庶子), 서녀(庶女), 서출(庶出), 반사(半士), 사점(四點)[1] 등이 쓰인다. 황현 (黃弦, 1855~1910)의 『매천야록(梅泉野錄)』에는 서얼의 호칭에 대해 좀 더 자세히 다루고 있는데, 초림(椒林), 편반(偏班), 신반(新班), 건각(蹇脚), 좌족(左族), 점족(點族), 중서(中庶) 등 다양한 명칭이 등장한다.[2]

그들은 태어나면서부터 사회와 가족에게 차별 대우를 받았다. 희망을 갖기도 전에 먼저 포기하는 법부터 배워야만 했다. 하늘은 공평하게 생명을 불어넣었지만, 세상에 나오는 순간 적서(嫡庶)로 나뉘어 평생을 불공평한 테두리에 갇혀 살았다.

1415년에 만들어진 서얼금고법(庶孼禁錮法)으로 인해 서얼은 과거에 응시조차 할 수 없었다. 과거 이외의 방법으로 관계에 진출하고자 하여도 일정한 품계 이상으로 임용하지 못하도록 규정한 한품서용법 (限品敍用法)이 발목을 잡았다. 모든 비극은 이때부터 시작되었다. 그 사이 수많은 서얼허통(庶孼許通) 운동이 있기는 했지만 정도의 차이만 있었을 뿐 본질적으로 달라진 것은 아무것도 없었다.

세상에 태어나서
세상에서 버림받다

역사 속에 유명한 서얼은 수도 없이 많다. 조선 전기만 해도 새 왕조를 설계했던 정도전(鄭道傳), 무오사화의 실질적인 주모자였던 유자광(柳子光), 초서와 문장으로 유명한 양사언(楊士彦) 등이 있었다. 허균은 「제적암유고서(題適菴遺藁序)」에서 서출로 우리나라에서 이름난 자로 어무적(魚無迹), 이효칙(李孝則), 어숙권(魚叔權), 권응인(權應仁), 이달(李達), 양대박(梁大樸) 등을 들고 있다.

조선 후기에는 정조 때에 사검서(四檢書)로 활약했던 이덕무(李德懋), 박제가(朴齊家), 서이수(徐理修), 유득공(柳得恭) 등이 있다. 정조는 그들을 과감하게 기용했고, 그들은 거기에 십분 부응했다. 이뿐인가. 『오주연문장전산고(五洲衍文長箋散稿)』를 지은 이규경(李圭景), 『삼한습유(三韓拾遺)』를 지은 김소행(金紹行) 또한 서얼 출신이다.

아, 청문(淸門)의 서자 중에 위무제(魏武帝) 조조(曹操)의 자손이 아닌 이가 없고, 초(楚)의 수도 영도(郢都)의 시장에서 땔감을 지고 다니는 이 중에 재상 손숙오(孫叔敖)의 집안사람이 많았다. 지금은 영락하였지만 모두 세족의 후예인데, 젊어서 독서를 하여 태평성세에 출사(出仕)하였으나 직접 범죄를 저지른 적이 없어도 공공연하게 등용되지 못한다. 네 필 말이 끄는 수레를 타고 천종(千鍾)의 녹봉을 받는 것은 본디 기대하는 바가 아니지만, 미관말직에 한 말의 녹봉조차 꾀할 수 없으니 처자를 보호할 수 없거니와 제 입에 풀칠조차 할 수 없다. 실의에 빠져 있건만 아무도 가련히 여기는 이가 없고, 고달픈 신세지만 어디 하소연할 데가 없는 자들이다. 삼도(三都. 한성·개성·평양)와 팔도(八道)에서 외롭게 방구석으로 머리를 돌리고 우는 이가 얼마나 있는지 알지 못하겠다. 그러니 원통하고 억울한 기운이 음양의 조화를 해쳐 재앙을 초래하기에 충분하다. 만약 해와 달과 같은 밝은 임금께서 어두운 항아리 안까지 밝게 비추듯이 살피신다면, 스스로 당하는 고통이 양민의 인징(隣徵)과 족징(族徵)보다 못하지 않을 것이라는 점을 아실 것이다. 이 때문에 호당(湖堂)의 옛 신하 중에 "일생 동안 옥안(玉顔)을 뵌 적이 없네(一生不識君王面)"라고 한 구절이나, 세가(世家)의 늙은 음관(蔭官)이 "이전의 벼슬로 복직하는 것은 하늘로 오르는 것만큼 어렵다(前銜復職上天難)"라고 한 시구가 생긴 것이다.[3]

• 구완(具梡), 『죽수폐언(竹樹弊言)』

가장 큰 차별은 역시 과거를 치르지 못하게 한 것이다. 원천적으로 임용이 막혔으니 당장 호구지책(糊口之策)을 마련하는 것도 만만치 않아서 처자식을 건사하는 것마저 어려울 지경이었다. 미래에 대한 희망과 전망이 봉쇄되었을 뿐만 아니라, 현실적인 생활조차 꾸려나갈 수 없었다. 생계를 책임져야 할 가장이 남편이나 아버지 노릇도 여의치 않았으니 그 한이 얼마나 컸을지 짐작하기 어렵지 않다.

이들은 벼슬길이 막혀 있기 때문에, 다만 먹기 위해 살거나 혹은 무관이 되더라도 영장(營將)과 중군(中軍)에 그치고 혹은 영막(營幕)의 비장(裨將)이 되기도 하였으며, 혹은 군아(郡衙)의 책실(冊室)이 되기도 하고 혹은 음도(蔭途)를 따라 내직으로는 학관(學官), 외직으로는 찰방(察訪), 감목관(監牧官) 등이 되기도 하였다. 그들은 늙고 병이 들면 그 천한 것이 더욱 심하기 때문에 그들 중에 지기(志氣)가 조금 있는 자들은 늙어서 가난하게 살지라도 차라리 칩거하는 것을 고상하게 생각하였다. 이에 재주 있는 자들이 고락(枯落)하여 유식한 사람들이 우려하였고, 수백 년이 지나는 동안 통용(通

세상에 태어나서
세상에서 버림받다

融)을 하자는 여론이 없지도 않았던 것이다.[4]

• 황현, 『매천야록』

1497년에는 서얼의 잡과 허통이, 1772년에는 서얼 청직 허통이 이루어졌다. 그러나 사정은 그리 녹록치 않았으니, 매천의 글을 참고해 보면 내직과 외직 모두 하급 관료에 불과했다는 사실을 확인할 수 있다. 그래서 그들은 아예 변변치 않은 벼슬에 목매기보다는 차라리 은둔하여 자존심을 지키는 방법을 택하기도 했다.

어느 해, 손병희(孫秉熙) 집안이 아버지 산소에서 시제를 지낼 때였다. 여러 형제가 아버지 묘 앞에 죽 늘어서서 술 한 잔씩을 따라 올리고 차례대로 절을 하는데, 묘 앞에는 적자(嫡子)들만 설 수 있었지, 서자들은 그 반열에 끼이지도 못하게 했다.

"우리 아버지니까 나도 묘 앞에 서서 절 좀 하겠다."

하지만 어림도 없는 소리였다. 서자는 형제들의 동렬(同列)에는 함께 끼이지도 못하고 저 밑 상돌 아래 엎드려 절해야 했던 것이다.

"안 된다! 너는 서자니 안 된다!"

이래서 적가(嫡家) 형제들과 망나니 서자 손병희와의 대판 싸움이 벌어지고 말았다.

"쓸데없는 소리들 마오. 정 나를 이렇게 대접할 테면 내게도 생각이 있소!"

손병희는 며칠 후 청주(淸州) 바닥의 부랑 쌈패 수십 명을 데리고 아버지 산소로 올라가 묘를 파기 시작했다.

"다 같은 자식인데 함께 절도 못 하게 한다면, 나도 우리 아버지니까 아버지 뼈다귀를 반절만 갈라가겠다!"

成年後科擧之日試場
来臨場中各處科儒云
集光景

작자 미상, 「소과응시(小科應試)」,
『평생도(平生圖)』, 종이에 담채,
130×36cm, 국립중앙박물관.

세상에 이런 뼈다귀 분가(分家)도 있는가?

그래서 결국 적가 형제들은 손병희에게 굴복하고 그 후부터 동렬 참배를 허락했던 것이다.[5]

서얼은 여러 방면에서 차별을 받았다. 우선 가족에 대한 호칭부터 달랐다. 그 유명한 『홍길동전』에서 홍길동이 호부호형(呼父呼兄)을 하지 못하는 아픔을 토로한 것처럼 말이다. 아버지였지만 아버지가 아니었고, 자식이었지만 자식이 아니었다. 조상의 제사에 참여하는 것이나 재산의 분배에도 차별이 있었다.[6] 본처에게 자식이 없는 경우에도 서자를 후사(後嗣)로 삼지 않고 양자를 들였다.[7] 족보에 기재될 때에는 이름 옆에 '서(庶)'란 글자가 문신처럼 새겨져 따라붙었다. 또 성균관에서 높은 연배의 서자라도 젊은 사대부의 뒤에 앉아야 하는 수모를 겪었다.[8]

손병희(1861~1921)는 서자였다. 시제 때 같은 반열에 서서 절을 올리지 못하게 하는 차별을 받자, 나중에 무뢰배를 대동하여 내 아버지이기도 하니 뼈라도 반절 가져가겠다고 으름장을 놓았다는 이야기다. 손병희는 천도교의 3대 교주였다. 천도교는 인내천(人乃天)으로 대표되는 인간 중심주의를 표방한 종교였으니, 그가 이러한 종교에 교주가 된 데에는 출생의 아픔도 한몫했을 것이다.

서얼, 듣기만 해도 아픈 이름을 안고 그들은 어떻게 살았을까? 아버지는 서자를 어떻게 대했고, 적자와 서자의 관계는 어땠으며, 적자는 서모(庶母)를 어떤 마음으로 대우했을까? 또 그들은 무슨 꿈을 꾸면서 어떻게 지냈을까? 너무나 익숙하게 들어왔지만 너무도 소홀했던 그 이름을 다시 한 번 살펴보려 한다.

자식을 사랑함에 귀천 없으니	愛子無貴賤
반드시 다른 아들에 못하지 않네.	未必諸兒亞
하물며 넌 어미를 일찍 잃어서	況爾早失母
품에서 차마 멀리하지 못하리.	不忍遠膝下
총명함은 문장 짓기 충분하였고	性敏足能文
건강한 몸 활쏘기에도 적합하였지.	身健亦宜射
아이 교육 겸손으로 기름에 있었으니	蒙養在卑牧
거의 아버지 교훈에 의지하리라.	庶幾父訓藉
내가 집에 있지 않은 때로부터	自我不在家
눈보라 치는 밤에는 마음 쓰였네.	關心風雪夜
너도 응당 깊이 날 그리워해서	爾應深戀我
돌아갈 땐 가장 먼저 맞아주리라.	歸時最先迓

• 조관빈(趙觀彬), 「서자 영회를 생각하며(憶得兒 庶子榮晦)」

조관빈(1691~1757)은 창원 유씨 유득일(兪得一)의 딸을 첫 번째 아내로 맞았지만 후사가 없어 조영석(趙榮晳)을 양자로 삼았다. 이후 경주 이씨 이위(李煒)의 딸을 아내로 맞았지만 또다시 자식이 없었다. 다시 박성익(朴聖益)의 딸을 아내로 맞아 영현(榮顯)과 영경(榮慶) 외에 두 딸을 두었다. 또 측실(側室)을 맞아 영득(榮得, 뒤에 '영회'라고 개명하였다)과 철한(鐵漢) 외에 딸 하나를 두었는데, 철한은 일찍 죽었다.

조관빈은 영득의 관례 때(1751, 61세) 그를 위해 「계서자영득문(戒庶子榮得文)」을 지어주었다. 아들의 관례를 맞아 '지숙(志叔)'이란 자를 주고 여러 가지 훈계의 말을 담았다. 위의 시에는 영득을 향한 각별한 정이 느껴진다. 세상은 서얼이라 차별할지 모르지만 아비의 마음에는 다 같은 자식일 뿐이다. 게다가 이 아이는 어려서 어미까지 잃었으니 더더욱 마음이 쓰였다. 글도 곧잘 짓고 활쏘기에도 재주가 있었다. 서로 떨어져 있는 이때에 날씨가 궂으면 이 아이 생각이 더 난다. 해배(解配)되는 날에는 돌아가 만나기를 고대하는 것으로 끝을 맺었다.

사대부가 서자를 낳고 양육하는 내용의 시에는 자식에 대한 안쓰러움이 깔려 있기는 하지만, 부모의 사랑에는 적서의 차별이 없다는 취지를 담은 경우가 많다. 그렇다면 실제로 서자가 서자를 낳으면서 가진 감회는 어땠을까. 서자의 역사를 담은 『규사(葵史)』에는 서자인 이휘(李彙)가 자식을 낳은 심정을 담은 시가 실려 있다. "자식을 낳으면 사람들 모두 기뻐하지만, 내 마음만은 홀로 그렇지 않네. 이 세상에서 받은 무한한 고통을 저 애에게 전해주게 되어서이지(生子人皆喜, 吾心獨不然, 世間無限苦, 於汝又將傳)." 자식을 낳아서 기쁜 마음보다는 안쓰러운 마음이 더 컸다. 자신과 똑같은 차별과 멸시 속에서 자식이 살 수밖에 없는 기막힌 상황이 안타깝고 울적하다고 했다. 자신이 평생 겪은 아픔보다 자식이 겪을 아픔을 지켜보는 것이 더 큰 고통으로 다가오지 않았을까.

사내아이가 또한 사랑스러워서 늘그막에 지독(舐犢)[9]이 있었습니다. 군자의 도가 시작되어[10] 아침에 뜨는 해에 우는 기러기[11]의 메아리를 들었습니다. 좋은 때가 곧 이르러서 예물을 치르게 되었습니다. 저의 서자인 홍근(弘謹)은 문장의 재주가 변변찮았으니, 어찌 매고(枚皐)[12]가 아비를 잇는 자취가 있겠습니까. 그런데 당신의 서녀는 손수 바느질을 하였고, 일찍이 두교가 어머니를 배운 듯이 그런 일을 했다고 들었습니다. 마침 시집가는 때를 맞아, 다행

서얼

스럽게도 아내로 주는 약속을 받았으니 사돈 간의 옛 우의가 더욱 가깝게 되었습니다. 거의 먼 길을 오는 사람을 기다리게 되었으니, 개암과 밤의 새로운 혼례 의식이 매우 아름답게 되었습니다. 오직 원하건대 큰 복을 빌 따름입니다.[13]

채제공(蔡濟恭, 1720~1799)은 오필운(吳弼運)의 딸을 첫 번째 아내로 맞았지만 후사가 없어서 채홍원(蔡弘遠)을 양자로 삼았다. 그다음 권상원(權尙元)의 딸을 두 번째 아내로 삼았지만 역시 후사가 없었다. 그 뒤 측실에게서 채홍근(蔡弘謹)과 채홍신(蔡弘愼) 두 아들을 두었다.

이 글은 채홍근이 정약용의 여동생에게 장가들 때에 써준 혼서(婚書)이다. 절제되어 있지만 만년에 겪는 자식의 혼인을 기뻐하는 속내를 숨기지 않았다. 적자에게도 혼서를 남기기는 했지만 이 글보다 오히려 소략하다. 채홍원은 적자였지만 자신의 소생은 아니었고, 채홍근은 서자였지만 자신의 소생이었다. 그래서인지 채홍근은 각별한 서자였고, 그의 문집에는 유독 이 아들에게 남긴 시문이 많다.

아이가 여섯 살 때 아버지를 찾아온 일을 기록한 시는 아름답고 애틋하다.[14] 어디에 가든 아들을 함께 데리고 다녔는데 「등연적봉기(登硯滴峯記)」, 「유칠장사기(遊七長寺記)」, 「회룡사관폭기(回龍寺觀瀑記)」 등에 그 내용이 보인다. 어렸을 때부터 총명해서 시서화(詩書畵)에 특출한 재주를 보였던 아들은 안타깝게도 오래 살지 못하고 열여덟 살에 세상을 떠났다. 그의 죽음은 채제공에게 격통(激痛)이었다.[15] 이에 앞서 서자 채홍신이 여덟 살에 세상을 떠나기도 했다.[16] 채제공의 글에서는 전혀 적서의 구별이 느껴지지 않는다. 세상은 그들을 서자로 불렀다지만 채제공에게는 다만 똑같은 아들일 뿐이었다.

세상에 태어나서
세상에서 버림받다

말은 지나치게 삼가고 행동은 지나치게 공손하고자 노력하여 너의 마음을 바로 하고, 너의 모습을 단정히 하라. 경솔하게 기뻐하거나 성냄이 없게 하고 갑자기 좋아하고 미워하는 일이 없게 하라. 경박한 것을 통렬하게 버리고 오만함을 통렬하게 버려라. 교유를 함부로 하지 말고 술자리를 자주 갖지 마라. 다른 사람의 선함을 말하는 것은 마땅하지만 악함을 들추지 않는 것이 마땅하다. 부지런히 하고 씩씩하게 해서 책 사이에서 특별히 저술하고 특별히 쓰기에 겨를이 없고 한가함이 없게 하라. 아침 일찍 일어나고 밤늦게 잠들어서 옷과 띠를 반드시 바로잡아야 하며, 경계하고 삼가며 두렵게 여기는 것이 네 아비가 항상 보는 눈이다. 네 아비는 비록 맛난 음식은 없지만, 만일 좋은 음식을 바란다면 반드시 좋은 음식을 먹을 수 없는 것은 아니다. 네 아비가 비록 화려한 옷은 없지만, 만일 화려한 옷을 입고자 한다면 반드시 화려한 옷을 입을 수 없는 것은 아니니, 네 아버지가 맛난 음식과 화려한 옷이 없는 것은 하지 않는 것이지 얻을 수 없는 것이 아니다. 부디 너의 마음을 수고롭게 하고 노심초사하여 조심하느라 배움을 했다 안 했다 하지 마라. 네 몸을 반듯이 하는 정성으로 네 배를 가득 채운다면 너의 배는 곧 나의 배일 것이니, 나의 배가 어찌 가득 차지 않겠는가. 네가 행실을 닦는 이름으로 네 몸에 두루 미치게 하면 너의 몸은 곧 나의 몸일 것이니, 나의 몸이 어찌 따뜻하지 않겠는가. 저 고량진미가 어떻게 맛난 음식이 될 수 있으며, 저 수놓은 좋은 옷이 어떻게 화려한 옷이 될 수 있겠느냐. 내가 원하는 것은 네가 여기에 힘써서 혹시라도 너의 마음으로 하여금 다른 데로 가지 않게 하는 것이다. 나는 이것으로써 나의 몸을 따뜻하게 하고, 나는 이것으로써 내 배를 채우려고 한다. 그러나 만약에 네가 나에게 효도를 하고자

서얼

한다면 온갖 여러 가지 일을 모두 곡진히 한다 하더라도 마땅히 이두 가지 일만 한 것이 없을 것이다.[17]

이기발(李起浡, 1602~1662)은 박 씨에게서 1남 2녀를, 측실에게서 5남 2녀를 두었다. 여기에 나오는 판부(販夫)는 측실의 소생 5남 중 한 명이다. 일반적으로 훈계를 적은 편지 내용과 크게 다를 바 없어서, 표제만 없다면 적서의 구별이 느껴지지 않는다. 여러 가지 생활 태도에 구구절절한 조언을 아끼지 않으면서, 무엇보다 음식과 의복을 추구하는 삶보다는 수신(修身)을 목적으로 하는 삶을 꾸려가라고 했다.

키가 겨우 한 자쯤 되었을 적에	身長纔滿尺
아는 것이 벌써부터 어른 같았네.	知識已成人
언문 배워 편지 곧 통하게 되고	學諺方通札
옷 지을 때 이웃 사람 손 빌지 않았네.	裁衣不借隣
만 리 떨어진 먼 길 함께 와서는	同來天萬里
춘삼월 딸만 혼자 떠나게 됐네.	獨去序三春
앉아서 따져보니 돌아갈 길 멀어서	坐算歸程遠
적막한 물가에서 시름 생기네.	愁生寂寞濱

• 소두산(蘇斗山), 「송광천의 아내인 서녀가 집으로 돌아가는 것을 전송하며 [送庶女還家(宋光梴室)]」

소두산(1627~1693)은 본처에게 딸 하나를 두고 측실에게 딸 둘을 두었다. 측실에게 얻은 첫째 딸은 이재화(李載華)에게, 둘째 딸은 송광천(宋光梴)에게 각각 시집을 갔다. 이 시는 둘째 딸에게 준 것이다. 아주 자그마할 때부터 총명해서 어른 같았고, 언문을 곧잘 배워 한글 편지

세상에 태어나서
세상에서 버림받다

쯤은 줄줄 읽었으며, 손재주도 제법 있어 다른 사람들의 도움 없이도 옷을 척척 만들어냈다. 무슨 일인지 분명치 않지만 딸과 함께 먼 길을 떠났다가 딸만 집으로 돌아갈 상황이 생겼다. 그나마 다행인 것은 날이 좀 풀린 봄날이어서 마음이 놓인다. 조용한 거처에서 곰곰이 생각해보니 돌아갈 길이 너무 먼 게 마음 쓰인다. 딸아이만 혼자 보내야 하는 불안한 아버지의 마음을 그대로 담고 있다.

3

네 어머니 남편을 잃고 난 뒤에	汝母崩城慟
남은 인생 홀로 네게 의존했었네.	餘生獨汝依
한창 나이에 어찌 이렇게 됐나.	芳年胡至此
온갖 일이 갑자기 잘못되었네.	萬事忽成非
산에 달 뜰 때 화장 거울 묻었고	山月埋粧鏡
창가에 등불 켜서 혼수했던 옷으로 염했네.	惚燈斂嫁衣
도우면서 살아온 지 17년인데	提携十七載
한결같이 꿈처럼 어슴푸레하구나.	一似夢依俙

• 이하곤(李夏坤), 「서녀인 누이동생을 그리워하며(又懷庶妹)」

아버지가 세상을 떠나면서부터 서모는 딸만 믿고 살았다. 그런데 그 딸마저 열일곱 꽃다운 나이에 일찍 세상을 떠났으니 혼자 남은 서모가 너무나 안쓰럽다. 시집갈 때 챙겨갔던 화장 거울은 주인을 잃고 땅속에 묻히게 되었고, 입었던 옷은 수의가 되고 말았다. 어떻게 죽었는지 정황은 알 수 없지만 내용으로 미루어 시집간 지 얼마 되지 않아 세상을 떠난 것으로 보인다. 함께 살았던 짧은 유년의 기억이 그저 꿈결처럼 희미하다.

그녀가 세상을 뜬 지 2년이 지나서 지은 「곡서매문(哭庶妹文)」에도 여동생을 잃은 아픔이 잘 그려져 있다. "매번 네 어머니를 볼 때마다 나도 눈물이 나온다. 입으로 위로하려고 해도 말이 떨어지지 않는다. 대개 너의 예쁜 얼굴과 얌전한 거동이 완연히 눈에 있으니, 생각을 아니하여도 생각이 떠오른다."[18]

선인께서 남기신 아들 중에서	先人有餘子
늘그막에 늘 그 애 사랑했었지.	垂暮每憐渠
충주 가는 길을 이미 알고서	已識忠州路
늙은 어미 모시고 살고 있었지.	能將老母居
옛날에는 그림을 좋아했는데	舊看多畫癖
이제는 의서 보라 권하고 싶네.	今勸讀醫書
외로운 처지의 두 누이동생은	零丁有二妹
죽었는지 살았는지 지금 어떤가.	存沒近何如

• 정약용, 「일곱 개의 그리움(七懷)」 중 제1수 '아우 약횡을 생각하며'

정약용에게는 서모가 있었다. 김의택(金宜澤)의 딸 잠성 김씨로 1774년 스무 살에 시집을 와서 쉰 살에 세상을 떴다. 정약용의 아버지인 정재원(丁載遠)이 1792년에 세상을 떴으니 두 사람이 함께 산 기간은 19년쯤 되는 셈이다.

서모와 다산은 사이가 아주 각별했다. 이러한 정황은 「서모 김씨 묘지명(庶母金氏墓誌銘)」에 자세히 나온다. "처음 우리 집에 올 때 제 나이가 겨우 열두 살이었습니다. 머리에 서캐와 이가 많고 또 부스럼이

세상에 태어나서
세상에서 버림받다

잘 났습니다. 서모는 손수 빗질해주었고 그 고름과 피를 씻어주었습니다. 그리고 바지와 적삼, 버선을 빨래하고 꿰매며 바느질하는 수고 또한 서모가 담당하다가 (내가) 장가를 든 뒤에야 그만두었습니다. 그래서 나의 형제자매 중에서 특히 나와 정이 두터웠습니다."[19]

다산의 아버지는 서모 사이에 모두 3녀 1남을 두었다. 맏딸은 채제공의 서자 채홍근에게, 둘째 딸은 나주목사 이인섭(李寅燮)의 서자 이중식(李重植)에게 출가하였고, 막내딸은 요절하였다. 사위도 둘 다 일찍 죽었고 아들 한 명이 남았는데, 그가 서제(庶弟) 정약횡(丁若鑅, 1785~1829)이다.[20] 서모와의 친밀한 사이는 자연스럽게 서제와의 각별한 관계로 이어졌다. 다산은 정약횡을 위해서 「위사제약횡증언(爲舍弟若鑅贈言)」과 「우위사제약횡증언(又爲舍弟若鑅贈言)」이라는 두 편의 글을 남긴다.

내가 보기에 비장이 된 자들의 천만 가지 흔단(釁端)이 모두 한 글자에서 일어나고, 훼예(毁譽)와 영욕(榮辱) 또한 모두 이 한 글자에 달려 있다. 이른바 한 글자는 무엇인가? '음(淫)' 자가 이것이다. 관기(官妓) 가운데 요염한 자는 여러 사람이 함께 눈독을 들인다. 그래서 그 가운데 음사(淫事)에 능한 자가 반드시 먼저 그와 눈이 맞게 마련이다. 한번 발빠른 자가 얻어가버리면, 여러 남자는 코밑 수염을 비비 꼬며 남몰래 승냥이처럼 이빨을 갈고 있으니 어찌 위태롭지 않겠는가. 하물며 이 우물(尤物, 요염한 여자)은 반드시 어렸을 때부터 이미 대인(大人)의 손을 거쳤을 것이니, 그 간교한 구멍이 반드시 일찍 뚫렸을 것이고 따라서 그 욕망의 골짜기가 반드시 일찍부터 넓혀졌을 것이다. 그리하여 애틋하게 부탁하고 살을 에듯 호소하는 기술이 반드시 신묘할 것이고, 그 복장(服裝)을 요구하는 것도 반드시 사치스럽고 분수에 넘칠 것이다. 어리석은 남자들은 한번 빠지게 되면 곧 좋은 냄새와 나쁜 냄새를 가리지 못하고 시고 짠 것을 분변하지 못하게 되어 마음을 잃고 몸을 망치는 것이 이로부터 시작된다.

　　제일 좋은 것은 정결하게 스스로를 지켜 중이나 고자라고 하는 조롱을 달게 받는 것이다. 진실로 그렇게 할 수 없다면 마땅히 물러나 양보하여 여러 동료가 고르고 난 뒤를 기다리는 것은 물론, 또 권리(權吏)나 호교(豪校)와 같은 교활한 사람의 축첩인가를 물어 아울러 모두 피해야 한다.

　　마시고 먹는 연회의 장소에서 늘 말과 웃음이 적은 얌전하고 소박한 사람을 조용히 살펴서, 그녀가 전부터 사랑하던 사람이 누구인가를 조사하고 그가 전부터 앓아오던 병이 있는가를 물어본다. 그녀를 불러 방에 오게 하여 여러 날 조사하고 시험한 뒤에 그녀가 반드시 십분 해가 없다는 것을 알고 나서야 가까이하면 될 것이다. 그러나 끝내 기생을 갖지 않는 고상함만은 못하다. 무릇 기생을 두는 자들은 반드시 의복과 음식 때문에 방기(房妓)가 필수적으로 있어야 한다고 말한다. 내가 보기에는 기생을 두는 데 드는 비용은 매우 큰데, 그것의 절반에 해당되는 비용을 계집종 가운데 쓸 만한 자에게 주어 그에게 공양하게 하되 끝내 범하지 아니하면, 곧 그가 정성을 다 기울여 충심으로 받들 것이니 반드시 방기보다 열 배는 나을 것이다. 잡스러운 말을 나는 믿지 않는다.[21]

　　정약횡은 원래 그림에 관심이 있었지만 다산의 충고로 의술을 전공하게 되었다. 이런 까닭으로 정약횡은 의술로 비장이 되었는데, 이때 지어준 글이다. 비장은 조선 시대 감사와 절도사 등 지방 장관이 데리고 다니던 막료(幕僚)이다. 비장은 기생과의 연분을 뿌리기 십상이었다. 그 유명한 『배비장전(裵裨將傳)』의 주인공도 비장이다. 다산은 비장의 자질을 곡부(穀簿)의 계산, 옥언(獄讞), 찰한(札翰), 의술(醫術) 등을 꼽으면서 그 본분을 다할 것을 충고했다. 특히 성(性)이나 성병에 대해서도 직접적으로 조심할 것을 강하게 주문하였다. 매우 가까운 사이가 아니면 하기 어려운 말들이다. 그러나 그의 삶은 정약용의 바람처럼 평탄하지 않았다. 정약횡의 첫 번째 아내는 청주 한씨이고, 두 번째 아내는 평창 이씨이며, 세 번째 아내는 여흥 민씨이다. 아들 하나를 두었으나 키우지 못했고 세 아내는 일찍 세상을 떴으며, 정약횡도 마흔네 살에 세상을 뜨고 말았다.

산동네 어귀에는 새벽 서리 내리고	峽口曉霜下
높은 가을 하늘에는 기러기 나는구나.	高秋一雁飛
호남 바람 나그네의 눈물을 불어대고	湖風吹客淚
바닷가 태양이 길손 옷에 떨어지리.	海日落征衣
여행길에 새 친구 얻는 일 적을 테고	逆旅新知少
고향에도 옛 노인 뵙기 어려우리.	鄕園故老稀
하물며 어버이 생각이 사무칠 테니	況多桑梓感
이것이 금의환향이라 말 못 하리라.	莫道是榮歸

• 이식(李植), 「이복동생 이재가 과거 급제하여 호남에 성묘하러 가는 것을 전송하며(送庶弟材新恩展墓湖南)」

이식(1584~1647)의 아버지 이안성(李安性)은 본처에게서 1남 2녀를 두었고, 측실에게서도 1남 2녀를 두었다. 이재(李材)는 이식의 서제가 된다. 이식은 이미 「두실기(斗室記)」라는 글을 통해 과시(科詩)에만 치중하는 태도를 비판하면서 공부법과 독서법에 조언을 아끼지 않았다. 동생의 과거 급제 소식에도 어쩐지 시의 분위기는 매우 어둡다. 1, 2구에서 새벽 서리나 기러기가 꽤나 쓸쓸한 분위기를 자아낸다. 3~6구에서는 이미 고향을 오래전에 떠나와서 반가운 소식을 가지고 간들 아무도 반겨주지 않을 것이라 하면서, 아버지께서 돌아가셨으니 금의환향과는 더욱 거리가 멀다고 했다. 이때만 해도 서자가 과거를 치르는 것이 허용된 때였지만 그렇다고 과거 급제가 곧 출세의 길을 보장하지는 않았다. 오히려 과거라는 것이 자신의 태생적 한계만을 재확인하게 되는 쓸쓸한 통과의례였기에, 형의 입장에서는 그것이 썩 축하할 일만은 아니라고 보았던 것 같다. 공부가 그 자체로 수신과 수양의 의미를 가져야 한다지만, 공부를 통해 아무런 사회적 보상이 없으면 그저 소일거리나 자기만족으로 전락하기 십상이다.

회오리바람 천지를 움직이고	驚飆動天地
북방의 눈발이 강가의 관문에 꽉 찼네.	朔雪滿河關
이런 때에 형님이 먼 길을 가니	此時君遠行
떠날 때 상황이 어찌 어려웠던가.	行色何苦艱
외딴 성은 작기가 말[斗]만 한데	孤城小如斗
아득하게 청해의 물굽이에 있네.	邈在靑海灣
공명은 알고 보면 얼마나 되나.	功名知幾何
서로 보니 귀밑머리 다 함께 희네.	相視鬢俱斑
형제가 각자 멀리 떨어져 있으니	伯叔各天涯
이 시절 환한 얼굴 막아버렸네.	時節阻歡顔
그런데 지금 형님은 또 먼 변방에 가니	今君又遠塞
떠나고 떠나면 언제나 돌아올 것인가.	去去何時還

세상에 태어나서
세상에서 버림받다

유숙(劉淑), 「수계도권(修禊圖卷)」 부분, 종이에 담채, 전체 30×800cm, 개인.

나 또한 몹시도 병이 많아서	我且苦多病
객의 근심 어지럽게 그대로이네.	羈愁紛不刪
남는 것이 즐거운 것은 아니니	居留非所樂
밤낮으로 푸른 산을 생각하네.	日夕思靑山
마침 몇 이랑의 농경지 구해	會求數頃田
자취 거둬 조정 반열 사양하였네.	斂迹辭朝班
늘그막에 멋대로 함이 마땅하니	老大宜自放
영예와 복록은 오래도록 받들기 어렵네.	榮祿難久攀
원컨대 그대도 일찌감치 돌아와서	願君早歸來
서로 손 맞잡고서 여가 즐기길.	相携樂餘閑

• 이민서(李敏敍), 「강도 수령으로 있을 때 서형 민철이 이성으로 가는 것을 전송하다(送庶兄敏哲 之利城 守江都時)」

　이민철(李敏哲, 1631~1715)[22]은 유명한 과학자다. 1664년 왕명으로 측우기(測雨器)와 혼천의(渾天儀)를 제작하고, 혼천의 안에 회전 지구의(地球儀)를 넣어 지동설(地動說)을 입증했다. 또한 수차(水車) 제조의 명을 받고 이를 만들어 관개(灌漑)에 이용하였다. 그는 천재적 재능에도 불구하고 1648년 전력부위(展力副尉)라는 종9품의 잡직으로 벼슬길에 올라서 외직(外職)을 전전했다. 이 시는 1683년 작품으로 당시 이민서는 강화 유수로 있었고, 이민철은 함경남도 이성(利城) 현감으로 나가게 되었다. 그때 이민서는 쉰한 살, 이민철은 쉰세 살이었다. 초로의 두 형제는 헤어지기가 못내 아쉬웠다. 게다가 추운 날씨에 먼 서북(西北) 지방으로 가게 되니 축하하는 마음보다 울적한 마음이 더 컸다. 무슨 영화를 보겠다고 서로 이 고생들을 하는가 자문하며 자신의 은퇴를 암시하고 있다. 무엇보다 빠른 시간 내에 다시 만나 형제의 정을 나누기를 고대했다.

세상에 태어나서
세상에서 버림받다

친엄마와 다름없던 우리 서모님	庶母如吾出
당시에 지극하게 보살펴주셨네.	當年荷至慈
아플 때면 노심초사 걱정하시며	勞心憂疾病
미음 쑤고 젖 짜내어 먹여주셨지.	瀝乳和饘糜
드디어 아버지 총애 받게 되어서	遂受先公寵
현명한 자질을 유독 예뻐하셨네.	偏憐哲婦資
부엌일 단속하며 주식(酒食) 깔끔하였고	勑廚齊酒饌
물레며 길쌈질에 열심이셨네.	勤事效麻絲
어려움 겪을수록 마음 더욱 굳세져서	險阻心彌厲
이리저리 타향살이 여러 차례 겪게 됐네.	東西迹屢羈
곁에 놓인 금슬처럼 백년해로(百年偕老)하려다	百年琴在御
한밤중에 자웅검(雌雄劍)이 두 개로 나뉘었네.	中夜劍分雌
남쪽 산에 오래도록 묻혀 있다가	久掩南山窆
이제야 북쪽 길로 영구(靈柩)가 돌아왔으니	初歸北路輀
좋은 자리 구하고자 그런 것 아니라	非緣求吉宅
남편 옆에 묻히려는 마음 길이 바라서라네.	永願祔靈儀
요절, 장수 관계없이 향기는 그대로니	夭壽芳非沫
이승 저승 갈렸어도 이치야 어찌 다르겠나.	幽明理豈岐
포대기 속 갓난아기 헌걸차게 자라나서	頎然襁褓長
서모를 생각하며 상복(喪服) 입고 뒤따르네.	念爾絰緦隨
아! 선인 음덕 제대로 받지 못해서	食德嗟無狀
모든 영광 후일로 다 밀려나 있었으니	叨榮摠後期
만사 지어 올리면서 무슨 꾸밈 있겠는가	哀詞那可飾

흰머리로 두 줄기 피눈물 흘리누나.　　　　　　頭白血雙垂

• 이식, 「서모의 무덤을 옮길 때 짓다(庶母遷葬挽詞 十二韻)」

친어머니와 다름없이 자신을 길러준 기억이 아직도 생생하다. 게다가 현숙한 분이셔서 돌아가신 아버지도 유달리 예뻐하셨고, 살림 솜씨 또한 일품이었으며 어려운 상황에서도 심지가 굳은 분이었다. 사별하면서 아버지와 다른 곳에 묻혔다가 다시 아버지 곁으로 이장되었는데, 그때의 감회를 담은 작품이다. 대개 서모는 죽음을 통해서만 기억된다. 죽어야만 비로소 기억되는 아픈 이름이다.

서모 양 씨가 돌아가셨을 때에 관빈이 안산에서 와 곡을 하였습니다. 을해년(1755) 8월 13일 갑인 아침 상식에 삼가 변변찮은 음식을 갖추어가지고서 영전에 고합니다. 아! 서글픕니다. 오직 우리 서모님께서는 여자 중에 특별한 사람이었습니다. 분수에 알맞은 재능과 말마다 도량과 식견이 있었습니다. 우리 아버지를 섬길 때에는 옷을 입히고 음식을 먹게 하는 일에 부지런하셨습니다. 어린아이가 많았으나 사랑해주기를 매우 독실하게 해주었습니다. 내가 곧 병이 나서 허약하게 되면 더욱 힘껏 보살펴주셨으니, 한결같은 칭찬을 여러 친척에게 자자하게 듣게 되었습니다. 아! 기구한 운명이라 중년에 혹독한 화를 겪었지만, 그럴 때면 서모가 여러 고아를 위로하기 위해서 지극한 아픔을 늘 누르셨습니다. 부질없이 애를 썼지만 걱정과 슬픔은 더해만 갔습니다. 한 차례 병을 앓아 고질병이 되자 10년 동안 자리를 보전하였습니다. 나는 또 먼 곳으로 물러나게 되어서 약의 처방을 자주 여쭙지 못했습니다. 손으로 몇 자 써서 겨우 전했는데, 슬픈 소식이 갑자기 전해왔습니다. 내가 달려와서 한 번 통곡하니 눈물이 이미 마르게 되었습니다. 서모는 덕은 있었지만 수명은 없었고 이치에 어긋남이 많았습니다. 몸이 죽은 뒤에 슬프고 쓸쓸한 것은 피붙이가 없어서입니다. 염하고 장사 지내는 절차는 말씀하신 대로 제가 맡게 되었습니다. 장차 좋은 묏자리를 정했으니 안산의 기슭입니다. 조촐한 제물을 가지고 영결을 고하니 간곡한 마음을 흠향하시옵소서.

• 조관빈(趙觀彬), 「서모 양 씨의 제문(祭庶母梁氏文)」[23]

조태채(趙泰采)의 측실인 서모 양 씨에 대한 제문이다. 양 씨는 1남 1녀를 두었는데 아들 조복빈(趙復彬)은 일찍 죽었고, 딸은 홍보인(洪輔人)에게 시집을 갔다. 우리가 기억하는 계모(繼母)의 이미지와는 사뭇 다르게 자애롭고 따스한 모습들이다. 그러나 지독히도 운이 없었던 서모는 한 차례 병을 앓았다가 고질병이 되어 10년 동안 꼼짝 않고 자리보전하게 되었다. 슬하에 친자들이 있었지만 제 한 몸 맡길 자식 하나 없었고, 조관빈(1691~1757) 역시 챙겨줄 여력이 없던 그 와중에 서모는 세상을 떠나게 된다. 그녀는 염과 장사 일체를 조관빈이 맡아달라는 유언을 남겼고, 조관빈은 그것을 받들어 정성스레 장사를 치르고 제문을 지어주었다.

그렇다고 모든 서모와 아들 사이가 좋았던 것은 아니다. 율곡 이이(李珥, 1536~1584)는 친어머니를 열여섯 살에 여의고 열아홉 살에 금강산 어느 사찰에서 승려가 되어 1년을 생활하게 되었는데, 이러한 행보에 서모와의 갈등도 한몫했다고 한다.[24] 더 심한 경우에는 첩이나 서얼이 적자손(嫡子孫)을 저주하는 일까지 있었다.[25]

어젯밤 내린 비에 꽃이 피더니	花開昨夜雨
오늘 아침 바람 불자 꽃이 졌구나.	花落今朝風
가련하도다 봄날의 일이	可憐一春事
비바람 속에 왔다 다시 가누나.	往來風雨中

• 송한필(宋翰弼), 「우연히 읊다(偶吟)」

　서얼들의 독특한 시풍은 '초림체(椒林體)'나 '검서체(檢書體)'로 불리기도 했다. 그들은 자신만의 목소리로 문재(文才)를 발휘하고 싶었다. 조선 시대 유명한 서얼 형제 시인으로 송익필(宋翼弼, 1534~1599)과 송한필(宋翰弼, ?~?)을 들 수 있다. 이이가 당시 자신과 성리학을 논의할 만한 사람은 익필과 한필 형제밖에 없다고 할 정도로 학문이 뛰어났다. 당상관에 올라 집안이 번성하였지만 이러한 영화도 오래가지 못하고 뒤에 송사(訟事)가 무고로 밝혀져 가족들이 모두 노비가 되어 흩어졌다. 서얼의 신분을 뛰어넘어 호사스럽게 살다가 어느 한순간 노비로 전락되어 자취도 없이 사라지고 만 것이다. 꽃이 밤비에 활짝 피었다가 아침 바람에 모조리 떨어진 것이다. 세상에 존재하는 것 중에 영원한 것은 없다. 모두 순간의 조각일 뿐이다.

봄날이 차가워서 겨울옷 깁는데	春冷補寒衣
비단 창에는 햇빛 비치고 있네.	紗窓日照時
고개 숙여서 손이 가는 데마다	低頭信手處
구슬 눈물이 실과 바늘 적시네.	珠淚滴針絲

• 이매창(李梅窓), 「스스로 슬퍼하다(自恨)」

서녀 중에는 이름난 시인이 많았다. 이옥봉(李玉峯), 박죽서(朴竹西) 등이 그러했고, 서녀들로만 구성된 삼호정 시사(詩社)도 있었다. 서자나 서녀 모두 반쪽이긴 해도 온전한 양반의 피가 흐르는 사람들이다. 출사에 대한 희망이 사라진 자리에는 자연스레 문학에 대한 열망이 꽃을 피웠다. 열여덟 살의 이매창(李梅窓, 1573~1610)은 40대 중반의 유희경(劉希慶, 1545~1636)과 만났다. 천민 출신으로 당대 최고의 시인과 서녀 출신의 기생 시인은 나이와 신분을 모두 잊고 사랑에 빠졌다. 이 시는 유희경을 향한 그리움을 담고 있다. 간절히 누군가를 기다려본 사람은 기다림이 얼마나 사람을 지치게 하는지 잘 안다. 왠지 모를 서러움에 깁고 있던 옷에 자꾸만 눈물이 뚝뚝 떨어진다. 그녀는 서른여덟 살의 짧은 인생을 살고 세상을 떠났다.

이인상(李麟祥, 1710~1760)은 대표적인 서얼 화가다. 누구보다 강한 반청(反淸) 의식으로 명나라에 대한 의리를 지키는 것이 사대부의 도리라 생각했으며, 비록 서얼이었지만 노론 집안이라 남인에 대한 적개심도 강했다. 오히려 자신의 콤플렉스 때문에 더더욱 고집스럽게 보수의 길을 걸었다. 성격도 어근버근하여 사회에 잘 적응하지 못했고, 상사와는 늘 갈등에 시달려서 하급 관직에서도 오래 버티지 못했다. 1753년 막내아들을 낳고는 "복 없는 사람은 자식을 많이 두는 것도 그다지 반가운 일이 아닐세"라며 탄식했다.[26] 이러한 분노와 좌절은 고스란히 그림에 표현되었다. 40대 이후 그의 그림은 비껴 누운 소나무나 병든 국화 등 독특한 소재에 자신의 심회를 담아내거나, 담담한 갈필의 필선 또는 윤곽선 위주의 산수화로 쓸쓸한 분위기를 풍기는 특징이 있다.[27]

서얼 중에 특출한 재능을 갖고 특이한 이력을 보이는 경우로 기기진(奇麒鎭, 1830~?)을 들 수 있다. 기기진은 자가 원서(元瑞)인데 뒤에

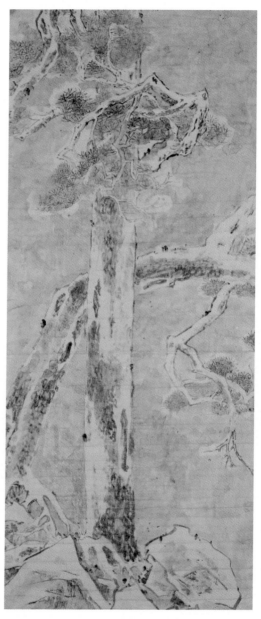

이인상(李麟祥), 「설송도(雪松圖)」, 종이에 담채, 117.2×52.6cm,
국립중앙박물관.

후진(後鎭)으로 개명했다. 1844년 열다섯 살의 어린 나이로 소과에 장원 급제했고, 열아홉 살 때 서얼들만 치른 문과 시험에서도 역시 장원을 했다. 그러나 거기까지가 전부였다. 글공부를 열심히 한다고 뾰족한 수가 생기는 것도 아니니 과감히 공부를 접고 돈을 벌겠다고 다짐한다. 좋은 머리와 독한 마음으로 재물을 모으기로 작심하니 그리 어려운 일도 아니었다. 어떻게 재물을 모았는지 구체적으로 확인할 수는 없다. 기기진의 문집 『삼석집(三石集)』이 기록에 남아 있으나 현재 전하지는 않는다. 서자 집안이었지만 3대에 걸쳐 진사가 나왔고, 그 후손들도 모두 성공했다. 그의 아들은 순창에 아흔아홉 칸 집을 짓고 살았다. 그는 노사 기정진(奇正鎭, 1798~1879)의 실질적인 스승 노릇을 할 정도로 대단한 사람이었다. 그러나 세상은 그를 받아주지 않았고, 그도 세상에 미련을 두지 않았다.

6

이루어질 수 없는 희망이나 기대라도 없는 것보다는 있는 것이 낫다. 희망이나 기대가 없는 삶이란 어쩌면 죽은 것이나 다름없다. 여기 태어날 때부터 희망이 없는 사람들이 있다. 공부를 해도 쓸데가 없었고, 과거에 급제해도 써주지 않았다. 부르기만 해도 슬픈 이름, 바로 서얼이다.

은산(殷山)의 천한 소생(所生)이 이미 다섯 살이 되었다. 여기에 와서야 처음으로 만나보았으니, 도리어 불쌍한 마음을 가눌 수가 없었다. 돌아갈 때에 데려가기로 약조하고 그 어미가 있는 곳으로 돌려보냈다. 이곳은 곧 옛날에 암행어사로 왔던 곳이어서, 만나러 오는 사람들이 아주 어지럽게 문에 꽉 찼으니 다시 어수선함을 느꼈다.[28]

박래겸(朴來謙, 1780~1842)의 『심사일기(瀋槎日記)』 중 한 대목이다. 측은지심이 발동해서 나중에 그 아이를 거두겠다 말이라도 했으니 그나마 나은 축에 속한다. 실제 그 아이를 챙겨주었는지는 확인할 수 없다. 사대부들의 위선이 그대로 드러난다. 아버지의 성적 욕망이 자식의 평생 가는 불우를 담보한다면 그것은 단순한 정욕(情慾)의 문제로만 그칠 수 없다. 그러나 누구 하나 서얼 문제로 아버지의 정욕을 비판하지 않았다. 애초부터 그들의 운명은 이미 버림받으면서 태어날 수밖에 없는 존재였다.

아들을 낳을 때의 기쁨, 결혼할 때의 뿌듯함, 삶에 대한 절절한 훈계, 서녀를 보는 안쓰러움 등을 보면 적서의 구분이 느껴지지 않는다. 서매(庶妹)나 서형(庶兄), 서제 사이에서도 형제애는 똑같았다. 서로 왕래도 잦았고 그도 여의치 않으면 편지로 안부를 주고받았다. 서모와의 관계에서도 대개 계모가 지니고 있는 폭력적인 모습은 없다. 서로 간의 위계가 철저히 자리 잡혀 있었기에 분란의 소지는 의외로 많지 않았던 것으로 보인다.

문제의 본질은 사회적인 제약이나 차별이었지만, 이를 떠나 실제 가족 내에서는 일반적인 선입견처럼 적서 간의 알력이나 다툼보다 서로를 인정하며 꽤 안정된 관계를 유지한 듯하다. 『노상추일기(盧尙樞日記)』에서 노상추(盧尙樞, 1746~1829)를 끝까지 지킨 것도 서자인 노승엽이었다. 시병(侍病)이나 제수까지 책임졌으며 가족들도 그를 온전한 가족으로 받아들이고 대우했다.[29]

세상에 태어나서
세상에서 버림받다

하늘은 지극히 높지만 하늘이라 부르지 않은 적이 없고, 임금 또한 지극히 높지만 임금이라 일컫지 않은 적이 없다. 그런데 서얼이 자기 부모를 부모라 부르지 못하는 것은 무엇 때문인가?

• 정약용, 「서얼론(庶孽論)」

수많은 지식인이 서얼 제도의 불합리성을 비판했다. 박지원(朴趾源, 1737~1805)은 「의청소통소(擬請疏通疏)」, 정약용은 「통색의(通塞議)」과 「서얼론」을 썼다. 이익은 『성호사설(星湖僿說)』에서 서얼에 대해 여러 조목에 걸쳐 언급했다. 특히 「서얼방한(庶孽防限)」에서 서얼 제도를 통렬하게 비판하고 있다. 서얼의 진출을 틀어막고는 비틀린 인격을 가진 서얼이 많아졌다며 오히려 서얼 전체를 싸잡아 그들의 성품이 나쁘다고 몰아가는 것은, 사람을 똥구덩이에 밀어넣고서 더럽다고 침을 뱉는 격이라 했다.

개인은 너무도 나약하다. 한 개인의 실패를 자기 운명의 행불행이나 노력의 차원으로만 몰고 가면 곤란하다. 또 기적 같은 성공 신화를 통해 희망 고문을 하는 것도 바람직하지 않다. 제도가 개인을 속박할 때 개인의 불행은 예견된 일이다. 그러나 제도는 견고했다. 어느 정도 변화가 있었다 하더라도 전면적인 개혁은 이루어지지 않았다. 서얼의 문제는 그리 간단치 않다. 무조건 감정적으로만 접근할 수도 없다. 서얼을 무조건적으로 허용했을 때 일어나는 양반의 양적 팽창이 양반의 근간마저 뿌리째 흔들 수 있다는 위험성 역시 무시할 수 없다. 그렇지만 가뜩이나 좁은 이 나라의 인재 풀(pool)에서 서북인, 서얼, 중인을 배제하고 색목(色目)까지 따진다면 과연 몇 명의 인재를 쓸 수 있을는지 한심한 노릇이 아닐 수 없다.

지금 서얼은 사라졌다. 그러나 정말 서얼은 존재하지 않을까? 이주

노동자, 강북, 분교 학생들, 지방대, 강사, 비정규직 등 아픈 이름은 여전히 존재한다. 우리는 이 아픈 현대판 서얼의 이름들을 여전히 외면하고 있는 것은 아닐까. 서얼은 아직도 우리 가까이 있다.

끊어진 줄,
너를 통해
이으려 했네

첩

첩(妾)은 처(妻)와는 별도로 가족의 지위가 인정된 여자이다. 첩은 첩실(妾室), 소실(小室), 부실(副室), 별실(別室), 별가(別家), 별방(別房), 별관(別館), 측실(側室), 추실(箆室)이라 하고, 혹은 가직(家直), 여부인(如夫人)이라고도 부른다.

첩과 관련된 속담도 적지 않다. '사취(四娶)는 첩만도 못하다', '첩의 살림은 밑 빠진 독에 물 붓기', '되는 집은 암소가 세 마리, 안 되는 집은 계집이 셋', '첩 정은 3년, 본처 정은 백 년', '시앗 싸움에 돌부처도 돌아앉는다', '계집 둘 가진 놈의 창자는 호랑이도 안 먹는다', '양가문(兩家門)한 집에는 까마귀도 앉지 않는다' 등 첩의 부정적인 속성을 강조한 것이 대부분이다.

조선 시대 남성들이 첩을 들인 이유는 제각각이다. 양반 남성들이 후사를 잇기 위해서, 집을 떠나 외지에서 장기 체류할 때 시중을 받기 위해서, 부인이 죽은 뒤 더 이상 후사를 둘 필요는 없고 오로지 시중 받을 목적으로, 여자를 만나던 중 생긴 자식을 거두기 위해서, 자신의 의지로 혹은 부인의 권유로 첩을 들였던 것으로 나타난다.[1]

김좌근(金左根, 1797~1869)의 애첩인 나합(羅閤)[2], 조원(趙瑗)의 소실

끊어진 줄,
너를 통해 이으려 했네

신윤복(申潤福), 「춘색만원(春色滿園)」, 「혜원전신첩(蕙園傳神帖)」, 종이에 채색, 28.2×35.6cm, 간송미술관.

인 이옥봉(李玉峰), 정철(鄭澈)의 애첩인 진옥(眞玉) 등 첩으로 유명했던 여인은 수없이 많다. 특히 19세기 중엽 한양에서 관기 출신으로 소실이 된 다섯 사람이 김이양(金履陽)의 소실인 운초(雲楚)를 중심으로 하여 '삼호정 시사(三湖亭詩社)'를 만들었던 사실은 아주 흥미롭다.[3]

식사를 한 뒤 강가에 나아가서 국령(國令, 李紀淵)이 곧 떠나려는 것을 보았는데 피리와 북, 돛폭과 돛대 등 위엄 있는 모습이 매우 성대하였다. 국령은 유람선 위에 단정히 앉아 있었고, 방기(房妓)인 경란(鏡鸞)이 옆에서 섭섭해하여 이별을 할 수 없었다. 그래서 국령이 손을 내저으며 들어가라고 했지만 경란은 말하지도 일어나지도 못하고 다만 눈물을 비 오듯 흘릴 따름이었다. 배가 오래도록 출발할 수가 없었고, 국령 역시 정을 끊고 뿌리쳐서 떠나보낼 수가 없었다. 이에 명령을 내려 (기생을) 함께 싣고 배를 출발시켰으니 한바탕 웃음거리가 될 만하였다.[4]

박래겸(朴來謙, 1780~1842)의 『서수일기(西繡日記)』[5]에 나오는 글이다. 『서수일기』는 1822년 3월 16일부터 동년 7월 28일까지 장장 126일 동안 평안남도 암행어사로 활약했던 일을 담고 있다. 지방관으로 나간 경우, 관비(官婢)는 거의 현지처의 기능을 한다. 외직(外職)의 임무를 마치고 상경(上京)하게 되면 관비와는 당연히 생이별을 하게 된다. 위의 글은 이기연(1783~?)이 기생과 헤어지는 장면을 그리고 있다. 정이 들 대로 들어서 눈물 바람을 하다가 결국 기생을 배에 태우고 함께 떠나는 장면이 아주 인상적이면서도 우스꽝스럽다. 『서수일기』에서는 기생에 대한 기록을 적지 않게 찾을 수 있다. 조선 3대 명기(名妓)였던 부용(芙蓉), 즉 김운초(金雲楚, 1800?~1857?)를 만난 일이 상세히 기록되어 있는데, 그녀와의 만남이 꽤나 인상적이었는지 몇 차례에 걸쳐 자주 언급하고 있다. 그 외에도 기생이 빈번하게 등장하고, 자신 또한 기생과 두 차례 동침한 일을 기록하기도 했다.

지방에 파견된 관리와 관기(官妓)와의 인연은 『노상추일기』에 상세히 나온다. 노상추는 마흔두 살에 열여섯 살의 갑산부 기생 석벽(惜璧)을 맞아 솔축(率蓄, 예전에 여자 종을 첩으로 맞아 동거하던 일)할 계획을 세우고 무진 공을 들여서 결국 그녀를 얻었다. 첩으로 들인 지 1년 반만에 딸아이를 낳고, 그 이듬해 훈련주부(訓鍊主簿)로 자리를 옮겨 한양으로 돌아오게 되었다. 석벽과는 어떻게 헤어졌는지, 또 딸아이를 데려왔는지에 대해서는 기록된 내용이 없고, 그 후 여섯 살 된 딸의 죽음이 적혀 있을 뿐이다. 마흔세 살에는 스물넷의 유애(裕愛)라는 시기(侍妓)를 만나 일주일 넘게 밤마다 시중을 받았고, 마흔여덟 살에는 구성부(龜城府) 소속 옥매(玉梅)를 만났다. 그녀는 남편까지 있던 처지였지만 두 사람의 관계는 1년 이상 유지되었다.[6]

기생과의 관계는 본인의 임기가 끝나는 것과 함께 종료되는 경우가 대부분이었다. 자신의 원래 생활 공간에 기생을 데려가는 것이 생각처럼 흔한 일은 아니었던 것으로 보인다. 둘 사이에 아이가 있을 경우 아이만 거두는 일은 간혹 있었지만, 아이까지 모른 척하는 일도 꽤 있었던 모양이다.[7]

조선 시대 지식인 중에서 한 번쯤 유배를 경험하지 않은 사람은 드물다. 유배는 낯선 풍속과 이질적인 기후에 적응하는 것도 힘들었지만, 무엇보다 귀환에 대한 끝없는 기대와 좌절과의 힘겨운 싸움이었다. 그러한 버거운 현실을 위무해주는 여인들이 항상 뒤에 있었으니 김춘택과 석례, 박영효와 과수원댁, 김윤식과 의주녀, 김정희와 예안이씨 등을 예로 들 수 있다.[8] 이외에도 『미암일기』의 저자로 잘 알려진

전(傳) 신윤복, 「영감과 처녀」, 『풍속도첩』, 종이에 담채, 20×23cm, 국립중앙박물관.

유희춘은 유배지에서 둔 첩과의 사이에 아이가 넷이나 있었다. 또 정약용과 홍임 어미의 이야기도 유명하다. 정약용은 1801년에 유배 가서 1812년을 전후하여 홍임의 어미와 살림을 차린다. 1818년 해배되어 서울에 돌아올 때 홍임 모녀도 데려왔지만, 정약용의 본처가 마뜩지 않아하자 그녀들은 견디지 못하고 다산 초당으로 돌아갔다. 그 후로 그들이 어떻게 살았는지 남아 있는 기록이 없다. 정약용은 홍임 모녀를 위해 「남당사(南塘詞)」 열여섯 수를 썼다.

　홍 의녀는 향리 홍처훈의 딸이다. 정조 정유(1777)에 내가 죄로 탐라에 안치되었는데 의녀가 때때로 나의 적거에 출입을 하였다. 신축(1781)에 간사한 사람이 나를 얽어대기를 의녀로써 미끼를 삼았으나 죽일 기미를 잃게 되자 피와 살점을 낭자하게 만들었다. 의녀가 "공이 살게 되는 일은 내가 죽는 것에 달려 있다"라고 하며 이에 불복하였고 또 목을 매달아 죽었으니 윤 5월 15일이었다. 그 후 31년 만에 내가 은혜를 입어 방어사로 와서 이 지방을 진무하게 되었으니 묘도를 상설하고 시를 쓴다.[9]

옥 묻고 향기 묻은 지 문득 몇 년이던가.	瘞玉埋香奄幾年
뉘 그대의 원통함을 하늘에 호소하리.	誰將爾怨訴蒼天
황천길 깊은데 돌아갈 제 무엇을 의지했나	黃泉路邃歸何賴
벽혈 깊이 감추어져 있으니 죽었어도 인연 있네.	碧血藏深死亦緣
천고의 꽃다운 이름은 형두의 빛남이요	千古芳名衡杜烈
한 가문 높은 절개는 형제의 현명함이었네.	一門高節弟兄賢
젊은이 두 무덤은 이제 살아나기 어려우니	烏頭雙闕今難作
푸른 풀이 응당 무덤 앞에 자라나리.	靑草應生馬鬣前

조정철(趙貞喆, 1751~1831)과 홍윤애(洪允愛)의 이야기도 빼놓을 수 없다. 조정철은 그간 문학사에서 그리 알려진 인물이 아니다.[10] 그는 조선 시대 최장기 유배수로 29년의 유배 생활 중 27년을 제주에서 적거(謫居)하였으니 가장 혹독한 유배 체험을 했다고 할 만하다. 그 곁에 홍윤애가 있었다. 제주 목사는 홍윤애에게 모진 고문을 하여 조정철의 죄를 무고(誣告)하게 만들려 했지만, 그녀가 끝내 자백을 거부하자 곤장 70대를 때렸다. 홍윤애는 곤장을 맞으며 뼈가 으스러지는 고통 속에 죽어가면서도 조정철을 지켜냈다. 조정철은 유배 29년 만에 해배되었고, 그 후 4년이 지난 어느 날 제주 목사가 되어 돌아와서 홍윤애의 빗돌을 세워주고 자신과 홍윤애 사이에서 태어난 서른한 살 먹은 딸을 만난다.[11] 늦게 만난 딸과의 감회는 기록으로 남겨진 것은 없고, 구전으로 약간의 이야기가 전해올 뿐이다.[12]

앞의 시는 '제홍낭묘(題洪娘墓)'라는 제목으로 시집의 맨 마지막에 실려 있다. 자신의 생명을 희생해서 사랑하는 이를 살려낸 사랑이나, 그것을 잊지 않고 수십 년 후에 돌아와 무덤에 빗돌을 세워주는 사랑이나 아프고 아름답기는 매한가지다.

오봉은 첩을 얻으려 했으나 항상 아내를 두려워하여 감히 실행하지 못했다. 어느 날 몰래 양가(良家)의 딸을 첩으로 얻으려 했더니 그 집에서 폐백을 지나치게 요구했다. 그는 마련할 길이 없자 다만 한 장의 장지(長紙)에 "홍문박사 이호민(弘文博士李好閔)"이라고 자기의 관직을 적어 함에 넣어 보냈다. 그 집에서 함을 열어 보고 아주 분통을 터트렸다고 한다. 이 말을 듣고 사람들은 모두 우스워 포복절도하였다.[13]

끊어진 줄,
너를 통해 이으려 했네

객고(客苦) 때문에 불가피하게 첩을 두는 경우가 아니라, 그저 호색(好色)의 방편인 경우도 있었다. 축첩(蓄妾)은 "진사(進士)만 해도 첩을 둔다"라는 말이 있었을 정도로 흔한 일이었다. 엄처시하(嚴妻侍下)에 있던 이호민(李好閔, 1553~1634)이 아내 몰래 첩을 얻으려 하는데, 상대 집에 지급해야 할 폐백을 마련할 길이 마땅치 않았다. 이에 폐백 대신 자신의 관직과 이름을 적어 보냈다는 이야기다.

조선 시대 아내와는 다른 한 지점에 첩은 분명히 존재했다. 그렇지만 그들의 사랑은 잘 알려져 있지 않다. 그들은 어떻게 만나 어떤 사랑을 했을까? 첩이란 불온한 단어 속에서 우리는 그들을 호색의 방편으로만 취급했던 것은 아닐까?

2

혹 또 첩을 얻을 때 나이나 얼굴은 따질 것 없이 착실하여 믿을 만한 사람을 얻는다면, 비록 나이가 아주 어리지는 않더라도 혹은 20~30세가 넘은 여자라도 무방하니 첩도 할 겸 여종도 할 겸 먹고 입는 일에 이바지시킬 따름이네. 한편 한양의 여염집 아낙 중에 가난한 자가 바느질과 음식 솜씨가 깔끔할 수 있다면, 비단 가장에게만 음식을 댈 뿐만 아니라 이를 통해 재물을 만들 수도 있네. 노모(老母)를 의지하다가 혼인이 늦어진 사람이 있다면 더욱 좋겠네. 눈앞의 하책(下策)으로는 오로지 어린 여자 아이를 구할 필요도 없다네. 하물며 내 나이가 지금 41세니, 늙다리 여자를 취해 생명을 해치는 지경에 이르지 않는 것이 더 낫지 않겠는가?[14]

황윤석(黃胤錫)의 『이재난고(頤齋亂藁)』에 나오는 이야기다. 아내가 있는데 축첩을 하는 상황도 아니고, 상처(喪妻)한 후에 첩을 얻는 경우이다. 나이가 좀 들었을 때에는 정식으로 재취(再娶)를 들이기보다는 그저 식모(食母) 역할이나 맡아줄 여자를 원하는 일이 많았다. 그가 첩을 맞기 위한 정황은 매우 상세한 기록으로 남아 있다. 그는 여러 차례 실패를 거듭하다 눈높이를 아주 낮추어버린다. 글의 말미에 어린 여자를 얻어 정욕(情慾)에 빠져 정기(精氣)를 훼손하기보다는 그저 밥이나 챙겨줄 나이 좀 든 여자가 낫다는 말로 자조적인 심정을 대신하였다.

첩을 얻는 데에는 경제적 능력이 필수적이었다. 우선 딸을 줄 집에 10~20냥을 주어야 하고, 혹 귀첩(貴妾)을 들이려면 30여 냥과 보내야 할 의복을 대략 준비해야만 했다. 또 첩과 동거할 거처를 마련하기 위해 40냥 정도의 집값이 필요하고, 덧붙여 1년에 쌀 10여 섬도 갖추어야 살림이 꾸려진다.[15]

내가 그녀를 보니 키는 크고 풍채가 좋으며, 얼굴이 희고 말라서 남자 같은 표정은 있었지만 여자다운 구석이라곤 없었다. 비록 미인이라고 할 수는 없으나 추녀라고도 할 수 없었다. 저 사람이 5백 리 길을 나를 따라와서 내게 봉사하게 되었으니, 비록 불을 때서 밥을 짓고 물 긷고 절구질하는 일은 의리상 감히 사양할 수는 없었다. 그러나 내가 집이 가난하고 성품이 화려한 것을 싫어해서, 첩에게 당시 유행하는 화장을 하지 못하게 하였다. 그러다가 내가 너그럽게 생각하기에 힘써서(화장을 하게 해서) 그녀의 마음을 편케 했다. 어느 날 내가 갑자기 퍼뜩 깨닫게 되었으니 이 사람이 나에게 아름답지 못한 것은 다행스러운 일이었다. 예쁜 것을 좋아하고 못생긴 것을 싫어하는 것은 사람의 인지상정이나 나는 유독 이것

끊어진 줄,
너를 통해 이으려 했네

과는 반대였다. 남들이 반드시 나에게 거짓으로 꾸민 것이라 하는
데, 옛사람의 시에 "푸른 눈썹과 붉은 분칠한 미인이 아름다운 검
으로 세상 사람 다 죽여도 사람들 모르누나"[16]라고 하는 것을 사람
들이 모르는 모양이다. 만약에 이 사람이 양문(陽文)[17]의 아름다움
과 모장(毛嬙)[18]의 요염함이 있어서 『시경』에 있는 "예쁘게 웃어 보
조개가 나오고, 아름다운 눈의 흑백이 분명함이여"[19]라는 구절과
같다면 곧 그 여자가 점점 사람을 반하게 하여 본성을 해치는 도끼
와 낫이 되는 것을 어떻게 알겠는가. (……) 나의 소실은 비록 예쁘
지는 않지만 어떻게 모모(嫫母)와 무염(無鹽)과 술집 여자에 비교
할 수 있겠는가. 내가 드디어 아내를 총애하여서 사랑을 듬뿍 주었
다. 건상(巾箱)을 맡기고 때로는 잠자리를 함께하고, 빈집에서 긴
긴 밤에 잠이 없으면 으레 그녀와 끊임없이 재잘재잘 이야기를 했
으니 어찌 내가 사랑하고 좋아하지 않겠는가. 동파 시에 이르기를
"추악한 아내나 사나운 첩도 빈방보다는 낫다"[20]라고 했으니 참으
로 잘한 말이다.[21]

이현환(李玄煥, 1713~1772)의 「애첩설(愛妾說)」에 실린 글이다. 그는
홀아비로 여러 해를 혼자 살았다. 예순 살이 가까워지자 몇 년 동안 첩
을 구하려 했지만 적당한 사람을 만날 수 없었다. 그러다 만난 여자가
여자다운 구석이란 찾을 수 없는 박색(薄色)이었다. 자신은 원체 못생
긴 여자를 좋아했다면서, 미색(美色)이 뛰어난 여자를 얻었을 때의 폐
해를 장황하게 늘어놓았다. 당시에는 중매쟁이의 말만 믿고 첩을 고
를 수밖에 없었는데 중매쟁이의 말과는 영 딴판인 경우도 많았던 모
양이다. 모모와 무염과 같은 천하의 추녀보다는 낫다고 하면서, 못생
겼지만 어떻게든 정을 붙이고 살려는 눈물겨운 노력이 인상적이다.

온 하늘에선 꽃잎을 뿌리고, 장수(張宿, 별자리 28수의 하나)에선 빛을 보내네. 백 년의 좋은 약속, 월하노인(月下老人)이 인연을 맺어주셨네. 무엇보다 즐거운 것은 새로 만난 사람, 오늘 밤은 기이한 만남 일어난 밤일세. 이 몸의 문장이 세상을 놀라게 할 것이랴마는, 풍류는 결코 남에게 양보하지 않지요. 법희(法喜)로 아내를 삼아 제불보살(諸佛菩薩)께 마음을 쏟는다 해도, 애정에 사로잡힌 내가 잊지 못하는 것은 재자가인(才子佳人)이라. 족하께서 귀한 딸을 제게 주어 소실로 삼도록 허락해주오. 붓과 벼루의 빛을 내고, 수건과 빗을 맡길 자 그대가 진정 적임자 아니겠소? 지록(芝麓, 공정자의 자로 안휘성 합비 사람)의 연인 횡파부인[橫波夫人,『판교잡기(板橋雜記)』에 나오는 진회팔염(秦淮八艶)의 1인으로 여장부]이나 소산(蕭山) 사람 모기령(毛奇齡)의 첩 만주(曼殊)의 품에서 이 몸은 늙어가려 한다오. 향기 나라의 좋은 풍경이요, 술 세계의 세월이 되겠지요. 구슬을 헤아려 폐물을 드리려니 부끄러워, 향을 가려 성함을 물을까 합니다. 주보(酒譜)와 다경(茶經)은 그대를 기다려 비취 탁자에서 뽑내고, 글씨 쓰고 문장 엮는 일은 난향 풍기는 규방에서 어울려 하고자 합니다.[22]

유득공(柳得恭)의 『고운당필기(古芸堂筆記)』의 「초정소실혼서(楚亭小室婚書)」에 나오는 글이다. 1792년 박제가의 부인 덕수 이씨가 세상을 떠난다. 박제가는 부인과의 사이에 아들과 딸을 각각 셋을 두었다. 상처한 후 안의현에 있는 박지원을 찾아간 그에게 박지원은 열세 살 먹은 기생을 천침(薦枕)하게 하고, 첩으로 삼을 것을 제안한다. 하지만 박제가는 기생이 너무 어리다는 이유로 거절한다.[23] 그 후 서울에 사는 장 씨를 첩으로 얻게 된다. 위의 글은 이때 박제가가 유득공에게 부탁하여 받은 혼서(婚書)이다. 보통 혼서는 매우 격식적인 글이어서 장난기로 작성하지는 않는다. 상처한 친구가 소실을 맞는 것을 기뻐하는 친구들의 마음도 있지만, 기본적으로 소실을 얻는 일이 그다지 진지하거나 심각한 상황과는 거리가 멀었음을 보여준다. 전반적으로 소품(小品)의 구기(口氣)가 가득한 글이다.

3

애정이 늘그막에 심하여져서	風情衰境甚
아름다운 여인을 맞이해왔네.	迎得美姬來
흰 털을 뽑는 건 흰머리 싫어해서고	鑷白嫌銀鬢
화장하는 건 예쁜 뺨 사랑해서네.	鉛紅愛玉腮
구름 속에 난새와 학이 짝지어 있고	雲間鸞伴鶴
눈 속에 버드나무 옆 매화가 있네.	雪裏柳傍梅
늙수레한 말이 꼴과 콩을 탐하면	老馬探蒭豆
당연하게 질병의 빌미 되리라.	應爲疾病媒

• 임광택(林光澤), 「이웃 친구가 소실을 들였다는 말을 듣고 장난삼아 이 시를 지어준다(聞隣友納小室戲贈)」

늦바람이 들어 첩을 들여온 친구에게 써준 시이다. 늙은 친구와 젊은 첩을 색채적으로 대비되는 시어를 통해 나타냈다. 전반적으로 유쾌한 어조로 진행되면서 절반은 시샘이고, 절반은 농을 담고 있다. 늙은 사람이 지나치게 호색을 하다가는 건강을 잃기 십상이라고 끝을 맺고 있다. 첩에 대한 시에는 이렇듯 '희(戲)'라는 표제가 붙은 시가 적잖다.

신윤복(申潤福), 「사시장춘(四時長春)」, 종이에 담채, 27.2×15cm, 국립중앙박물관.

그것은 만시에도 예외가 아니다. 남성들의 첩에 대한 의식을 단적으로 보여준다.

옛날에 학 타고서 양주자사 되겠다 했다는데　　　古稱騎鶴上楊州
자네에게 첩 있으니, 자는 막수라 했네.　　　君有佳人字莫愁
동각의 관매는 전혀 관여치 않았으니　　　東閣官梅渾不管
꽃처럼 예쁜 여인 술청에 있어서네.　　　如花嬌艷坐壚頭
• 홍주국(洪柱國), 「장난삼아서 양주 목사인 임규에게 준다. 임규가 젊은 첩을 새로 얻었다(戲贈楊州牧任文仲奎○文仲新卜小妾)」

홍주국(1623~1680)이 임규(任奎, 1620~1687)에게 준 시이다. 양주자사(揚州刺史)는 온갖 것을 다 갖춘 사람으로, 보통 실현 불가능한 소망을 일컫는 말로 쓰인다. '막수(莫愁)'는 당(唐)나라 때 석성(石城)의 여자로 가요(歌謠)를 매우 잘하였는데, 그녀가 열다섯에 노 씨의 집에 시집을 갔다고 한다. '관매(官梅)'는 지방관을 가리키는 말로 쓰인다. 여자한테 푹 빠져서 혹시라도 공무(公務)를 소홀히 처리할까 하는 염려를 담고 있다.

그대들 한 몸 되는 한바탕 놀이에서　　　暮雨朝雲劇戲場
7분쯤의 능력도 감당키 어려우리.　　　七分本事勢難當
한창 때 돌아보면 속에서 천불나니　　　翻思盛壯心頭火
그대 나이 40년 전에는 열다섯 살이었네.　　　四十年前十五郎
• 김려(金鑢), 「김요장이 첩을 얻어서 시를 써서 놀리고 조롱한다(金僚長卜姓詩以戲嘲)」

첩

김려가 친구인 김기서(金箕書, 1766~1822)가 쉰다섯 살에 첩을 들일 때 써준 시로 모두 아홉 수이다. 성적인 느낌이 물씬 풍긴다. 그런데 왠지 성적 능력이 감퇴되는 나이에 정욕을 과신하는 허풍이 안쓰럽고 익살스럽다. 몸은 마음처럼 따라주지 않으니, 한창 때를 떠올려보면 속에서 울컥하는 마음도 없지 않을 것이다. 사실은 그 나이에 젊은 여자를 얻어 네가 감당할 수나 있겠냐며 친구를 짓궂게 놀리고 있다.

4

예를 갖추어 맞이하면 처가 되고 예를 갖추지 않고 맞이하면 첩이 되는 것이니, 귀함과 천함의 구별이 있다. 처를 정실이라 하고 첩을 측실이라 하는 것이니 적서의 차등이 있다. 명분이 엄격하니 어지럽혀서는 안 된다.

맹자께서 "순종을 정도로 삼는 것이 아녀자의 도리이다"라고 하셨으니, 하나라도 순종하지 않는 것은 첩이 할 바가 아니다.

첩은 자신이 섬기는 사람을 임금이라 부르니 이것은 신하가 임금을 섬기는 것과 같음을 말하는 것이다.

군이 사랑해주어도 감히 교만해서는 안 되며, 군이 성을 내도 감히 원망해서는 안 된다.

군의 옆에서 모실 때는 얼굴빛을 온화하게 하고 목소리를 부드럽게 해야 한다. 일을 시킬 때에는 재빠르게 행동하고, 응대할 때에는 공손히 해야 한다.

군이 명령을 내리면 두 번 말할 때까지 기다려서는 안 된다.

군이 꾸짖어 벌을 주면 순순히 받아들여 죄로 받아들여야 하지,

끊어진 줄,
너를 통해 이으려 했네

감히 자신이 옳다고 해서는 안 된다. 일을 마음대로 하지 말고 반드시 묻고 난 뒤에 행동해야 한다.

세면도구를 받들고 키와 빗자루를 잡는 것은 첩의 직분이니, 부지런히 힘써 게을리하지 않아야 한다.

군에게 병이 있으면 약을 맛보고 죽을 끓이는 데 밤낮으로 게을리해서는 안 된다.

바깥일에는 관여하지 말고, 개인의 재물을 탐하지 않아야 하니, 군에게 누를 끼치지 말아야 한다.

첩은 군의 앞에 있을 때에 식구들의 잘못을 말해서도 안 되고, 비방하고 헐뜯는 것을 가까이해서는 안 된다.

첩은 군의 처를 여군이라 불러야 하니, 첩이 여군을 섬길 때에는 마땅히 며느리가 시어머니를 섬기듯이 해야 한다.

여군이 살아 있으면 충성으로 섬기고, 여군이 죽으면 정성껏 제사를 지내야 한다.

군의 부모에게 효도하고, 군의 형제에게 공경하며, 군의 자녀에게 공손해야 한다.

여군이 없어서 군의 큰며느리가 집안일을 주관하게 되면, 집안일을 돕고 한결같이 명령을 들어야 한다.

윗사람을 받들고 아랫사람을 대할 때에는 종들과 다투어서는 안 된다.

몸은 비록 천하더라도 군 가까이에 있는 자이니, 몸가짐을 반드시 삼가고 내외의 구분을 반드시 엄격히 해야 한다.

투기는 나쁜 행실이니 칠거지악에 해당한다. 본처도 쫓아내는데 하물며 첩은 어떻겠는가. 삼가야 할 것이다.

무당과 점을 믿지 말고, 이단에 홀림을 당하지 말지니 반드시 집안을 어지럽히기 때문이다.

계문자의 첩은 비단옷을 몸에 걸치지 않았으니 어찌 본받지 않을 수 있겠나.

석숭의 첩 녹주는 사치 때문에 패가망신하였으니 어찌 경계하지 않을 수 있겠는가.

너는 어진 첩이 되고자 하는가, 아니면 악한 첩이 되고자 하는가. 너는 그것을 생각하여라.[24]

• 박윤원(朴胤源), 「측실을 타이르는 글(戒側室文)」

‘계(戒)’를 표제로 한 글은 많지만, 첩을 대상으로 하여 ‘계’를 표제로 단 글로는 이 작품이 거의 유일한 것으로 보인다. 애초부터 첩이란 무엇인가를 타이르고 경계할 대상조차 되지 못하는 존재였다. 이 글에는 첩에 대한 의무만 잔뜩 있고 권리는 하나도 없다. 첩의 지위는 본처는 물론이거니와 맏며느리보다 낮다. 이러한 처지이니 종들에게 말발이 먹힐 리 만무하다. 아마도 종들과 엇비슷하거나 그보다 좀 나은 처지였던 것으로 보인다. 한마디로 입 닫고서 하라는 대로 하고만 살라는 말이다. 본처도 쫓아내는 마당에 하찮은 첩은 어떻겠냐며 은근한 협박도 불사한다.

5

사마상여가 무릉 땅에 돌아가 누운 것은	相如歸臥茂陵園
문장의 공이 이뤄지자 소갈병에 괴로워서였네.	翰墨功成肺渴煩
다만 의아한 건 탁문군은 적막함 달게 여기는데	但訝文君甘寂寞

끊어진 줄,
너를 통해 이으려 했네

홀로 고생스럽게 장문부를 지은 일이네.　　　　　獨敎辛苦賦長門

• 이민구(李敏求), 「천첩이 뜻밖에 기운을 상하게 될까 내가 글 쓰는 것을 규제

하였으니 그 말이 또한 이치가 있어서 장난삼아 쓴다(賤妾規我著述當不虞損

氣 其言亦有理 戱書)」

　한(漢)나라의 문장가인 사마상여(司馬相如)가 소갈병 때문에 벼슬을
그만두고 고향인 무릉(茂陵)에 가 있었다. 그때 무릉 땅의 여자를 첩으
로 맞으려 했더니 이에 본처인 탁문군(卓文君)이 「백두음(白頭吟)」을
지어 결별의 뜻을 드러내자 취소했다는 고사가 있다. 「장문부(長門賦)」
는 사마상여가 지은 작품으로, 한무제(漢武帝)가 진황후(陳皇后)를 멀
리했다가 이 글을 읽고 다시 진황후를 총애했다고 한다.

　아무리 첩의 처지가 변변찮아도 부부의 정리(情理)가 없지는 않았
을 것이다. 매일 글을 쓰는 데에 몰두해 있으니 첩이 좀 어지간히 하고
쉬라며 만류했던 것 같다. 본처는 자신의 마음을 되돌리려고 「백두음」
같은 글을 짓지도 않는데, 자신은 「장문부」 같은 글을 쓰느라 기력을
소진하고 있다고 했다. 사실 본처도 조용히 있는데 너도 좀 잠자코 있
으라는 농이 담긴 시이다.

　　　내게 술 마시지 말라 권고했으니　　　　　勸我勿飮酒

　　　도언은 오히려 의지할 만하네.　　　　　　塗言尙可依

　　　하물며 네가 주인을 그리워하는 정으로　　況汝戀主情

　　　진정어린 충고 어찌 차마 어길 터인가.　　忠規寧忍違

　　　돌아보건대 나도 할 말 있으니　　　　　　顧我亦有辭

작자 미상, 「가두매점(街頭賣店)」, 『풍속도』, 비단에 채색, 76×39cm, 국립중앙박물관.　〉

네 마음 비난하지 않으려 하네.　　　　　汝心能不非

집 가난해 반찬도 모자랐는데　　　　　家貧乏鮭菜

더군다나 부엌에는 고기가 풍족하겠나.　　况有庖肉肥

비록 하루에 두 끼 먹는다 하나　　　　雖云日再食

그 실상은 배가 늘상 주리는구나.　　　其實腹長饑

요기하기 쉬운 것 구하려 한다면　　　欲求易療者

오직 술만이 거의 가까운 것이네.　　　唯酒其庶幾

몇 해째 세상 변화 겪게 되어서　　　年來經世變

근심과 걱정으로 늘 탄식게 하네.　　憂戚常噓唏

봄에 핀 꽃과 가을에 뜬 달빛에　　　春花與秋月

억지로 노래해도 기쁨은 작네.　　　強歌歡情微

그 사이에 만약에 술이 없다면　　　其間若無酒

무엇으로 쌓인 근심 풀 수 있으랴.　　何計解愁圍

큰 사발로는 하나면 또 충분하고　　大甌一亦可

작은 술잔은 여러 잔 마셔야 하네.　　小盞當屢飛

기가 도는 데에는 약보다도 빠르고　　行氣捷於藥

추위 막아 따스함 옷보다 낫네.　　防寒溫勝衣

읊을 때에는 시가 술술 나오고　　朗吟詩易鈞

고담할 땐 신기를 발휘하였네.　　高談神發機

이러한 즐거움은 말할 수 없으니　　此樂不可言

술값으로 천금 써도 어찌 족히 마다할까.　千金安足揮

묘소가 다닥다닥 붙은 북망산 흙은　　纍纍北邙土

귀천에도 가는 곳은 다를 바 없네.　　貴賤同所歸

평생토록 정신이 또렷한 사람도　　平生獨醒人

젊은 나이로 황천으로 들어간다네.　　妙齡入泉扉

내 비록 술을 마구 마셔대지만	我雖飮不節
나보다 연장자도 이제 드무네.	年今過者稀
관직 있던 사람은 관둬야 하지만	有官當致仕
이미 내쫓겼으니 또 무엇 바라랴.	旣黜又何希
까닭 없이 술을 먹지 않으면	無端屛所嗜
남들의 비웃음만 부르게 되네.	只招人笑譏
미치광이 말은 사람의 환심을 잃고	狂言失人歡
맨몸 보이면 위엄을 손상케 되네.	袒體損其威
이런 허물이 과연 있을 것이니	此愆果有之
이제부터는 마땅히 가죽 줄 차리.	從今當佩韋

• 이서우(李瑞雨), 「첩이 술을 끊으라 권해서(妾勸止酒)」

여유도 없는 형편에 매일 술로 세월을 보내니 견디다 못해 첩이 술 좀 작작 마시라고 잔소리를 하자 지은 시이다. 시는 첩에 대한 섭섭함, 자기변명, 충고에 대한 고마움이 담겨 있다. 어떤 일인지 자세히 확인할 수 없지만 벼슬에서 물러났던 때가 아니었을까 짐작할 수 있다. 자포자기 심정으로 술만 찾다가 첩의 진심 어린 충고에 마음을 돌리려 했다. 이 시에서도 부부 사이와 다름없는 살뜰한 정이 느껴진다.

6

탄식하노라, 동파 노인의	歎息東坡老
험한 팔자 우연히 그대 같음을.	奇窮偶似君
어찌하여 늘그막 나이 되어서	如何臨暮景

다시 한 번 소실을 잃게 되었나.　　　　　　　又復哭朝雲

생사의 처지에 정이 갈라지는데　　　　　　情割存亡地

모자(母子) 무덤에 슬픈 맘 이어지네.　　　　悲連子母墳

홀로 밝고 고운 자질 가여워하니　　　　　　獨憐明艶質

경문을 외워봐도 이해 안 되네.　　　　　　　未解誦經文

• 이민구(李敏求), 「그 뒤 열흘 만인 동짓달 24일에 첩이 죽었다. 서글픈 회포를 짓는다(後十日至月二十四日妾亡 逃哀)」

　소동파는 두 명의 아내와 첩이 있었다. 1054년 열여덟 살의 나이로 첫 번째 부인인 왕불을 얻었는데, 1065년 여섯 살 된 자식을 남기고 스물일곱 살에 세상을 떠나자 아내의 무덤에 3만 그루의 소나무를 심었다고 전해진다. 아내가 죽은 뒤 꿈에서 아내를 보고 「강성자(江城子)」를 지었다. 1068년에 두 번째 부인인 왕불의 사촌 동생 왕윤지를 얻었지만, 그녀도 1093년 병을 얻어 갑자기 세상을 뜨면서 전실 소생의 아이와 자신의 핏줄 하나를 남겨놓는다. 이때 그녀를 애도하는 「접련화(蝶戀花)」를 썼다. 끝으로 1071년 가기(歌妓) 왕조운을 만났지만, 소동파의 나이 예순 살에 왕조운마저 세상을 떴다. 이때 지은 작품이 절창으로 알려진 「서강월(西江月)」이다. 이민구도 역시 여러 번 상처를 경험한 것으로 보인다. 측실에게 이억규(李億揆)와 이말규(李末揆) 두 명의 자식을 두었다는 기록이 남아 있다. 첩을 묻고 온 그곳은 자식도 묻힌 땅이니 마음이 무너진다. 살아생전 모습이 자꾸 눈에 밟혀서 마음을 다잡으려 읽는 경서가 머리에 들어오지 않는다 했다.

10년간 절구와 솥에 신고와 고생을 갖췄으니　　十年臼鼎備辛艱

애정은 아내와 첩 사이를 어찌 논할 것인가.　　情意寧論婦妾間

| 한밤중에 깜짝 놀라 불러도 묵묵부답 | 半夜驚魂招不得 |
| 눈물 섞어 난새를 차마 보기 어렵구나. | 不堪和淚對孤鸞 |

• 정충신(鄭忠信), 「죽은 첩의 거울에 쓴다(題亡妾鏡)」

10년 동안 지극 정성으로 살림을 꾸렸다. 그간의 애정이야 첩이라 해도 아내와 다를 바 없었다. 그러니 그대가 떠난 자리가 너무도 크기만 하다. 한밤중에 퍼뜩 잠에서 깨어 찾아보아도 내 곁에 그녀는 없다. 죽은 첩이 즐겨 사용했던 거울만이 주인을 잃고 놓여 있으니 그것만 보아도 눈물이 줄줄 흐른다.

유세차 갑자년(甲子年) 2월 임신삭(壬申朔) 아무 날에 남편 희양 거사(希陽居士)는 국상[國哀]으로 빈소에 있어서 감히 제물을 따로 차리지는 못했다. 다만 아침의 상식 때를 틈타서 죽은 첩인 송랑 (宋娘)의 영전에 고한다. 아! 나와 자네가 함께 산 지 27년 만에 자 네는 죽었다. 죽고 난 뒤에 생각해보니 무슨 일인들 생각나지 않을 수 있겠는가. 가장 뚜렷한 것은 옛날 내 아버지가 병들었을 때 자 네가 정성을 다해서 탕약 끓이기를 3년 동안 하루처럼 했던 일이 다. 그 공은 내가 기억할 만하다. 그동안 일찍이 여군(女君)[25]을 대 신하여 제구를 살펴었다. 제구를 반드시 정갈하게 하였으니 그 정 성이 칭찬할 만하다. 작년 여름에 죄 없는 봉아(鳳兒)가 죽었을 때 깊은 원한 때문에 병에 걸려서 죽었으니, 그 실정은 서글퍼할 만하 다. 자네의 공과 정성과 정을 생각하니 나도 모르는 사이에 대장부 가 눈물이 많게 된다. 아! 슬프다.[26]

• 임헌회(任憲晦), 「자신의 죽은 첩 송랑에 대한 제문(祭亡妾宋娘文)」

끊어진 줄,
너를 통해 이으려 했네

첩은 자신과 27년이나 함께했다. 아버지가 병들었을 때는 3년 동안 한결같이 병수발을 들어주었고, 본처를 대신해서 제사 용품도 직접 잘 건사하였다. 그러던 그녀가 아이를 잃은 아픔에 병이 깊어져 세상을 뜨게 되었다. 첩을 생각하면 공(功)과 정성과 정(情)이 떠오른다고 했다. 짧지만 첩에 대한 고마움과 사랑을 담뿍 담은 글이다.

7

공식적으로는 1915년 조선총독부에 의해 축첩 제도는 종언을 고했다. 암암리에 첩을 두는 경우가 지금도 있을 터이지만 공식적으로는 불가능하다. 하지만 치정(癡情)과 내연(內緣)에 관련해서는 여전히 단골로 등장하고 있으니 이 문제는 아직도 현재 진행형일지도 모른다.

첩을 맞이하는 장면, 첩에 대한 다양하고 복잡한 의무, 아내와 다를 바 없이 고마운 충고를 건네는 장면, 가난 때문에 피치 못해 첩을 돌려보내는 경우, 서울에 돌아갈 때 데려가달라고 떼를 쓰는 장면, 죽은 첩에 대한 미안함과 안쓰러움 등은 첩이 갖는 음습하고 불온한 이미지와는 조금 다르다. 첩은 언제나 위태로운 신분이었다. 언제나 버려질 수 있고, 잊힐 수 있는 존재였다.

첩을 얻는 경위는 매우 다양하다. 상처했지만 재취를 들이지 않고 첩을 두거나, 아내가 살아 있지만 첩을 들이는 경우가 있었다. 외직에 나가거나 유배에 처했을 경우 상황에 따라 불가피하게 첩을 두기도 했다. 첩의 신분에 따라 기녀, 천민, 양민, 서녀까지 아주 다양하다. 첩은 최소한의 보호 장치도 없이 노동과 정욕만을 채우기 위한 존재로, 실질적으로 아내의 역할을 하면서도 아내로 대접받지는 못했다. 첩은 남성은 물론이거니와 여성에게도 타자였다.

처첩(妻妾) 갈등에 대하여 주로 이야기한다. 실제 갈등의 주범은 남자인데도 그러한 상황을 수수방관한다. 처첩들의 화해만을 요구하고 그렇지 못하면 부덕(婦德)이 부족한 소치로 몰고 나간다. 조선 시대 남성의 이중적인 성 관념도 위선적이다. 문집에는 여색(女色)을 경계한다는 글을 쓰지만 실제로 그 문제를 그리 엄격하게 경계했는지 알 수 없다. 아내가 버젓이 있어도 첩을 두었으며 유배지나 외직에서의 성관계는 일기에 밝힐 만큼 꺼릴 만한 것도 아니었다.

그렇다고 첩을 두는 것을 본처가 무조건적으로 순종하고 받아주었던 것은 아니며 만만치 않은 방법으로 저항하기도 했다. 신천 강씨의 편지를 보면 이러한 상황을 알 수 있다. 김훈과 신천 강씨 부부 사이에 사단이 난 것은 김훈이 선현역 찰방이 되면서부터다. 김훈이 첩을 얻겠다고 밝히자 아내는 다음과 같이 말한다. "사위에게도 말하지 마라. 너희만 보아라. 이렇게 앓다가 너무 힘들면 내 손으로 죽고자 한다. 암말 않고 소주를 독하게 해서 먹고 죽을까 생각도 한다."

첩의 불행도 불행이거니와 둘 사이에 낳은 소생에 대한 태도는 더욱 위태롭다. 첩에게서 낳은 자식은 평생 서얼이란 꼬리표를 뗄 수 없다. 서얼이 어떠한 존재이며 어떠한 취급을 받았는지 아비 되는 사람이 몰랐을 리 없을 것이다. 그나마 그러한 자식을 거두는 것은 점잖은 편이고, 아예 나 몰라라 모른 척하는 일이 많았다.

수많은 여인이 첩이란 이름으로 살았다. 지금의 '세컨드'라는 말이 갖는 부정적 이미지 때문에 그들의 가려진 삶은 더욱 드러나지 않았다. 의무는 아내와 다를 바 없었지만 권리는 철저히 거세된 존재, 살아서나 죽어서도 남편 곁에 자리할 수 없었던 슬픈 이름이다.

후주

고사리 손으로 먹 장난치던 네가 그립구나 _아버지와 딸[11면]

1 "嗚呼! 凡兒女之仰其父也, 莫不以爲愛己莫我父若也, 賢知亦莫我父若也. 唯父言, 信
而從, 有或爲父者, 處其兒 不得其道, 使兒喫得狼狽, 兒却不怨其父, 而號訴父不已.
汝之信汝父, 殆有甚焉, 而汝之一生間關, 以汝父也. 然一未嘗有幾微色焉, 而常願父
之善指導焉. 及汝病也, 謂唯汝父能活汝, 望乎而來, 又治之失, 宜使汝死. 汝更不忍忘
父, 臨絶, 摩挲父手, 愛不能捨. 爲汝父者, 到此, 却作如何心腸? (……)"
2 박동욱, 「산운(山雲) 이양연(李亮淵)의 시세계(詩世界) 연구(研究)」(한양대학교 석사학
위논문, 2000), 44면 참조.
3 이덕무(李德懋), 『청장관전서(靑莊館全書)』35권, 「청비록(淸脾錄)」 '소천시(篠川詩)'
에 "金佐郎基長, 字一元, 號篠川, 嘗從金鳳麓履坤爲詩, 詩甚新雅澹警"이라 했다.

세상에 다시없는 내 편을 얻다 _자식[35면]

1 한유(韓愈)의 「기노동(寄盧仝)」에서 "去年生兒名添丁, 意令與國充耘耔"라 하였고, 소
식(蘇軾)의 「안국사심춘(安國寺尋春)」에서 "病過春風九十日, 獨抱添丁看花發"이라 하
였다.
2 허청웨이, 『중국을 말한다』, 김동휘 옮김(신원문화사, 2008), 174면 참조.
3 『시경(詩經)』 「소아(小雅)」 '사간(斯干)'에 "태인(太人)이 꿈을 점치니 곰과 큰 곰
은 남자를 낳을 상서요. 큰 뱀과 뱀의 꿈은 여자를 낳을 상서로다(大人占之, 維熊維
羆, 男子之祥, 維虺維蛇, 女子之祥)"라고 했다. 또 "아들을 낳으면 구슬을 가지고 놀
게 하고, 딸을 낳으면 실패를 가지고 놀게 한다(乃生男子, 載弄之璋, 乃生女子, 載弄之
瓦)"라는 말이 나온다.
4 『예기(禮記)』 「내칙(內則)」에 "男子設弧於門左, 女子設帨於門右"라 나온다.
5 한(漢)나라 위현(韋賢)의 네 아들이 모두 훌륭하게 되었는데, 그 아들 현성(玄成)도
승상(丞相)에 오르니, 당시 추로(鄒魯) 사람들이 "바구니에 꽉 찬 황금을 자식에게

남겨주는 것이 한 경서를 가르치는 것만 못하다(遺子黃金滿籝, 不如一經)"라고 하였다. 『한서(漢書)』 권73, 「위현전(韋賢傳)」 참조.

6　한나라 석분(石奮)은 만석군(萬石君)이라 불리었던 인물이다. 그는 공경(恭敬)을 잘하는 사람으로 이천 석에 이르렀고, 아들 석건(石建)과 석갑(石甲), 석을(石乙), 석경(石慶) 네 형제도 모두 이천 석에 이르렀으므로 만석군이라 일컬어졌다.

7　순숙(荀淑)의 여덟 명의 아들은 모두 재주가 뛰어나 팔룡(八龍)이라고 일컬어졌다.

8　후한(後漢) 공융(孔融)의 「여위단서(與韋端書)」에서 "不意雙珠, 近出老蚌"이라 했던데에서 나온 말이다.

9　진(晉)나라 등유(鄧攸)가 피난길에 위험이 닥치자 아들을 버리고 조카를 보전하여결국 대(代)가 끊겼다는 고사이다. 아들이 없음을 탄식하는 전고(典故)로 쓰인다. 『진서(晉書)』 권90, 「등유전(鄧攸傳)」 참조.

10　장중주(掌中珠) 또는 장상주(掌上珠)로 쓰인다. 손바닥 위에 있는 구슬을 뜻하며, 매우 사랑을 받는 사람이나 부모의 귀여움을 독차지하는 자식을 비유하는 말이다.

11　음력 오월 초닷샛날에 태어난 자식으로 부모에게 해롭다는 속신(俗信)이 있어 기르지 않고 버렸다. 『사기(史記)』 「맹상군열전(孟嘗君列傳)」에 "文(孟嘗君)以五月五日生, 嬰告其母曰: '勿舉也.' 其母竊舉生之. 及長, 其母因兄弟而見其子文於田嬰. 田嬰怒其母曰: '吾令若去此子, 而敢生之, 何也?' 文頓首, 因曰: '君所以不舉五月子者, 何故?' 嬰曰: '五月子者, 長與戶齊, 將不利其父母'"라 하였다.

12　진송(晉宋) 때의 속어(俗語)이다. '이러한 아이'라는 뜻으로 보통 총명하고 영특한 아이를 가리키는 말로 쓰였다. 진나라 때 왕연(王衍)은 총명하고 풍채가 뛰어나 그가 총각 때 산도(山濤)를 방문하였다. 산도가 한참 동안 감탄하며 떠나려는 그를 눈여겨보면서 말하기를, "어떤 아낙이 이러한 아이를 낳았단 말인가(衍, 字夷甫, 神情明秀, 風姿詳雅, 總角嘗造山濤, 濤嗟歎良久, 旣去, 目而送之曰: '何物老嫗, 生寧馨兒!')"라고 했던 데서 나온 말이다.

13　조조(曹操)가 일찍이 손권(孫權)의 정돈된 군오(軍伍)를 보고 감탄하여 말하기를 "자식을 낳으려거든 마땅히 손권처럼 낳아야 할 것이니 유표(劉表)의 자식은 개돼지 같을 뿐이다(生子當如孫仲謀, 劉景升兒子, 若豚犬耳)"라고 한 데서 온 말이다.

14　「생자시(生子詩)」에 "가을 달 아래 때늦게 단계의 열매 생기고, 봄바람에 새로이 붉은 난초의 싹이 자라누나(秋月晚生丹桂實, 春風新長紫蘭芽)"라고 하였다. 쉰여덟살에 아들을 얻고 지은 시이다. 『백낙천시후집(白樂天詩後集)』 참조.

15　「하진술고제장생자(賀陳述古弟章生子)」에 "밤에 성대한 가기(佳氣)가 여문에 충만터니, 서경의 둘째 아이를 비로소 보겠네(鬱葱佳氣夜充閭, 始見徐卿第二雛)"라고 한 데서 온 말이다.

16　「서경이자가(徐卿二子歌)」에 "그대는 못 보았나, 서경의 두 아들 뛰어나게 잘난 것을. 길몽에 감응하여 연달아 태어났네. 공자와 석가가 친히 안아주었다니, 두 아이 모두 천상의 기린아네. 큰아이는 아홉 살에 용모가 깨끗하여 가을물 같은 정신에 옥 같은 골격일세. 작은애는 다섯 살에 소를 잡아먹을 기개라, 당에 꽉 찬 손님들이 다들 머리 돌려 감탄하네(君不見徐卿二子生絶奇, 感應吉夢相追隨. 孔子釋氏親抱送, 竝是天上麒麟兒. 大兒九齡色淸徹, 秋水爲神玉爲骨. 小兒五歲氣食牛, 滿堂賓客皆回頭)"라고 하였다. '서경(徐卿)'에서 '경(卿)'은 존칭이고 이름은 상세히 알 수 없으나, 보통 서지도(徐知道)로 추정한다.

17 치절(痴絶): 우직하거나 세속과 어울리지 못하여 홀로 자유롭게 사는 것을 이른다. 본래는 진대(晉代)의 고개지(顧愷之)를 이르는 말이다.

18 원주(原註)에는 "칠절생(痴絶生)은 『철경록(輟耕錄)』에 보인다(痴絶生見輟耕錄)"라고 나온다.

19 이 시에는 상대한 분량의 병서(並序)가 함께 실려 있는데, 여기에 자세한 정황이 나온다.

20 무당이나 점쟁이 말에 따라 수명이 늘기도 하고 짧아지기도 하니 믿을 게 없다는 뜻으로 보인다.

21 상술(相術)에서 사람의 두 눈썹 사이, 또는 이마의 중앙을 가리킨다.

22 풍하(豐下): 아래턱이 풍만하여 얼굴이 네모져 귀한 관상이다. 『좌전(左傳)』 「문공원년(文公元年)」에 "穀也豐下, 必有後於魯國"이라 했다.

23 편로(偏顱): 건문제(建文帝)가 골상(骨相)이 찌그러진 채 태어났는데, 뒤에 황제에 즉위하였다. 1402년 성 함락 이후 행적이 묘연해 당시 성안에서 불에 타 죽거나 인근에서 자살한 것으로 전해진다. 『명사기사본말(明史記事本末)』 참조.

24 마갈궁(磨蝎宮)의 약칭이다. 좌절이나 비방의 운을 상징하는 별자리다.

25 이 시에는 당시의 정황을 알 수 있는 기록이 부기되어 있는데, 그 내용은 다음과 같다. 한국고전번역원의 번역을 따른다. "내가 일흔다섯 살에 아들을 낳고 여든한 살에 또 아들을 낳았으니, 모두 비첩의 몸에서 태어났다. 여든 살에 자식을 낳은 것은 근세에 드문 일로 사람들은 경사라 하나 나는 재변이라고 여긴다. 장난 삼아 두 절구를 지어서 서교(西郊, 송찬)와 죽계(竹溪, 한안) 두 늙은 친구에게 보냈더니, 두 노인이 모두 화답하였다. 그런데 이것이 세상에 전파되었으니 더욱 우습다."

26 박동욱, 「고사리 손으로 먹 장난치던 네가 그립구나」, 『문헌과 해석』 53호(2010).

27 독립운동가로 자는 장지(章之), 호는 수봉(壽峯)으로 일명 박(樸)이라 불렸다. 영남의 거유(巨儒)로 1919년부터 1931년 만주사변이 일어날 때까지 전국 각지를 내왕하면서 군자금을 모집해, 대한민국 임시정부에 계속 송달해주어 임시정부를 크게 고무하고 진작시켰다.

28 '계해(癸亥)'라는 기록이 『조야시선(朝野詩選)』에는 없지만, 『천뢰시고』에는 있다.

꽃다운 모습, 그 누구 때문에 시들었을까 _아내[55면]

1 "你儂我儂, 忒煞多情, 情多處, 熱似火. 把一塊泥, 捻一個你, 塑一個我. 將咱們兩個一齊打破, 用水調和. 再捏一個你, 在塑一個我. 我泥中有你, 你泥中有我. 與你生同一個衾, 死同一個槨."

2 중국 원대(元代)의 여류 화가로 자는 중희(仲姬)이고 오흥(吳興) 출신이다. 지원 26년(1289)에 결혼하여 재색을 겸비한 현부인으로 이름이 높았다. 연우 4년(1317)에는 위국(魏國) 부인이 되었다. '매란죽석(梅蘭竹石)' 그림에 능했으며, 「묵죽도(墨竹圖)」와 「죽와도(竹窩圖)」가 특히 유명하다.

3 곽주(郭州)의 편지에 대해서는 다음의 책이 참고가 된다. 백두현, 『현풍곽씨언간
   주해』(태학사, 2003).

4 '삼불거(三不去)'란 시부모를 위해 삼년상을 치른 경우, 혼인 당시 가난하고 천한
   지위에 있었으나 후에 부귀를 얻은 경우, 이혼한 뒤에 돌아갈 친정이 없는 경우
   에는 도리상 아내를 버려서는 안 된다는 것이다.

5 "婢, 魏孺人媵也. 嘉靖丁酉五月四日死, 葬盧丘. 事我而不卒, 命也夫! 婢初媵時, 年
   十歲, 垂雙鬟, 曳深綠布裳. 一日天寒, 爇火煮荸薺熟, 婢削之盈甌: 予入自外, 取食之;
   婢持去, 不與. 魏孺人笑之. 孺人每令婢倚几旁飯, 卽飯, 目眴冉冉動. 孺人又指予以
   爲笑. 回思是時, 奄忽便已十年. 吁, 可悲也已!"

6 이복현에 대해서는 다음의 논문이 참고가 된다. 이현일, 「석견루 이복현 시 연구」,
   『고전문학연구』 제40집(한국고전문학회, 2011). 여기의 번역을 참조했다.

7 박동욱, 「동호거실에 나타난 자아의식 연구」, 『온지논총』 29집(온지학회, 2011). 여
   기에 이언진의 가족 문제가 상세히 정리되어 있다.

8 한국고전번역원의 번역을 따른다.

9 정민, 『삶을 바꾼 만남』(문학동네, 2011), 407면 참조. 『하피첩(霞帔帖)』의 사연은 정
   민, 「다산의 부정이 담긴 매조도(梅鳥圖) 두 폭」, 『한국학, 그림과 만나다』(태학사,
   2011)에서 자세히 다루었다.

10 김영진, 「효전 심노숭 문학 연구」(고려대학교 석사학위 논문, 1996), 60면 참조.

11 번역은 다음의 책을 따랐다. 정우봉, 『아침은 언제 오는가』(태학사, 2006). "嗚呼! 忍
   言哉? 孺人之於予, 有大恩而不克報, 有至恨而無以慰. 予所以或中夜起坐, 想極如癡,
   五內燥熱, 不能自己者也. 予之南也, 有弊廬十數楹, 不葺且數年, 有薄田在嶺西, 斥賣
   已過半矣. 先妣鳳뽤羸疾, 奄奄在席. 孺人蓬首垢面, 日賃針線, 夜以繼畫, 凡甘之
   需, 藥餌之須, 無少闕焉, 十五年如一日也. 每家書至, 先妣道孺人誠孝不置, 孺人則無
   一言及苦況也. 此大恩不克報也. 孺人平日雖甚苦難, 無怨恨愁嘆聲, 非大病垂死, 則
   不言楚痛也. 予之南也, 初亦不言契闊之苦, 離索之難也. 越十年後, 有書數百行, 有曰
   : "髮之白者, 已不可鑷, 肌之腠者, 且可皺摺, 如是而復見夫子, 反不益羞澁乎?", 非
   死侯至近, 情溢心迫, 則必無有此語也. 此至恨無以慰也. 嗚呼! 忍言哉? 記予在家, 夏
   秋之交, 薪米恒不繼也. 孺人嘗煮苦瓠糝臭豉, 力勸予盡之, 予乞勸孺人一嘗, 相視以
   爲笑. 及後家益落, 兒子且病臥, 苦瓠臭豉, 亦無勸一嘗者, 竟積餒得疾以死. 當予之告
   別, 孺人無一言, 但俛首摩挲予衣裾, 視其眦, 若有凝淚. 及後病亟, 聲嘶氣咽, 亦不能
   一言及予也."

지극한 사랑, 북두성에 이를 만하리 _남매[77면]

1 이복현에 대해서는 다음 논문이 참고가 된다. 이현일, 「석견루 이복현 시 연구」,
   『고전문학연구』 제40집(한국고전문학회, 2011).

2 박동욱, 「이좌훈 한시에 나타난 비애 의식 연구」, 『한국언어문화』 제35집(한국언어
   문화학회, 2008); 조남권·박동욱, 『이좌훈 시전집』(소명출판, 2012).

3   권만(權萬)의 아버지 권두굉(權斗紘)은 조계윤(趙啓胤)의 딸에게서 네 명의 아들을, 금문조(琴文操)의 딸에게서 2남 2녀를 두었다. 권만의 어머니는 조계윤의 딸로 4남 1녀를 두었지만, 딸이 일찍 죽어 족보에는 아들 네 명만 기록된 것으로 보인다.

수명 빌어서라도 네 모습을 보고 싶노라 _할아버지와 손주^{99면}

1   "己子孫本有愛, 他人則益於己而後始愛. 今汝我孫也. 且我老病, 耳目寄於汝, 臥起須 於汝, 書策几杖之役, 汝又皆任之, 其益甚多. 是本愛之外, 亦兼益己之愛者也. 第我無 德可以及汝, 玆書古人格言以贈汝. 汝質性旣美, 復從事於斯, 將來所就, 豈止東國近 時人物而已哉? (……)"

2   "蔡壽有孫無逸, 年才五六歲, 壽夜抱無逸而臥, 先作一句詩曰, '孫子夜夜讀書不' 使 無逸對之, 對曰 '祖父朝朝藥酒猛' 壽于於雪中, 負無逸而行, 作一句曰 '犬走梅花落' 語卒, 無逸對曰 '鷄行竹葉成.'"

3   외할아버지에게 두 살 때부터 시를 배운 김시습(金時習), 할아버지에게 대구를 가 르쳐준 김천령(金千齡), 할아버지의 무릎에서 시를 지어 친척을 놀라게 한 임의백 (任義伯) 등이 있다.

4   김지영, 「한원 노궁 한시 연구」(한국학중앙연구원 석사학위 논문, 2007), 13~15면 참조.

5   "大抵夫婦, 人倫之始, 萬福之原, 雖至親至密, 而亦至正至謹之地. 故曰, 君子之道, 造 端乎夫婦. 世人都忘禮敬, 遽相狎昵, 遂致侮慢凌蔑, 無所不至者, 皆生於不相賓敬之 故. 是以, 欲正其家, 當謹其始, 千萬戒之."

사람이면 아들 있고 며느리도 뉘 없으리 _시아버지와 며느리^{123면}

1   한나라 때 제(齊)의 동해군에 청상과부로 자식도 없이 시어머니를 아주 잘 봉양 하는 효부가 있었다. 시어머니는 늙은 자신 때문에 며느리가 개가하지 않는다고 생각하여 스스로 목을 매어 죽었다. 그 시누이가 "새언니가 우리 어머니를 죽였 다"고 관가에 고발하여 태수가 마침내 효부를 죽였다. 이 일이 있은 후 3년 동안 가뭄이 들어 비가 오지 않았다 한다. 『한서(漢書)』, 「우정국전(于定國傳)」 참조.

2   한태초의 아내인 유효부는 이사를 가던 중 시어머니가 병이 나자 자신의 손에서 피를 뽑아 약에 타서 드렸고, 나중에 이사를 가서 시어머니가 풍질(風疾)을 앓아 운신을 못하여 몸이 썩어 구더기가 생기자 입으로 구더기를 깨물어 죽였으며, 시 어머니 병이 위독해질 때에는 자신의 넓적다리 살을 먹여드리기도 했다. 그러나 끝내 시어머니가 죽자 5년 동안 슬피 통곡하였다 한다. 『명사(明史)』 참조.

3   당나라 때 산남절도사(山南節度使) 최관(崔寬)의 증조모 장손부인(長孫夫人)이 연 로하여 치아가 없어 밥을 못 먹자 며느리인 최관의 조모 당부인이 몇 년 동안 시

어머니인 장손부인에게 젖을 먹여주었다. 『소학(小學)』, 「선행(善行)」에 다음과 같이 나온다. "柳玭曰, 崔山南昆弟子孫之盛, 鄕族罕比. 山南曾祖王母長孫夫人, 年高無齒, 祖母唐夫人, 事姑孝, 每旦櫛縰笄, 拜於階下, 卽升堂, 乳其姑. 長孫夫人, 不粒食數年而康寧. 一日疾病, 長幼咸萃. 宣言無以報新婦恩. 願新婦有子有孫, 皆得如新婦, 孝敬, 則崔之門, 安得不昌大乎."

4　국경을 지키는 일, 또는 그런 병사를 말한다.

5　원문은 다음과 같다. "싀어마님 며느라기 낫바 벽바홀 구루지 마오 빗에 바든 며느린가, 갑세 쳐 온 며느린가. 밤나모 서근 등걸에 휘초리 나니 ㄱ치 알살픠션 싀아바님, 볏 뵌 쇳둥ㄱ치 되죵고신 싀어마님, 삼년 겨론 망태에 새 송곳 부리ㄱ치 샏족ㅎ신 싀누의님, 당피 가론 밧틔 돌피 나니슷치 싀노란 욋곳 ㄱ튼 핏똥 누는 아들 ㄱ나 두고, 건 밧틔 메곳 ㄱ튼 며느리를 어듸klubb 바바 ㄱ시는고."

6　조선 후기 유학자로 자는 창언(昌言)이고, 호는 낭간헌(琅玕軒), 본관은 안동(安東)이다. 고재(顧齋) 이만(李槾) 등과 교유하였다. 저서로 『낭간헌집(琅玕軒集)』이 있다.

7　이 작품들은 필사본에 따라 「촌가(村家)」에 속해 있다.

8　『임연백시(臨淵百詩)』에는 「속계부(屬季婦)」에 속해 있다.

9　필사본에 따라 「촌부(村婦)」로 되어 있다.

10　"向得汝等書, 皆以余在外不獲朝夕侍奉爲恨, 此應然也. 然國君出宮, 人臣義不當在家. 雖婦人輩, 亦宜知此義也. 昔宋忠臣謝枋得, 有賢母桂氏. 其子以國亂逋播, 婦與二孫, 囚元獄. 時桂氏年九十餘, 處之泰然, 無一怨語, 人問之. 曰, "義所當然也. 母可施之子者, 婦獨不可忍於舅耶. 前頭事變, 不可知, 汝等亦須以謝公妻李氏誓不嫁二夫, 縊死立節, 爲心可也."

11　"吾年四十一, 方始得男, 八歲而失之. 又幸得男, 今乃成人, 得見新婦, 實是吾家之慶. 嘗觀世俗婦女之視舅姑, 終不能如親父母者, 良由舅姑之視子婦, 亦不能如親子女故也. 吾夫妻老矣, 所恃者唯在於新婦. 情愛之篤, 不啻若子女, 新婦亦勿效世俗之爲, 是所望也. 近來習俗之弊, 愈往愈甚. 其事舅姑之禮, 不以愛敬爲重, 專以酒食之豐儉爲厚薄, 轉相慕效, 猶恐不及. 貧窮之家, 或至破産而不恤, 良可痛也. 新婦則勿勿爲此習. 如欲有所饁, 則數楪之味足矣. 吾家自先世, 素稱淸寒. 家業甚薄, 而吾受國厚恩, 忝位宰相, 田園臧獲, 實無所增. 以此妻子內困, 而亦自隨分爲生. 新婦終當傳此産業, 勿以豐約關心. 體先世勤儉之德, 日用凡事, 隨分度過, 是所願也. 婦人之任, 旣主中饋, 世俗論婦人之德, 必稱其善治家. 吾意則不然. 竊觀婦人之善治家者, 終必有濫觴之病, 其不爲牝鷄之晨者鮮矣. 新婦必體吾此意, 寧拙於治家, 毋若世俗所謂善治家者宜矣. 祭祀之禮, 誠敬爲本, 祭物之過爲豐侈, 實非禮處. 只當稱家之有無, 而務爲精潔盡誠而已矣. 處家之道, 唯當和而有法, 至於婢僕, 雖或隨其勤慢, 有所賞罰, 而其飢寒苦樂, 不可不恤, 古人所謂此亦人子善遇之者, 眞可爲法矣."

12　본관은 안동으로 자는 기지(起之)이고, 호는 퇴우당(退憂堂)이다. 요직을 두루 거쳐 1666년 호조판서로 있다가 동생 수항의 대신으로 우의정이 되었다. 1674년 영의정에 오르고 대왕대비의 복제 문제로 남인의 공격과 왕의 분노를 사서 벼슬에서 물러났고, 현종이 죽자 춘천에 정배되었다가 이듬해 돌아왔다. 그러다 1689년 기사환국 때 왕세자 계승 문제로 제주도에 정배되어 그곳에서 객사하였다.

13　그에 대해서는 『방시한집(方是閒輯)』에 나온다.

14 "舅曰我婦. 天休之裔, 懿美天休. 風節勵世. 昔我先祖, 贅于其門. 家庭所訓, 婦德惟尊, 綿綿宗祀, 賴其餘慶. 有子有孫, 昭敏忠靖, 式至今日, 我趙詵詵. 舅曰我婦. 爾豈偶然. 惟我兩家, 舊好朱陳. 尙挹遺風, 同祖喆人. 自疎而近, 厥有古訓, 由今視昔, 事與相襯. 人苟有子, 其孰無婦. 我則禍餘, 靡不傍怖. 多哉爾家, 片言結親. 舅曰我婦, 曷不淑仁. 乃祖之賢, 乃父之質, 矧自婉娩, 令聞有蔚. 是謂賢婦, 庶幾我家. 我窮而慰, 我狂而嘉. 我生則養, 我死則祭, 所以人情, 惟婦斯愛. 舅婦之初, 不可無祝. 舅曰我婦, 聽我所告. 凡人有行, 必有其報. 于夫以順, 于親以孝. 敦族必義, 御下必恩. 惟服惟食, 克儉克勤, 哲範美則, 懋遵女史. 誰能行此, 我祖之妣, 爾之爲婦, 亦惟是若. 德所相符, 自應景福, 多男之吉, 百孫其昌. 舅曰我婦, 敬哉毋忘." 이 글의 번역은 다음의 책을 인용하였다. 정민·이홍식, 『호걸이 되는 것은 바라지 않는다』(김영사, 2008), 228~229면.

절반의 자식, 백년의 손님 _장인과 사위 149면

1 이유원(李裕元)의 『임하필기(林下筆記)』에 나온다. 한국고전번역원의 번역을 따른다.

2 사위를 가리킨다. 두보(杜甫)의 「이감댁(李監宅)」에 "가문에 기쁜 기색 넘쳐나니, 사위가 용을 탄 사람에 가깝네(門闌多喜色, 女婿近乘龍)"라고 나온다.

3 남의 사위를 지칭한다. 동진(東晋) 때 태위(太尉) 치람(郗鑒)이 사람을 시켜 사위를 왕희지의 집에서 구하고자 했다. 아버지 도(導)가 치람이 보낸 사람을 동상으로 인도하여 자제들을 두루 보게 했는데, 다른 자제들은 모두 스스로를 뽐냈지만 오직 왕희지만이 배를 깔고 누워 음식을 먹으면서 개의치 않았다고 한다. 치람이 이 말을 전해 듣고 그를 사위로 삼았다는 고사에서 유래한다. 『진서(晉書)』「왕희지열전(王羲之列傳)」 참조.

4 동상(東床)과 같은 뜻으로 남의 새 사위를 지칭한다.

5 데릴사위를 이르는 말이다. 춘추 시대에 가난한 집 아들을 데릴사위로 보내던 진(秦)의 풍속에서 유래하였다. 『한서(漢書)』, 「가의전(賈誼傳)」 참조.

6 진(晉) 악광(樂廣)이 위개(衛玠)를 사위로 맞아들이자, 배숙도(裴叔道)가 "장인은 얼음처럼 맑고 사위는 옥같이 윤이 나네(婦公氷淸 女婿玉潤)"라고 한 데서 나온 고사이다. 『진서』「악광열전(樂廣列傳)」 참조.

7 사위를 가리키는 말이다. 『옥대신영(玉臺新詠)』「일출동남우행(日出東南隅行)」에 "동쪽으로 가는 1천 기마병, 사위가 맨 앞에 자리 잡았네(東方千餘騎 夫婿居上頭)"라고 했다.

8 사위를 의미한다. 송(宋) 황정견(黃庭堅)의 「차운자첨화왕자립풍우패서옥유감(次韻子瞻和王子立風雨敗書屋有感)」에 "婦翁不可撾, 王郞非嬌客"이라 나온다.

9 원래는 돼지 목덜미 살을 일컫는 말이다. 다른 사람은 건드릴 수 없는 물건으로 보통 제왕의 사위를 가리키는 말로 쓰인다. 『진서』「사혼전(謝混傳)」에 나온다.

10 조선 시대 국왕이나 왕세자의 부마(駙馬)를 관제상(官制上) 지칭하는 말이다.

11 『논어(論語)』「공야장(公冶長)」에 "공자께서 공야장을 두고 이르시기를 '딸을 시

집보낼 만하다. 비록 오랏줄에 묶여 감옥에 있었지만 그의 죄가 아니었다' 하시고, 자기 딸을 그에게 시집보내주셨다(子謂公冶長, 可妻也. 妻在縲紲之中, 非其罪也, 以其子妻之)"라 나온다.

12 이 시에는 다음과 같은 내용이 부기되어 있다. "장난삼아서 새 사위를 맞이하는 곡을 지었는데 저속한 곡조를 섞었으니 옛날 사곡의 유풍(遺風)이 있는 것은 아니다. 막힘없이 내 마음을 말하고 그때의 일을 서술하는 데 주안점을 두었으니, 그대들이여 비웃지 마시게(戱爲迎送新婚曲以贈, 雜以俚調, 非謂有古詞曲之遺. 而言情叙事, 要爲無滯, 少年勿笑也)."

13 『주역(周易)』「곤괘(坤卦)」'문언(文言)'에 "적선한 집안에는 반드시 남은 경사가 있다(積善之家, 必有餘慶)"라고 한 데서 온 말이다.

14 이 시의 주(註)에서 "김 공은 병신년 정시 을과에 합격하고 곧바로 가주서로 입시했다고 한다(金公中丙申庭試乙科, 旋以假注書入侍云)"라고 나온다.

15 "我今可以成我成甫矣. 成甫屢遷其居, 或垣屋堅完, 花木斐蔓可愛, 亦不吝情. 所以然者, 欲其後之勝前也. 若成甫遷于善如遷居, 則德可進矣. 第遷居, 人皆可見, 遷善則非徒人不知, 己亦不知, 惟天知之耳. 雖然, 遷而不擇, 則或誤入互鄕, 此不可不愼也. 成甫爲人坦蕩, 煩惱不掛於眉端, 冷炎不棲於胸次, 亦不識世間有機智事. 事或有不如意者, 卽不以厚自予, 以薄予人. 人亦安之, 歸以長者. 成甫貧弱書生, 而余謂之富且勇. 蓋其一身衣食外, 皆與人共之, 能用財者, 孰如成甫? 世之號尊貴者, 多爲嗜欲所役, 成甫則忍而勝之, 何勇如之? 成甫又善受言, 有古君子之度焉. 然旣受復要繹, 繹則理明而事濟. 成甫其使思官, 守此勿失."

16 "優游廢業, 不顯父母, 一厭也, 徒爲餔啜, 老無一藝, 二厭也, 不敬其親, 慢忽祭奠, 三厭也, 坐對黃卷, 尙友古人, 一不厭也, 安分自寬, 忘懷得失, 二不厭也, 呑吐湖山, 嘯詠今古, 三不厭也."

17 한국고전번역원의 번역을 따른다.

18 조익(趙翼), 「제서리상주문(祭壻李相靑文)」. "嗚呼! 君之善, 出人之善也, 君之才, 出人之才也. 然其才猶可得也, 其善何可得也. 人生至衆, 美質至少. 所以善人之難得如此. 君家生君極幸也, 吾家得君極幸也. 何幸之極, 而乃此不幸之極耶. 吾安得不隱痛而腸絶, 長號而失聲耶. (……) 兩兒先殂, 君乃繼逝, 吾女子孤煢, 慘然形貌, 不可忍見. 其可哀可惻, 豈有過於此者乎. 豈意吾家乃見酷禍如是乎. 惟幸遺腹得男. 可見天意欲使善人有後也, 吾知此兒必能成立也. 君之嗣續在此, 而吾女得倚而爲生也, 君亦可以瞑目, 而吾心亦稍以爲慰也. 君之美德美行, 吾旣以誌之, 若吾文或傳於世, 則君之善亦可以不泯矣, 嗚呼!" 한국고전번역원의 번역을 따른다.

세상에 태어나서 세상에서 버림받다 _서얼[171면]

1 사점이란 서(庶)이니, 곧 조선의 서얼을 중국인들이 부르는 은어이다. 박지원의 『열하일기(熱河日記)』에 보인다.

2 황현(黃玹), 『매천야록(梅泉野錄)』. "俗呼庶孽曰椒林, 以椒味蔘蔘然也, 又曰一名, 曰

偏班, 曰新班, 曰蹇脚, 曰左族, 曰點族 , 瑣屑卑賤, 雖出自卿相之支, 而品第等級, 僅與中人相齒, 故通稱中庶."

3 이종묵, 「구완(具梡)의 『죽수폐언(竹樹弊言)』에 대하여」, 『문헌과해석』 64호(태학사, 2013). 이종묵의 번역을 따른다. "噫, 淸門爲庶, 莫非魏武之子孫, 郢市負薪, 多出叔敖之家, 今雖零替, 皆是世祿之裔, 而少嘗讀書, 出身於聖明之世, 身無罪犯, 公然廢痼. 駟馬千鍾, 本非所期, 而薄官斗祿, 亦不能謀, 既不能庇妻子, 又不能糊其口. 落拓而不見憐, 顚連而無所告者, 三都八路, 未知有幾人向隅, 則冤鬱之氣, 足以干陰陽而招災咎也. 若使日月之明, 下照戴盆, 則吾知在躬之恫, 不當居於良丁隣族之後也. 是以湖堂舊臣有一生不識君王面之句, 故家老蔭有前銜復職上天難之詩."

4 황현, 『매천야록』. "宦途既枳, 只營口腹, 或業武, 止於營將　中軍, 或依營幕爲裨將, 或寓郡衙爲冊室, 或從蔭路, 內則學官　檢書, 外則察訪　監牧官, 龍鍾潦倒, 其賤愈甚, 故有志氣者, 白首窮餓, 寧以潛蟄爲高, 於是才俊枯落, 爲有識之憂, 數百年來, 非無通融之議."

5 '근대풍물야화', 「경향신문」 1974년 10월 21일 자. 여기에는 손병희의 일화와 함께 구한말 경무사 김영준(金永準)의 일화도 나온다. 그도 서자였는데 자신의 어머니의 뼈를 대감 뼈와 합장하겠다고 우긴 일이 나온다.

6 서얼의 재산 상속분은 적자의 1/7~1/10 정도로 매우 적었다. 한국정신문화연구원, 『부안김씨우반고문서(扶安金氏愚皤古文書)』(한국정신문화연구원, 1983), 18면 참고.

7 여기에 대해서는 다음의 기록이 참고가 된다. 『조선왕조실록(朝鮮王朝實錄)』 순조 23년 계미년(1823) 8월 20일에 다음과 같이 나온다. 영의정 남공철(南公轍)이 아뢰기를, "저번에 6도(道) 유생(儒生)의 상소로 인하여 묘당으로 하여금 제일 좋은 방안에 따라 여쭈어 처리하라는 명이 계셨습니다. 서얼의 무리[一名輩]들이 오랫동안 울분이 쌓였으니, 이렇게 호소하는 것은 이상하게 여길 것이 없습니다. 인륜(人倫)에서 항상 운운하는 말, 곧 아들로서 아비를 아비로 부르지 못하고 마치 노복이 상전에게 하듯이 한다는 말은 상리에 어긋나는 말입니다. 각자가 제집에 부형이 있으니, 나라에서 불쌍히 여겨 진념하고 있는 지극한 뜻을 안다면 어찌 뜻을 받들어 빨리 고치지 못할 리가 있겠습니까? 적처나 첩에게 모두 아들이 없을 경우 후사를 세우도록 법전에 실려 있으니, 이는 오직 거듭 밝혀 시행하면 됩니다. 그리고 벼슬길에 있어서는 나라에서 사람을 쓰는 도리에 어진 이를 제한 없이 구하고 오직 재능이 있는 사람을 쓰게 되어 있습니다. 어떻게 문벌이 낮다고 구애받을 수 있겠습니까? 우리나라에서 서손의 벼슬길을 막는 것은 온 천하에 없는 법입니다."

8 『조선왕조실록』 영조 49년 계사년(1773) 1월 27일 기록에 다음과 같이 나온다. "이때에 이르러 황경헌(黃景憲) 등이 상소하여 경외(京外)의 학궁(學宮)에 모두 서치(序齒)로 앉게 하기를 청하자, 임금이 연화문(延和門)에 나아가 태학생(太學生)들을 소견(召見)하고 말하기를, "서얼도 이미 통청(通淸)하게 하였는데, 태학에서 서치를 허락하지 않은 것은 어찌된 일이냐?" 하니, 음죽(陰竹) 사람 김식이 대답하기를 "영유(嶺儒)의 소비(疏批)에, '조정은 조정이고, 향당(鄕黨)은 향당이다'라고 하신 하교가 계셨기 때문에 서치를 허락지 않고, 서얼은 비록 나이가 아무리 많더라도 종전처럼 양반의 아래에 앉게 한 것입니다."

9 어미 소가 송아지를 사랑하여 혀로 핥는 일. 뜻이 바뀌어 어버이가 자식을 사랑

하는 일을 뜻한다.

10 『중용(中庸)』에 "군자의 도는 부부생활에서 시작된다(君子之道, 造端乎夫婦)"라고 나온다.

11 『시경』「패풍(邶風)」'포유고엽(匏有苦葉)'에 "기럭기럭 기러기는, 해 돋을 때 쓰는 것이요(雝雝鳴鴈, 旭日始旦)"라고 한 데서 온 말인데, 당시 신랑 집에서 신부 집에 청혼할 때는 이른 아침 해돋이에 산 기러기를 보내는 것이 상례(常禮)였으므로 한 말이다. 여기에서는 자식이 커서 혼인하게 되었다는 의미로 사용했다.

12 B.C. 153~? 자가 소유(少儒)이며, 회음(淮陰) 사람이다. 매승(枚乘)의 아들로 해학 과 재담을 잘하고 사부(辭賦)를 잘하였으므로, 당시 사람들은 동방삭과 비교하기 도 했다. 그러나 현존하는 작품이 없다.

13 채제공(蔡濟恭), 「서자홍근혼서(庶子弘謹婚書)」. "丈夫亦愛, 暮年深舐犢之情. 君子造 端, 旭日聞鳴鴈之響. 良辰載屆, 禮幣是將. 僕之庶子弘謹, 翰墨才踈, 寧有枚皐繼父之 蹟. 令之庶愛, 鍼線手把, 早聞杜嬌學母而爲. 適當宜家之期, 幸承旣室之約. 瓜葛之舊 誼益密, 幾待遠途之來人, 榛栗之新儀孔嘉. 惟願景福之介爾."

14 「희홍근지(喜弘謹至)」.

15 「除夕 夢弘謹傍侍如平日 覺以泣書」,「祭亡庶子弘謹文」,「祭弘謹小祥文」,「祭弘謹墓文」.

16 「서자홍신예지(庶子弘愼瘞誌)」.

17 이기발(李起浡), 「계서자판부서(戒庶子販夫書)」. "言欲過謹, 行欲過恭. 正爾之心, 端 爾之容. 毋輕喜怒, 毋遽好惡. 痛祛浮薄, 痛絶倨傲. 勿浪交遊, 勿煩酬酢. 宜稱人善, 宜莫稱惡. 孜孜仡仡, 載籍之間, 特著特書, 罔暇罔間. 夙興夜寐, 衣帶必飭, 戒愼恐懼, 乃父常目. 汝父雖無美食, 苟欲美食, 未必不能美食, 汝父雖無華服, 苟欲華服, 未必不 能華服, 則汝父之無美食華服, 不爲也, 非不能得也. 愼勿以此勞爾心曲, 憂勤惕慮, 學 罔輟作, 使汝飭身之誠, 充於汝腹, 則汝腹卽我腹也, 我腹豈不滿乎. 使汝修行之名, 遍 於汝身, 則汝身卽我身也, 我身豈不煖乎. 彼膏粱, 安得爲美, 彼文繡, 安得爲華. 願汝 之勖乎玆, 罔使汝方寸之他. 我欲以此煖我身, 我欲以此充我腹, 苟汝之欲孝于我, 千千萬萬事, 皆曲盡, 宜莫此二事若也."

18 "每見汝母, 我亦涕洟, 欲慰以口, 則難于辭. 蓋汝丰容, 婉孌之儀, 宛其在目, 不思而思."

19 "始來時鋪之齒甫十二, 頭多蟣蝨, 又善瘡癤, 庶母手自枇櫛, 又洗其膿血, 襦袴衫襪, 其澣濯縫紉之勞, 亦庶母任之, 至冠娶而後已焉, 故於我昆弟姊妹, 特與我情篤."

20 김언종, 「다산(茶山)의 세계(世系)와 지친(至親)들」, 『다산학』 21권(다산학술문화재단, 2012).

21 한국고전번역원의 번역을 따른다. "余見爲裨將者, 千譽萬累, 皆起於一字毁譽, 榮辱 都係於一字. 所謂一字何也? 淫字是也. 官妓其妖豔者, 衆共流目. 其善淫者, 必先與之 目成. 一爲疾足者所得, 卽衆夫捋髭, 已豽牙密礪, 豈不殆哉. 況此尤物, 必自幼時已稔 經大人, 其奸竇必早穿, 其慾壑必早恢. 其叮囑膚愬之術必神巧, 其求索服裝之須必奢 濫. 癡憃男子, 一爲所溺, 卽芳臭無分, 酸鹹不辨, 喪心亡身, 自妓始矣. 太上貞潔自守, 甘受禪闥之嘲. 苟不能然, 宜默然退讓, 俟諸僚選畢, 又問權吏豪校桀黠之人所蓄, 竝 皆避之. 每於飮食歡宴之場, 默察其寡言笑詳愼拙朴者, 查其宿嫌, 詢其宿病. 召之至 室, 數日探試, 知其必十分無害, 然後乃可近之. 然終不如不著爲高也. 凡爲此者, 必云 衣服飮食, 須有房妓. 以余觀之, 蓄妓之費甚鉅, 用其半以惠汲婢之良者, 使之供養, 終 不相犯, 則其至誠純慤, 竭忠承奉, 必十倍愈於房妓. 雜言吾不之信."

22 그에 대해서는 김려(金鑢)의 「이안민전(李安民傳)」이 남아 있다.

23 "庶母梁氏之歿也, 觀彬自安山來哭. 以己亥八月十三日甲寅, 因朝奠, 謹具薄羞, 告祭 于靈几曰. 嗚呼悲哉. 維我庶母, 女子之特. 分內才能, 言下量識. 事我先子, 勤於服食. 羸弱者也, 撫愛甚篤. 我則病脆, 護之尤力. 譽以一辭, 聽于諸族. 嗚呼憂釁, 中閣禍酷. 爲慰諸孤, 至痛常抑. 徒效勞苦, 益以憂戚, 一疾在肯, 十載委席. 我又屛荒, 多曠問藥. 手字纏傳, 哀音俄告. 我來一慟, 淚眼已涸. 有德無命, 在理多忒. 身後悲凉, 而無血屬. 斂葬之節, 敢負所託. 將卜吉地, 安山之麓. 小奠告訣, 儻歆衷曲."

24 한영우, 『율곡 평전』(민음사, 2013).

25 배림아, 「조선 후기 저주사례와 그 특징」(숙명여자대학교 석사논문, 2010).

26 임창순, 「이인상의 수간(手簡)」, 『미술자료』 제14호(국립중앙박물관, 1970), 31면.

27 이선옥, 「조선 후기 중서층 화가들의 '울분' 표현 양상과 그 의미」, 『인문과학연 구』 제36집(2013), 673~674면.

28 "殷山賤産已五歲矣. 到此始相見. 還不勝可憐之心也. 約以歸時率去, 還送其母處. 此 地, 卽昔年衣纏處也. 人客之來見者, 雜遝盈門, 還覺紛挐."

29 노상추에 대해서는 다음 연구서가 도움이 된다. 문숙자, 『68년의 나날들, 조선의 일상사』(너머북스, 2009).

끊어진 줄, 너를 통해 이으려 했네 _첩[203면]

1 김경미, 『가(家)와 여성』(여이연, 2012), 93면 참조.

2 나합(羅閤)에 대해서는 『매천야록』과 『근세조선정감(近世朝鮮政鑑)』 등의 책에 나 온다.

3 여기에 대해서는 다음의 논문에 상세히 나와 있다. 박영민, 「19세기 여성 시회와 문학 공간-운초 그룹을 중심으로」, 『민족문화연구』 46권(고려대학교 민족문화연구 원, 2007). 다섯 사람은 다음과 같다. 김금원(金錦園), 김덕희(金德喜)의 소실 박죽서 (朴竹西), 서기보(徐箕輔)의 소실 김경산(金瓊山), 이정신(李鼎臣)의 소실 김경춘(金 瓊春), 홍태수(洪太守)의 소실이자 김금원(金錦園)의 친동생.

4 "初九日, 食後出江頭, 見國令方發行, 笳鼓帆幢, 威儀甚盛, 國令端坐畵舫上, 而房妓 鏡鸞者, 在傍戀戀不能別. 國令揮之使入, 而鸞猶不言不起, 但涕淚如雨而已. 船久不得 發, 國令亦不能斷情揮去. 乃令同載發船, 可發一笑也."

5 박동욱, 「박래겸의 암행어사 일기 연구」, 『온지논총』 33권(온지학회, 2013) ; 조남권· 박동욱 역, 『서수일기 126일간의 평안도 암행어사 기록』(푸른역사, 2013).

6 노상추에 대해서는 다음의 연구서가 도움이 된다. 문숙자, 『68년의 나날들, 조선 의 일상사』(너머북스, 2009).

7 박래겸의 『심사일기(瀋槎日記)』 7월 26일 기록에도 이러한 경우가 나온다. "은산 (殷山)의 천한 소생(所生)이 이미 다섯 살이 되었다. 여기에 와서야 처음으로 만나 보았으니, 도리어 불쌍한 마음을 가눌 수가 없었다. 돌아갈 때 데려가기로 약조하 고 그 어미가 있는 곳으로 돌려보냈다(殷山賤産已五歲矣. 到此始相見. 還不勝可憐之心

也. 約以歸時率去, 還送其母處).”

8 여기에 대해서는 다음의 책이 도움이 된다. 김순인·표성준, 『제주 유배인과 여인들』(여름언덕, 2012).

9 이 글은 실제 빗돌에 시와 함께 새겨져 있다. 문집에는 실려 있지 않다. “洪義女鄕吏處勳女. 正宗丁酉, 余以罪置耽羅, 義女時出入余謫. 辛丑壬人欲搆余以義女餌, 殺機墮突, 血肉狼藉. 義女曰: ‘公之生, 在我一死’ 旣不服, 又雉懸而殉, 閏五之十五日也. 後三十一年, 余蒙恩, 以防禦來, 鐫妓方, 象設墓道, 系以詩曰, 瘞玉埋香奄幾年, 誰將爾怨訴蒼天. 黃泉路邃歸何賴, 碧血藏深死亦緣. 千古芳名衢杜烈, 一門高節弟兄賢. 烏頭雙闕今難作, 靑草應生馬鬣前.”

10 박동욱, 「정헌(靜軒) 조정철(趙貞喆)의 유배 한시 연구—홍랑과의 사랑을 중심으로」, 『온지논총』 17집(온지학회, 2007) ; 「두 사람의 유배인과 한 명의 제주 목사—조완, 조정철, 김영수」, 『문헌과해석』 50집(태학사, 2010) ; 「한시에 나타난 유배객의 생활 모습—『정헌영해처감록』을 중심으로」, 『어문연구』 147호(한국어문교육연구회, 2010) ; 「조정철의 ‘탐라잡영’ 연구」, 『동양한문학연구』 32집(동양한문학회, 2011).

11 시의 주에는 “홍랑이 나에게 화가 미치는 것을 누그러트리려고 목을 매어 죽었다. 또 그의 언니는 참판 이형규(李亨逵)의 부실(副室)이었는데 이 공이 죽게 되자 또한 독약을 먹고 순절했다(洪爲緩余禍逑, 雉懸而死, 又其兄爲李參判亨逵副室, 及公卒, 亦服毒而殉)”라고 적혀 있다. 홍랑의 딸을 구한 것은 다름 아닌 홍랑의 언니였다.

12 조 목사는 곽지(郭支) 마을에 농토를 네 차례에 걸쳐 총 7천 평(1차 2,500평, 2차 1,600평, 3차 1,700평, 4차 1,200평)을 사주어 딸네 박씨 가문에 생계를 어렵지 않게 했다. 조원환, 『양주조씨사료선집』(보경문화사, 1994), 882면 참조.

13 “蓋李欲卜妾而常畏內不敢動. 一日潛卜于良家, 其家苟索綵幣, 李無路備之, 只以一片長紙, 書其銜曰: ‘弘文博士李好晩’, 納j諸函中而送之, 其家開見大懊. 聞者絶倒.” 번역은 민족문학사연구소 한문분과, 『삼명시화』(소명출판, 2006)를 참고하였다.

14 1769년 8월 23일. “或又卜妾, 不論年姿, 但得着實可信者, 雖非最少, 或逾二三十者亦不妨, 兼妾兼婢, 俾供衣食之役而已. 且京中閭閻婦女之貧者, 苟於針線飮食, 能精能潔, 則不獨可以供饋家長, 亦可因此生財. 如有依倚老母, 晩乃成婚者尤妙. 至於目前下計, 則不必專求童女, 況我年今四十一, 豈若取其老成者, 不至傷生之爲愈乎.”

15 황윤석이 첩을 들이는 이야기는 다음의 논문에 상세히 나와 있다. 유영옥, 「향유(鄕儒) 황윤석(黃胤錫)의 반촌 기식(泮村寄食)과 복첩(卜妾)」, 『동양한문학연구』 제27집(동양한문학회, 2008), 70면.

16 「증곽산진도사(贈霍山秦道士)」라는 시에 나온다.

17 양문(陽文): 초(楚)나라의 미녀이다.

18 모장(毛嬙): 절세 미인으로 춘추 시대 월왕(越王)이 총애하던 여인이다. 전한(前漢) 원제(元帝)의 후궁에 있었던 왕소군(王昭君)의 본명이 왕장(王嬙)이어서 그녀를 말한다고도 한다.

19 「위풍(衛風)」 ‘석인편(碩人篇)’, 『시경』

20 소식의 「박박주(薄薄酒)」에 나온다.

21 “余見其人, 身長而頎, 面白而瘦, 有男表而無女態. 雖不可謂麗人, 亦不可醜女. 彼半千里從我, 服勞於余, 雖炊爨井臼之役, 義不敢辭, 余家貧, 性不好華美, 使渠不得爲時世粧矣. 余務爲一簡含容意思, 使得安其心. 一日余怳然覺之, 此人之不美於余, 幸矣.

好美而惡醜, 人之常情, 余獨反是, 人必謂余以矯情, 而古人詩曰, "翠蛾紅粉嬋娟劍, 殺盡世人人不知"人不知. 苟使此人, 有陽文之美, 毛嬙之艷, 如詩所云, "巧笑倩兮, 美目盼兮"則安知不浸浸媚惑爲伐性之斧戕. (……) 余之小室, 雖之容姿, 豈可與嫫母無鹽誾暨酒肆女比乎. 余逐寵以專房, 委以巾箱, 時或鷹枕, 空齋長夜, 無寐, 輒與之語, 刺刺不能休, 豈不愛且悅乎. 東坡詩曰, "醜妻惡妾勝空房"眞善說道也."

22 "一天散花, 張宿降輝, 百年交壺, 月老湊緣, 樂莫樂新知, 夕何夕分奇遇. 僕文章豈足驚世, 風流未肯讓人, 法喜爲妻, 縱歸心於諸佛菩薩, 情鍾在我, 所難忘者才子佳人, 幸足下許以令愛, 畀僕爲小室, 筆研增輝, 巾櫛有托, 子眞是否 芝麓橫波, 蕭山曼殊, 吾將老焉. 香國風烟, 醉鄕日月, 蕙量珠而奉幣, 擬揀香而問名. 酒譜茶經, 待揚扢於棐几, 筆耕心織, 與翱翔於蘭閨." 안대회의 번역을 따른다.

23 이러한 정황은 다음의 논문이 참고가 된다. 안대회, 「초정(楚亭) 박제가(朴齊家)의 인간면모와 일상: 소실(小室)을 맞는 시문(詩文)을 중심으로」, 『한국한문학연구』 제 36집(한국한문학회, 2005).

24 "聘則爲妻, 奔則爲妾, 貴賤之別也. 妻曰正室, 妾曰側室, 嫡庶之等也. 名分截嚴, 不可亂也. 孟子曰, "以順爲正, 妾婦之道也"一有不順, 則非所以爲妾矣. 妾稱所事者曰君, 是謂如臣之事君也. 君愛之而不敢驕, 君怒之而不敢怨. 侍君之側, 和色柔聲. 使令也敏, 應對也恭. 君有命, 不待有言. 君有責罰, 順受爲罰, 不敢直己, 事無專輒, 必稟而後行. 奉巾櫛, 執箕箒, 妾之職也, 勤謹無惰. 君有疾, 嘗藥視粥, 晝夜不懈. 不與外事, 不貪私財, 勿貽累於君. 妾在君之前, 不可道家衆_過失, 嫌近讒毀. 妾稱君之妻曰女君, 妾之事女君, 當如婦之事姑. 女君在則事之以忠, 女君歿則祭之以誠z. 孝于君之父母, 敬于君之兄弟, 恭于君之子女. 女君不在而君之長子婦主饋, 則佐治內事, 一聽其命令. 承上接下, 勿與婢僕爭. 身雖賤, 君之所近者也, 持身必飭, 內外之分必嚴. 妬忌, 惡行也, 在七去之目. 妻雖去之, 況妾乎, 其愼之哉. 勿信巫卜, 勿惑左道, 必亂人家. 季文子之妾, 身不衣帛, 可不法歟. 石崇之妾綠珠, 以奢侈家覆身亡, 可不懲歟. 汝欲爲賢妾乎, 汝欲爲惡妾乎. 汝其思之."

25 첩이 남편의 정실 부인을 일컫는 말이다.

26 "(……) 宋娘之靈, 曰嗚呼, 汝與吾同居二十有七年而沒. 沒後思之, 何事非可思. 最是昔吾先君子之病也, 汝盡心侍湯, 三年如一日. 其功可紀也. 間嘗攝女君, 祝祭具. 祭其必致其蠲潔, 其誠可嘉也. 昨夏喪無辜之鳳兒, 因酷冤成病而死, 其情可慽也. 以功以誠以情, 不覺丈夫多淚, 嗚呼哀哉."